老婆粉了解一下

春刀寒 著

天津出版传媒集团
天津人民出版社

霍希大宝贝

演唱会气氛持续高涨，盛乔早已投入其中，手里的荧光棒都快甩飞了。
第十场演唱，她还在，真好。

春刀寒

作品

只有他，会让她方寸大乱。

她爱着他，更爱护他。

目录
CONTENTS

第一章 新生

当红人气偶像霍希将于明晚在七棵松参加商演，粉丝们纷纷前往机场接机。作为霍希的前线“站姐”，资深“老婆粉”乔瞧拿着相机出门了。

上车之后乔瞧刷了刷微博，发现“盛乔”又上了热搜词条。要说乔瞧在娱乐圈最讨厌的明星是谁，那绝对是“小花”盛乔，没有之一！

这位打着“霍希小师妹”名号的“小花”，在没有任何代表作的情况下，以一档户外真人秀出道，然后就开启了她作天作地作空气的“作精”生涯。

本来她一开始跟霍希无关，一个是微博粉丝超过7000万的一线人气偶像；另一个是没有代表作的“新人小花”，除了在同一家经纪公司，八竿子打不着。讲真的，“撕”遍娱乐圈的霍希粉丝一开始真的没把这位“小师妹”放在眼里，不是一个“咖位”，“撕”她等于扶贫好吗？！

坏就坏在这档综艺节目第四期邀请了霍希当嘉宾，这位小师妹不负众望，对霍希伸出了魔爪，在拍摄期间矫揉造作，玩尽花样，把霍希折腾得够呛。工作人员爆料，霍希在录制结束当天就生病了。

这一下就捅了马蜂窝。人气偶像的粉丝是好惹的？霍希粉丝直接将这位没有热度的新人“撕”上了热搜榜第一。

一天之内，“吃瓜”网友基本上都知道有盛乔这么个人了。

然而，这位小师妹非但没有因吃了苦头而远离霍希，其团队反而开始捆绑霍希蹭热度，绯闻通稿就没断过。

粉丝气得破口大骂，全员“手撕”盛乔，就这么日复一日，毫无代表作的新人盛乔被霍希的粉丝“撕”成了“热度小花”……

等等？粉丝一脸蒙，我们是不是被人利用了？

得，两家的梁子就这么结下了。

每天实名辱骂盛乔成了霍希粉丝的日常，而盛乔的团队似乎也打算将“黑红”的道路走到底，被全网嘲也无所畏惧。后来盛乔接了几部古装剧，颜值够，但演技太尬，收视率平平，节目播出期间，所有的热度都来自和霍希的绯闻。

霍希这辈子就甩不掉这块狗皮膏药了，是不是？经纪公司星耀传媒一再容忍盛乔团队碰瓷霍希，于是粉丝又把星耀传媒“撕”上了热搜。

霍希粉丝的战斗力可以说放眼整个娱乐圈都难逢敌手，其中以正宫站“站姐”乔瞧为个中翘楚。

此时，个中翘楚乔瞧正冷笑着看热搜，前座司机的电话响了。他一边接电话，一边打开右转向灯驶下高架，乔瞧抬头看了一眼，正想说开车别接电话，后方侧道突然响起一串急促的喇叭声。

乔瞧还没反应过来，只听见“砰”的一声巨响，车尾被撞，乔瞧整个人都朝前飞了出去，怀里还抱着刚从国外买回来还没用过的长焦镜头。

天旋地转之间，乔瞧只有一个念头——死在追星路上，太丢人了。

醒来时，乔瞧发现自己在医院——她没死，太好了。

乔瞧挣扎着坐起来，雪白的病房内冷冷清清，环视一周，没看到自己那套价值几十万元的摄影设备。手背上还打着点滴，她按呼叫铃喊护士过来。

“我的包呢？就黑色的那个，装的是摄像设备。”

“抱歉，没有看到过你说的那个包。”

乔瞧有点儿急，在那儿比画：“就这么大，我封好了的，你能帮我找找吗？”

“真的没有。”护士语气不太友好，看了她几眼，“盛小姐，你被送来医院的时候，身边什么都没有，不信你可以问你经纪人。”

乔瞧一下没反应过来，迟疑了一会儿，问：“你喊我什么？”

“盛小姐。”

乔瞧突然打了个冷战，鸡皮疙瘩瞬间爬满全身，她艰难地又问了一遍：“盛什么？”

“盛乔。盛小姐，你是不是还有哪里不舒服？我帮你叫医生。”

乔瞧双眼一翻，晕过去了。她再次醒来时，身边守着一名戴金丝眼镜的女人，脸形消瘦，颧骨很高，一看就是厉害角色。乔瞧睁眼看到她，话都不想说，跟盛乔的团队“撕”了这么多年，能不认识她的经纪人高美玲吗？

高美玲见她醒了，皱了皱眉，语气不算温和，问她：“好点儿没？”

乔瞧闭眼扭头，不想理她。

高美玲推了她一下：“还有哪儿不舒服？一会儿就出院了，该检查的都检查一遍。”

乔瞧心里正生气，声音艰难地从嘴里挤出来：“你先出去，我想静静。”

“盛乔，我好不容易帮你争取到的脱口秀，还有一个小时就要录制了，你确定你还要再静静吗？”

乔瞧：“……”这一定是梦，这是梦。老天爷啊，我不要成为我最讨厌的那个人啊！

乔瞧紧闭着眼拼命摇头，高美玲心生不耐，“唰”地掀开她的被子：“盛乔，你是不是被撞傻了？那脱口秀我费了多少心思才拿下来，你说不去就不去了？”高美玲语气不耐烦，“赶紧起来，去洗把脸，橘子马上就到了。”

橘子是盛乔的造型师，乔瞧还没接受这个事实：“我不……”

被高美玲狠狠地瞪了一眼，乔瞧剩下的话没敢说出来，终于知道为什么盛乔的团队这么难搞了，这经纪人也太凶了。

橘子很快提着三层的箱包来了：“乔乔姐，你没什么事吧？听说你出了车祸，我都快吓死了。”

正说着话，高美玲从外面进来，将一份文件递给她：“今晚主持人会问的问题，再背一次。”

乔瞧捏着文件，高美玲看她慢腾腾的样子就来气，吼她：“让你快背，听到没？！今年的包装计划我跟你说过了，好好适应给你的新定位！出了岔子看我怎么收拾你！”

乔瞧忍住崩溃，不情不愿地翻看文件。

时间太赶，橘子只给她上了个淡妆。去卫生间照镜子时，她愣愣地看着镜子里自己曾最厌恶的那张脸。盛乔的脸是真小，巴掌大，皮肤也好，水灵灵的，美而不媚，要是没有之前的“黑料”，这大概是一张男女通吃的初恋脸。

高美玲在外面吼她：“好了没？赶紧出来，准备走了。”

乔瞧认命地跟着她们来到了演播厅。

节目录制期间脑子都是迷糊的，好在主持人功底深厚，她照本宣科地回答背下来的答案，总算有惊无险地录完了节目。

明后两天没有行程，高美玲板着脸说教她几句，然后让助理送她回家。

车子上路，乔瞧瘫在后座，闭着眼睛将今天发生的一切仔仔细细地重新捋了一遍。

一切感官都是真实的，她的确变成了盛乔，不知道这一切因何发生，但目前最重要的是找到变回自己的办法。车子一路疾驰，将她送到了盛乔住的地方。进屋关门开灯，乔瞧被屋内的布置惊了一下。

房间实在太空了，除去必要的生活家居用品，其他什么都没有，透出一股冷冰冰的味道。

她四处看了看，这房子两室两厅，不算大，装修也很简单，实在不像一个女明星住的地方。

参观完了，她换了身衣服，戴好帽子、口罩，出门打车，报的是自己家的地址。

乔家虽算不上豪门，但也是实打实的富贵人家。乔父早些年做房地产生意起家，乔氏现在也算是国内叫得上名的地产集团。乔母是国内著名的国画画家，只是因为先天性体弱，早早就腿脚不便，常年坐着轮椅。

乔瞧还有个哥哥，法律专业出身，现在是律师界有名的经济律师。一家人都是人尖子，只有她沉迷追星。

说多了都是泪，都怪霍希太迷人。

车子很快将她送到自己家，乔瞧急匆匆地往里走，没走几步就被保安拦下了。高档小区，拜访都要登记，何况这大晚上的，她还戴着帽子和墨镜。

乔瞧没办法，只能掏出身份证填写拜访信息，保安看了几眼，喃喃道：“盛乔？不是那个女明星吗？”

她没敢抬头，麻溜地进去了。她熟门熟路走到自己家，独栋小别墅，门口亮着一盏灯，屋内客厅开着灯，窗帘半拉，勉强能看到房间内的景象。

乔父坐在沙发上看报，乔母就在一旁的轮椅上削苹果，两人神色都正常，半分担忧的样子都没有。

难道自己的身体已经醒了？

乔瞧有些着急，想看得更清晰些，刚往前走了没几步，房门突然“咔嗒”一声从内打开，走出来一个穿拖鞋、提着垃圾袋的男子。

男子看见门口花丛中鬼鬼祟祟的人影，顿时警惕道：“是谁？”

乔瞧吓了一跳，还没来得及回答，男子已经气势汹汹地走近，一把拽住了她的胳膊。力道之大，顿时让乔瞧尖叫起来：“乔羽，你弄疼我了！”

来人正是她哥。

听到对方喊自己的名字，像是熟识，乔羽果然松手，打量她几眼，问：“你是谁啊？这么晚了在我家门口做什么？”

乔瞧脑子动得飞快，组织措辞：“我是乔瞧的同学，听说她今天出车祸了，想来看看她。”

她已经猜到乔羽接下来要怎么问了：

——你是乔乔的同学，为什么不打电话或者敲门进来？

她也想好了怎么应对：

——因为自己之前对她的偶像霍希出言不逊，被乔瞧“拉黑”了，只敢偷偷来。

乔瞧为自己的聪明机智点了个赞。

万万没想到，乔羽看了她几眼，很奇怪地问：“乔瞧是谁？”

乔瞧差点儿蹦起来：“你妹啊！”

乔羽说：“你怎么还骂人呢？”

“不是不是，我是说，乔瞧是你妹妹啊！”

话落，乔羽眼里本来已经消失的警惕再次涌上：“我哪儿来的妹妹？说吧，你到底是谁？”

门口这番动静已经惊动了屋内的乔父乔母，乔父走出来，站在门口喊：

“小羽，什么事啊？”

乔羽盯着乔瞧，头也不回：“抓到个小偷。”

乔瞧急得不行：“我不是小偷！我是来探望乔瞧的！”

乔父眼见她是个姑娘，身段也消瘦，怎么看也不像小偷，温声道：“你是不是找错地方了？我们这里没有叫乔瞧的。”

乔瞧像被人当头打了一棒，有些站不稳，下意识地去抓乔羽的手。

谁知乔羽侧身躲过，乔瞧头重脚轻，一个踉跄摔坐在地。

脑袋嗡嗡地响，她伸手拽住乔羽的裤脚，仰着头，吐字艰难：“乔乔啊，小乔啊，你老骂的追星的那个疯子啊，你妹妹啊……”

乔羽皱了皱眉，乔父已经走近：“小羽，快把她扶起来，看看要不要送医院。”

乔羽蹲下身子，偏着头打量她几眼，觉得这张脸有点儿眼熟，正想着，乔父一巴掌拍在他的后脑勺上：“臭小子！还不快把人扶起来！”

乔羽刚伸出手，没想到眼前的人突然又哭又闹：“我不要你扶！你假装不认识我！你不准碰我！”

这大晚上的，哪儿来的神经病啊？

乔羽无奈地对乔父道：“还是先报警吧，好像这里有问题。”他指了指脑袋。

乔父点点头，掏出手机正准备报警，林荫道边突然传来一个淡淡的声音：“她是我朋友。”

乔羽和乔父同时转头看，穿运动服夜跑的少年缓步走近，抬了抬帽檐，露出一双淡漠的眼睛。

乔羽一眼认出他：“霍希！”

他点了下头，看了看还坐在地上哭的乔瞧：“她是来找我的，打扰你们了。”话落，他蹲下身子扶住乔瞧的胳膊：“走吧。”

乔瞧正哭得痛彻心扉，泪眼蒙眬中看到最熟悉又最遥远的一张脸出现在自己眼前，哭声都卡在了嗓子眼儿。

霍希顺势将她扶起来，将还处于崩溃状态的乔瞧带走了。

直到两人的身影消失在林荫道，乔羽终于反应过来，那个女孩……好像是……盛乔？

霍希将乔瞧带回家，倒了杯热水给她，然后在她对面坐下来。

她还在哭，肩膀一抽一抽的，边哭边环视四周，最后，视线落在对面的霍希身上，使劲儿地眨了眨眼，最后不可思议地，低低地喊了一句："霍希……"

他单手支着额头看她，语气里听不出什么情绪："盛乔，你又想做什么？"

听到"盛乔"这称呼，她顿时又泪如雨下。

霍希："……"

她哭了好一会儿，像是想起什么，抬头问："霍希，窗帘拉了吗？千万不要被拍了。"

霍希："……"

好半天，她终于哭完了，哽咽着说："霍希，见到你我好开心啊。但是今天我发生了一些事，一些很不可思议的事，我顾不上开心了。"

偶像近在眼前，她却不再是她。一个月前她听说霍希搬了新家，没想到居然搬到了她家所在的小区。如果她还是乔瞧，那该多好啊。

霍希对她身上所发生的不可思议的事并不感兴趣，他看了下时间，起身淡淡说道："帮你叫了车，走吧。"

乔瞧脑子乱得一塌糊涂，有气无力地跟在他身后。

电梯直通车库，车子就等在外面。对于霍希这种级别的明星，安保措施做得极为严密，不用担心被偷拍。

霍希替她拉开车门，淡声说："好好休息。"

她点了点头，俯身上车。车门关上，霍希正要折回，她突然摇下车窗喊住他："霍希。"

霍希回过头来。她眼睛还红着，瓮声瓮气的，但看他的眼神格外恳切："明晚商演顺利。"

他点点头："谢谢。"

乔瞧坐回去，跟司机报了盛乔家的地址。到家已经很晚了，第二次回到这个冷冰冰的陌生的家，她环视四周，看着看着又不争气地哭起来。

她以为总有一天能换回去，原来不可能了。

属于乔瞧的所有通信方式都已经无效，无论是微博上的好友，还是“脸书”上的大学同学，他们晒出来的合照上都没有了她。

乔瞧这个人，就这么悄无声息地消失了。

但地球仍然在转，世界仍在运行，别人的生活也并没有因为少了她而改变什么。一切如常，她不重要。

乔瞧蒙住被子，不吃不喝在床上躺了两天。

两天后，经纪人高美玲的电话将她拉回不愿面对的现实：“方白已经出发去接你了，赶紧收拾收拾。”

电话挂断，半晌，她慢腾腾地坐起来，走到化妆间，看着镜子里的人，看了很久很久。

乔瞧已经消失了。

她只能以盛乔的身份活下去。

助理方白按响了门铃，礼貌地等在外面。他是新人，刚进公司就听说过最不好惹的经纪人高美玲和最难伺候的明星盛乔，好死不死的，这两个“最不”凑在一起，人人避之不及。

他入职的时候，盛乔身边那个女助理刚刚被高美玲开除，公司一时半会儿找不到合适的人来顶，老员工也没人愿意去，方白就这么被丢过去了。

走之前人事部的姐姐很好心地提醒他：“少说话、多做事，把她们当老板看能避免很多麻烦。”

方白谨记，一直保持毕恭毕敬、礼貌疏离的态度，到现在果然没出什么纰漏。他心想，在这两个“最不”身边工作，其实也没传言那么可怕嘛。

房门打开，方白抬头，刚喊了一个“乔”字，吓得后退了两步。

哪儿来的女鬼？！

凌乱的头发，惨白的嘴唇，憔悴的脸色，还穿着一条皱巴巴的红裙子，你这是刚拍完《山村老尸》回来？

方白稳了稳心神，试探着喊：“乔乔姐？”

她“嗯”了一声，转身进屋了。

方白迟疑着，最后还是走进去，站在玄关说：“乔乔姐，九点半我们要到公司，还有一个小时。”

盛乔正站在饮水机前喝水，三杯下肚，站在原地愣了会儿，走向衣帽间：“知道了。”

嗓音沙哑，方白估计她是生病了，想着一会儿还是先去药店买点药，要是耽误了工作，他也得跟着受罪。

正想着，盛乔已经扒拉着头发走出来，随手扎了个马尾，套了件黑色的长款羽绒服，跟他说：“走吧。”

方白愣了愣：“就这么出门？”

“怎么了？”

你可是曾经化妆要化两个小时的人啊！方白赶紧摇头：“没怎么，走吧。”

一路到上车，盛乔都没再说话。方白从后视镜小心翼翼地观察，最后试探着问：“乔乔姐，你身体不舒服吗？要不要先去医院看看？”

她摇摇头，有气无力地说：“没事儿，就是有点儿饿。”

方白莫名有点儿想笑，他看了看街边，将车停过去：“我去给你买点早饭。”

路边早餐铺子还挺热闹的，方白拿不准她喜欢吃什么，每样都买了些，回到车上时，一股脑儿地递过去：“乔乔姐，趁热吃。”

盛乔闻到味儿更觉得饿，脸上也终于露出笑容，跟他说了句“谢谢”就开始进食。

方白跟盛乔没接触几天，以前不怎么关注网络，也不知道盛乔风评差，只是进公司之后被好几个好心同事提醒，才意识到自己要伺候的不是什么善茬儿。

但几天下来相安无事，前几天的盛乔不怎么把他放在眼里，他也落个清闲。这几天大概是相处久了，他觉得盛乔还挺亲和的，说谢谢时会看着你的眼睛笑，眼角弯起来，比那些浓妆艳抹的女明星好看多了。

盛乔吃饱喝足，脸色也红润了不少，打起精神问方白：“我们今天去公司做什么？”

你连自己的工作行程都不知道吗？方白回答：“开完会有个杂志采访，下午就要出发进组了。”

盛乔还在喝豆浆，差点儿一口喷出来：“什么进组？我怎么不知道盛……我怎么不知道我有新戏？”

方白目瞪口呆，你的业务能力这么随便的吗？

“乔乔姐，你不记得《疯语》了？”

盛乔想了半天：“你说那部双男主剧啊，我记得。”好歹她曾经也是追文的人，对《疯语》这部红遍网络的双男主小说还是了解的，“但它不是已经官方宣布了两位男主角吗？跟我有什么关系？”

方白一脸无语：“你是女主角啊！今天下午进组之后拍了定妆照，官方就要宣布了。”

盛乔一头撞在车座靠背上，方白还在尽职解释：“之前不是剧本审核没过嘛，导演临时决定加一个女主角进去。《疯语》也是我们公司投资的嘛，开会讨论的时候，高姐就给你接了这个角色。”

高美玲是想让她死吧？她去剧里演女主角？演啥？和男一号抢男二号吗？

她怀疑高美玲才是盛乔的“高级黑”。

车子很快开到公司的车库。星耀传媒的办公楼在市中心，高调大气，很符合它一贯的造星手段。盛乔跟着方白一路进了电梯，刚进去，迎面走来两个人。

为首的是个很瘦的中年男人，看上去弱不禁风，却长了一双鹰眼，看人时令人生畏。后面是一个年纪轻轻的圆脸少年，背着双肩包，抱着笔记本，边走边跟“鹰眼男”说着什么。

盛乔一看见他俩顿时就激动得不行，来人是宝哥和小蛋，霍希的经纪人和助理！

以前追活动的时候，她没少跟霍希团队的工作人员打交道，经常追前线就会让人眼熟，何况以前的乔瞧模样标致，身段高挑，扛着“大炮”往那儿一站就是一道风景线。

好几次在机场等行李的时候，小蛋还跟她开玩笑，问她机器重不重。工作室也常和她联系，找她要授权，用她拍的图做官方宣传图。毕竟乔瞧的设备都是高价从国外购回的，拍摄修图技术出众，是霍希所有站子里出图最精良的站。

宝哥大名雷宝，光听名字会让人觉得又土又屄，但宝哥这人是圈内鼎鼎有名的资深经纪人，凡是被他看中的艺人，不出三年铁定火。他带出了好几个影帝、影后，现下最热的霍希就是他从练习生里挖掘出来带回国内一手培养的。

霍希的粉丝都说，除了在盛乔这件事上，宝哥的业务能力无可挑剔。

方白不知道为什么自家艺人突然开始发抖了。他当然也认识霍希的团队，打了声招呼后，不动声色地将盛乔往身后挡了挡。

两人也看见了他们，宝哥还好，毕竟身份在那儿，回应了方白的招呼。小蛋年轻气盛，又是霍希的粉丝，白眼都快翻到天上去了。

电梯到达九楼，方白赶紧领着盛乔出去，她想了想，还是跟两人礼貌地说了句“再见”。

直到电梯门合上，小蛋说：“我们跟她熟吗？”

二十七楼，霍希在办公室里玩《王者荣耀》。

宝哥进来的时候，他刚拿下“三杀”，听见门响头也没抬。宝哥走近，将一个文件袋扔在他面前的茶几上，摸出根烟点上：“拿下来了。”

霍希“嗯”了一声。

宝哥看了他会儿：“没啥想说的？”

“没。”

宝哥抽了两口烟，吐出个烟圈儿：“刚上来的时候在电梯里碰到盛乔了。”

霍希手指一顿。

“跟你说的差不多，估计遇上的事儿不小，人挺憔悴的，妆也没化。”他看了霍希两眼，又说，“不过还是挺漂亮的。你要是喜欢她……”

霍希放下手机：“我不喜欢她。”

宝哥点了点桌上的文件：“不喜欢她还次次帮她，纵容她捆绑你炒绯闻？”

霍希往后一靠，胳膊搁在扶手上，说：“她挺可怜的。”想了想，他又补充了一句，“也不差她一个。”

宝哥叹了声气：“好在这次这个记者是你的粉丝，拿到照片的第一时间就给我打电话了。这深夜在小区密会的照片要是传出去，全国估计只有高美玲开心了。”

霍希听到高美玲这个名字就生理性厌恶地皱了皱眉。

宝哥似乎也想到什么，啧啧两声：“二十年合约，还有的她受哟。一个狠，另一个蠢，也怨不了别人。”

霍希站起身来，把一个U盘扔给他：“样本都在里面，你拿去让师萱选吧。”

师萱是星耀新签的歌手，向霍希邀歌。从严格意义上来讲，霍希并不算专业的歌手，广大网友给他的定位是“一线流量”，向他邀歌，多半还是冲着热度来的。

不过，霍希也是真喜欢音乐，反正你敢邀我就敢写。

“行，你回去准备下，可以的话，明天一起去趟杨峰老师那儿，聊聊编曲的事儿。”

霍希朝后比了个OK转身要走，宝哥好像想起什么，又叫住他：“公司投资的那部网剧想找你唱主题曲，有兴趣吗？”

“没兴趣。”

“要不是你说跟音乐有关的项目都要问问你的想法，我当时就回绝了。那部剧女主角是盛乔，你要是唱了主题曲，指不定高美玲又要搞出什么花样来。”

霍希好像想到什么，皱了皱眉：“是那部双男主的剧？”

“是啊，也不知道高美玲是怎么想的，这部剧女主角摆明了谁接谁挨骂。”

“她不一直这样吗？”霍希讥讽，“为了热度，艺人是‘黑’还是‘红’都无所谓。”

“盛乔那姑娘……”宝哥唏嘘不已，“真挺可怜的。当初要是交我手上，不至于这样。”

霍希摆了摆手：“走了。”

早上喝了两杯咖啡，他先去了趟洗手间，刚走到门口，就听见里面两个员工在交谈。

“我在门外都听见了，吵得还挺厉害。”

“我还是头一次看见盛乔在公开场合这么跟高姐顶嘴，不是说她私底下挺怕高姐的吗？”

“怕什么呀，这两个人都不是什么善茬儿，打起来才好看呢。”

霍希面无表情地走进厕所，那两名员工互相使着眼色没再说了，他解决完径直走向电梯，按了负二楼的按钮。

电梯一路往下，到九楼时停下。门缓缓打开，盛乔气势汹汹地站在外面。

应该很生气吧，脸颊都残留着激烈争吵后的潮红，眼睛里的怒意还没退去，眉峰高高扬起，整张脸显出几分……狰狞。

方白站在她后面，正苦口婆心：“乔乔姐，你别这样，跟高姐闹翻了对你没好处……”

盛乔破口大骂：“去他的好处！”

她一抬头，看见电梯里的霍希。

有那么一瞬间，霍希感觉面前这座火山像突然覆满白雪，在融融雪水中开出了一朵画着笑脸的向日葵来。

她看着他，眼睛都亮了，嘴角弯起来，嗓音里都是压制不住的温柔和欢喜：“霍希！”

那是见到最喜欢的人时，笑得最好看的样子。

霍希点了下头算作回应，往旁边走了两步，给盛乔让出位置来。她走进电梯，眼睛一眨不眨地看着他，像少看一秒都吃亏一样。

这眉毛，这眼睛，这鼻子，这嘴巴，这脖颈，这喉结，呜呜呜……哪儿哪儿都好看。这是什么毁天灭地的盛世美颜？这是哪里下凡来渡劫的仙子？为何要撩我凡人的心！今天的颜值也“在线营业”了呢！

妈妈！就是这个人！女儿要嫁给他！

盛乔内心的“彩虹屁”一拨接一拨，完全没发现自己现在这副“迷妹”花痴的样子已经给霍希造成了严重不适。

这赤裸裸的、恨不得把他扒光的眼神是什么情况？

之前盛乔被霍希粉丝骂得够呛，也明白团队对霍希做了什么，一半是因为亏心，一半是因为他生人勿近的气场，每次遇到他都恨不得遁地逃走。

今天她这是吃豹子胆了？难怪敢反抗高美玲了。

一边的方白实在看不下去了，扯了扯盛乔的胳膊，喊她：“乔乔姐，我们还是先回去吧。合约已经签了，就算你不想演，也得跟高姐商量，看怎么把损失降到最低。”

盛乔终于回过神来。

对，现下最重要的是怎么把那部剧推了。霍希随时都能看，跑不了。

今天到公司，她本来是打算好好跟高美玲聊一聊接这部剧的利弊，看有没有可能推了。谁知道想法刚说出口，她就招来一顿骂，高美玲声色俱厉地呵斥她不准插手工作计划。

乔瞧以前好歹也是混粉丝圈的，对圈内的事略知一二，经纪人和艺人一直是互利共赢的关系，她还从来没听说过哪个经纪人如此横行霸道，完全将艺人当作自己的牵线木偶随意操控。

她也不是什么好脾气，桌子一拍当场就发飙了。

高美玲顿时就炸了。这个“蠢白兔”从来没对自己说过一个“不”字，现在居然当着助理、其他员工的面反驳自己，简直是欠收拾！

她把合约甩在盛乔脸上，一脸的盛气凌人：“这部剧你想演也得演，不想演也得演。你没资格跟我谈条件！”

于是盛乔撂下一句“老娘不演，大不了退圈”后摔门走了。她是真没想到高美玲会如此强势。回想以前盛乔的种种“黑点”，她突然有点儿理解了。

盛乔一脸严肃地拍了拍方白的肩：“小白，你回去跟高美玲说，我态度很坚决。要么不演，要么退圈，让她选。”

霍希扫了她一眼。

“乔乔姐，你再好好考虑一下。有些话是不能乱说的。”

盛乔还没彻底适应新身份，对所谓的明星光环还没有概念，完全不在意：“不用，你就这么跟她说。演这部剧被全网骂滚出娱乐圈和自己退圈有什么区别吗？”

方白见她态度坚决，也不好再说什么，只能应了。等电梯到了负二楼，她跟着霍希就往外走，还催促他："你快上去吧，放心，我有考量的。"

方白只能按了电梯往上，电梯门关了才反应过来，姐，你没车啊，你去什么车库啊！

盛乔跟着霍希走了好长一段路才意识到——自己没车。平时都坐方白开的商务车，也不知道原主有哪些资产，等回了家她要好好盘点一下。

霍希走到自己的黄色轿跑旁，终于回过头来，问她："你跟着我干什么？"

盛乔讪笑："霍希，我没车。"

霍希："所以？"

盛乔正了正色："请问我有幸坐你的副驾驶座吗？"

霍希："没有。"

他作势要拉开车门，盛乔一把按住。

霍希："？？？"

被偶像一盯，盛乔秒怂，"嗖"的一下缩回手，怕偶像生气，还往后退了两步，做完这一切才小心翼翼地问："那……霍希，你能把我带出车库吗？我坐后排也可以，你要不乐意的话，后备厢也行。"

霍希盯着她看了好一会儿，面无表情地上车。盛乔眼巴巴地看着他，发动机发出一声轰鸣，霍希摇下车窗："不走？"

"走走走！"她欢天喜地地上车了。

以前就知道霍希有一辆黄色跑车，那时候希光（霍希的粉丝名）天天做梦，什么时候才有机会坐坐霍希那辆宝贝跑车啊，坐不成，摸摸也好呀！

没想到梦也有实现的一天！自己简直就是追星界的楷模！

霍希一言不发地开着车，车子很快驶离车库。渐渐驶入主路，透过后视镜，他看见盛乔像只老鼠一样"嗖"的一下钻到了座椅下面。

霍希："……你在做什么？"

盛乔："我怕被人拍到了，给你'招黑'。"

我真是谢谢你了。

"地址。"

"啊？"

“你家地址。”

“哦哦哦。”她赶紧报上地址，想着还是偶像想得周到，就这么明目张胆地在外面下车很容易被看见，还是到家了从车库下比较安全。

霍希将地址输入导航系统，加快速度，透过后视镜往后看，半个人影都看不到。他伸手把镜子往下挪了挪，终于能看到以一种诡异的姿势趴在下面的盛乔。

“不累吗？”

“不累不累，你好好开车，不用管我！”

不给偶像“招黑”是做粉丝最基本的素养！她才不要她宝贝老公跟任何女明星扯上绯闻，自己也不行！

过了会儿，盛乔感觉腰都快要断了，听见霍希说：“我的车窗，用的是单向透视膜。”

“啊？”

“从外面看不见。”

“……”

盛乔默默地爬起来，坐回了座位。霍希勾了下唇角，笑容一闪即过，又恢复冷漠，问她：“接下来你打算怎么办？”

她捧着脸欣赏偶像开车的姿态：“没事儿，大不了解约呗。”

霍希瞟了她一眼：“恐怕不容易。”

“这世上所有的事情无非就两种情况，不欢而散和好聚好散。高美玲会根据我的剩余价值来判断怎么跟我谈判，我只要回家等她消息就行了。”

霍希有些诧异地挑了下眉，后视镜里那个姑娘，眉眼里都是晴朗的光，说出来的话条理分明，一点儿都不像他印象里那个备受欺压、愚蠢怯弱，需要被他同情的傻子。

她到底发生了什么，会改变如此之大？是那晚遭遇的事吗？痛苦到令她迅速成长？

霍希似笑非笑：“你跟以前不太一样。”

盛乔肩膀一抖，若无其事：“我进化了。人类是不断进化的物种。”

霍希：“……”

车子很快开进她家车库，霍希停好车，淡声道：“就不送你上去了，再见。”

“不用送，不用送，再见。”她扒着车窗鬼头鬼脑地扫视一圈，确定没有问题，终于拉开车门，顿了顿，又回过身问，“霍希，你下个月就要开始准备巡演彩排了吧？”

她对自己的工作行程倒是挺了解的，霍希点头：“怎么？”

“加油！巡演我会去的，我抢到了票！”话落，她猛地一拍脑门儿，她有个屁的票，抢到票的那是乔瞧！天知道霍希的巡演门票有多难抢，他的粉丝都是魔鬼手速好吗？！

于是盛乔也不下车了，坐回去，干咳两声：“那个……霍希，你应该有自己巡演的门票吧？”

霍希把玩着方向盘：“当然。”

“那……我能跟你买一张吗？”怕他拒绝，她赶紧补充一句，“我可以出五倍的价钱，要内场票，第一排最好！”

好半天，她听见霍希淡淡地问：“我是黄牛吗？”

盛乔想哭：“霍希，求你了，赐我一张门票吧。”

霍希说：“下车。”

盛乔：“实在不行，看台也可以。我要是进不去，会在外面哭倒体育馆的，砸死人就不好了。”

你以为你是孟姜女啊？霍希都要被气笑了，转身看着她：“盛乔，你想去我巡演上做什么？拍视频、发微博、炒绯闻吗？”

她一愣，眼睛一眨不眨地看着他。

车内的空间这么小，他们离得这么近，他眼睛倒映着光，睫毛都根根分明，一点一寸都是她拍照后修图时放大描摹过的样子。

好半天，她轻轻开口：“霍希，我只是想去看看你。你的每一场演出，我都想亲眼看看。”

我离你太远，做不了朋友，当不成恋人，我只是你万千粉丝中的一个。我唯一能参与你生命的方式就是见证你的每一次成长，看着你在舞台上绽放光芒，然后一步一步，走向更高的地方。

而我会为你摇旗呐喊，声嘶力竭也在所不惜。

车内有淡淡薄荷香。

霍希皱了下眉，回过身去，好半天，淡淡道：“过几天拿给你。”

“每一场都要！”

“……可以下车了吗？”

盛乔“唰”的一下拉开车门，麻溜地下去了。车子渐渐驶离车库，她站在原地跟个招财猫似的挥手，直到车子完全消失才一脸满足地上了电梯。

到家之后，盛乔看着空荡荡又冷冰冰的房间，兴奋退去，不适应感席卷全身。

她想了想，开始翻箱倒柜，把原主的存折、银行卡、合同等一股脑儿地全部找了出来，然后一张张去看。不看不知道，一看吓一跳——无车无房无投资，这两室一厅还是租的。

盛乔又去查了银行卡余额，看到53000这个数字后眼珠子都快掉下来了。乔瞧自己卡上的钱都是她的十倍！堂堂女明星盛乔，居然混成这副德行？

她拍一部戏或者接一个综艺节目也不至于这么少吧？何况盛乔的热度并不低，虽然够不上一线，但好歹也是“二线小花”了，每年行程也不少，至于这么惨吗？

钱呢？钱都去哪儿了？

盛乔满腹疑问，在手边资料里翻了翻，被一份合同所吸引——《星耀传媒有限责任公司艺人签约合作书》。

盛乔拿过签约合同，开始翻看，逐条，逐页，看到最后，手抖得已经拿不住文件。半天，她将文件狠狠地摔在地上，骂了句脏话。

原主跟星耀签的合约竟然是以计时工资制的方式支付薪酬。

合约里明文规定，星耀以每月2万元的金额支付盛乔报酬，除此之外，盛乔不再享有任何利益，她工作所得的所有收入，全归星耀所有。

也就是说，盛乔在给星耀打工，每个月工资2万元。她拍戏、上综艺节目、拍广告赚的钱都属于星耀，她一分钱都拿不到。如果想提前解约，则要支付解约前一年她所赚收入三倍的违约金给星耀。原身是猪吧！签这种合约，说她是猪都抬举她了！

而且她居然签了二十年？！

此刻的盛乔只想骂脏话。

片刻，手机铃声响起来，盛乔拿起一看，是高美玲打来的。她咬牙切齿地接起电话，电话那头笑得盛气凌人："冷静下来了吧？想谈谈吗？"

一个小时后，高美玲敲响盛乔家的门。

这套房子还是盛乔刚签约那会儿，她给盛乔找的，垫付了半年的房租，换来盛乔一顿感恩戴德。那会儿，盛乔当她是救世主，就差塑个金身把她供起来了。

她操控盛乔这么多年，见惯了盛乔俯首帖耳、唯唯诺诺的样子，今日盛乔突然奋起反抗，她只以为是最近给盛乔的压力太大，才让盛乔一时爆发。

等盛乔冷静下来，会哭着来求她的。

但当房门打开，她看见门后笔直站着的女子正弯嘴微笑，目光冷静，看向自己时毫无畏惧。

高美玲愣了一下，盛乔笑起来："高姐，进来吧。"

她不会是想跟自己来个同归于尽吧？高美玲莫名有点儿心虚。

茶几上已经泡了两杯茶，盛乔在沙发一侧坐下，伸手虚请："高姐，坐。"

被盛乔主导的感觉太奇怪了，高美玲努力压下这种不适感，往沙发上一坐，端出气势，努力拿回主导权："小乔，最近是缺钱了吧？"

盛乔笑吟吟地看她，不说话。

高美玲从包里拿出一个鼓鼓的文件袋："这钱你拿去用，就当是我送你的。"

盛乔接过来打开，瞄了两眼："2万？"她将文件袋扔回茶几上，"高姐，打发叫花子呢？"

高美玲皱眉："小乔，你这话是什么意思？"

盛乔拍拍手边那份签约合同："最近我突然醒神了。高姐，这笔生意不划算啊，我每年能给公司赚多少钱，大家心里都有数。每个月工资2万，是不是有点儿太欺负人了？”

高美玲盯着她看了一会儿，突然笑了出来：“小乔，这份合同可不是我按着你的头逼你签的。”她往前坐了坐，前倾身子，“这可是你求着我签的。”

盛乔内心一个咯噔。

高美玲笑着看她：“现在说欺负你，是不是晚了点儿？”

盛乔在心里提醒自己不要慌。她没有继承原主的记忆，只能慢慢套话，找出原主签这份不平等合约的原因，才能知道解决的办法。

“年轻不懂事，被你们坑了，我认。可是高姐，如果我把这份合约公布出去，你觉得网络舆论会倒向哪边呢？”看见高美玲的脸色一下子沉下来，盛乔笑容可人，“谁还敢签约星耀？谁还敢当你手下的艺人啊？我这么惨，累死累活地给公司打工，都快要被公司逼死了，哪部剧、哪个节目还敢要我啊？”

“盛乔！”

她怅然叹气：“何必弄得两败俱伤呢？”

高美玲气得冷笑：“盛乔，你以为这么做了，你还能在这个圈子混下去吗？”

盛乔摊手：“大不了不当明星咯。世界这么大，还能把我饿死啊？”

高美玲定定地看着她，盛乔一脸无所谓的笑意，完全不像在开玩笑。两人就这么对峙半天，高美玲突然笑了一下。那笑太过阴毒，像蛇爬行之后留下的阴冷痕迹，令人生寒。

盛乔皱了皱眉。

高美玲拿出手机，不知道点了什么，将屏幕伸到她面前，笑吟吟地说：“小乔，明星不当了，人总还要做吧？”

看清手机上的照片，盛乔的瞳孔顿时放大。

屏幕里是盛乔的裸照。

她手指有点儿发抖，猛地抬头，恶狠狠地看过去。

高美玲还是笑着，收回手机，朝后一靠：“别这么看着我。当初要不是我花了300万把你从高利贷债主的手里救出来，这些照片早就挂满网站了。你要怪，只能怪你那个赌鬼父亲。”

盛乔咬着牙，竭力维持冷静。

高美玲还在继续："是，这份合约是不平等，可当初要是没有这份合约，没有我，你和你那个残废妈早就一起去下面找你那赌鬼父亲了。2万块钱少吗？不少啊，你看看现在这个社会，多少工薪阶层每个月累死累活也赚不到这么多钱啊。"

她端起茶杯喝了一口，叹了叹气："是我给了你一份稳定的高薪工作，让你摆脱了过去的噩梦和阴影，小乔，你应该感谢我啊。你不要一天到晚想着跟圈子里其他明星比，你拿什么去跟别人比呢？你要出身没出身，要学历没学历，连智商都没有，给你一个娇滴滴的'傻白甜'公主设定，你都能给我演成没有教养的矫情玩意儿。除了这张脸，你还有什么啊？"

盛乔定定地坐在沙发上，全身都在发抖。

高美玲喝完了茶，说完了话，将装了2万块钱的文件袋重新扔到她怀里："听高姐一句，以前怎么样，现在就怎么样。乖乖听话，别想着飞。"高美玲像安抚似的，打一棒子再给一颗糖，"看你也不容易，这样吧，下个月我再给你申请个加薪，月薪3万，很不错了。"

盛乔捏紧拳头，死死地看着自己怀里的文件袋。

高美玲冲她挥挥手，拿着包走到门口，好像想起什么，回过身笑吟吟道："对了，那个剧，进组时间我帮你推到明早了。高姐对你好吧？今天下午呢，你就好好休息一下，调整心态，明天一早我让方白来接你。"

她眼里的笑意渐渐退去，又变成那个厉害、强势的高美玲："盛乔，不听话的人，是没有好下场的。"

房门"砰"的一声被关上。

房间恢复安静，只有盛乔剧烈的喘息，一声接着一声。

良久，她拍拍自己的脸，闭上眼睛："乔乔，没事的。冷静，冷静才能找到解决办法。一定要冷静，没事的。"

她睁开眼，拿起一直搁在一旁的手机，关掉录音，保存好，又将录音原件分别存入几个邮箱里。做完这一切，她走到饮水机旁边，足足喝了五杯水。

她愣了会儿，然后走向化妆间，落地镜照出脸色苍白的女孩，长发微卷散在胸前。这张脸，她曾经是那样厌恶。

她低头，弯腰，深深地三鞠躬：“盛乔，对不起。”

为我以前不明真相的随意攻击，为我不负责任敲下键盘给你带去的伤害，为这个网络随波逐流、戾气横行的中伤。

我不知道你为什么会消失，大概是因为你再也承受不了这个世界带给你的恶意。而我，也是凶手之一。

我会解决掉所有麻烦。我会让光照进你黑暗的生命里来。

她转身走出去，拿起手机拨通了一个电话。响了很久才有人接，她深吸一口气：“乔羽，我要见你。”

电话那头莫名其妙：“你哪位？”

“我有一些法律上的问题想咨询你，约个时间见面吧。”

“不好意思，我最近手上有几个案子，时间比较紧迫。这样，我安排事务所的同事先和你对接……”

“不行！我只和你谈！乔羽，我真的很需要你的帮助，除了你，我谁都不信。”

电话那头沉默了片刻，最终无奈道：“好吧，晚上八点，在……”

“在夕风水榭！我在守风阁等你。”

夕风水榭就在乔家附近，是乔家人以前常去的高档茶阁，在隐蔽性和环境方面都做得很好。乔羽看了眼这个陌生电话：“行，晚上见。”

盛乔挂了电话，稍微松了口气。在沙发上坐了会儿，好像想起什么，她点开手机通讯录翻看，找到一个备注为“妈妈”的电话拨了过去。

电话接得很快，听筒里是妇女开心的声音：“乔乔啊。”

盛乔的眼泪一下子就砸下来了，是这具身体的记忆吗？

她吸吸鼻涕：“妈，你最近好吗？”

“我好我好，你不用担心我，最近天气转凉，来买鞋垫的人多起来啦，生意很不错的。乔乔啊，你别再给妈妈打钱了，我钱够花，你留着自己用，买点儿好的，穿点儿好的。我看你最近播的那个电视剧啊，都瘦了。别饿着自己啊。”

“妈，那都是去年拍的了。”

电话那头的妇女絮絮叨叨，跟这世上所有关心女儿的母亲一样。挂了电话，盛乔想着，得找个时间回家去看看老人。

她把手机通讯录翻了一遍，看见了好几个眼熟的娱乐圈艺人的名字，大概了解了原主的朋友圈。但原主似乎没有什么圈内好友，一直都是独来独往。

盛乔登录了自己的认证微博，最新的一条微博还是半个月前原主发的自拍。评论挺多的，一半“水军”，一半“黑粉”。

她翻了翻，看着那些污言秽语，深深叹了一口气，想了想，发了一条微博：“@盛乔：小乔，要努力变强。”

很快就有人评论：

“‘开黑’吗？我小乔贼溜。”

“连《王者荣耀》的热度都蹭，没救了。”

“自己什么实力没点儿啥数吗？还变强？”

……

盛乔退出了账号。

她又搜了搜自己的“应援博”，除了一个“盛乔官方后援会”，其他的不值一提，点进“盛乔网投组”一看，最新一条投票微博转发量是个位数。

官方微博的数据较之要好一些，但作为一个“二线小花”，这个数据真的是难看。

盛乔给方白打电话：“小白，我的‘官博’是谁在运营？我想跟后援会会长聊一聊。”

方白说：“是我。”

盛乔：“……”

她无语了好一会儿：“这样，你把‘官博’的账号密码发过来，以后这个‘官博’我自己来做，你不用管了。”

方白：“？？？”盛乔自己给自己当后援会会长？

没多会儿盛乔就收到了自己的“官博”账号。登录之后，她转发了自己认证大号刚发的那条微博：“@盛乔官方后援会：时间会证明一切，我们等你长大。//@盛乔：小乔，要努力变强。”

她又去卧室打开电脑，下载了各个制图软件，制作了一张招人启事。图片编辑好后，用官方微博发出，并配文字：“@盛乔官方后援会：为了响应我乔变强号召，官博君在此征召‘乔粉’，请仔细阅读下图哦。”

她要招募真心喜欢盛乔的粉丝，从头开始，把数据一点点做起来。

在这期间，她重新申请了各个社交APP的账号，ID都取为：小乔要努力变强。

官方应援群很快就有人申请。

她打开电脑，一个一个地私聊。作为原身以前的“黑粉”，她对盛乔的了解可谓跟粉丝不相上下。

私聊审核半天，盛乔的粉丝没来几个，倒是让她抓出不少霍希的粉丝。

这些“披皮黑”！

忙活一下午，最终通过审核进入应援群的只有九个人。

惨是真的惨……

不过总比没有好，盛乔打起精神，在群里发消息：“大家好，我是乔乔团队新任的官方后援会会长，从今天开始，我将和大家一起为了乔乔变得更好而努力。各个官方打榜、‘反黑’、网投的账号都已收回，一会儿就会按照各自的情况分配给大家。各位都是我亲自挑选，严格把关选进后援会的粉丝，我相信大家都是真心喜欢乔乔的，那么接下来，新世界，新开始，一起加油吧。”

盛乔亲自审核的粉丝个个都是实打实的真粉，听到官方后援会这么讲，顿时像打了鸡血一样动力十足地在群里响应。

盛乔将收回的几个官方账号按照九人的工作、年龄、休息时间，依次安排下去，又做了一份不同的官方账号应负责的不同事宜。

看着群里的九人纷纷点赞她的工作效率和计划，盛乔忍不住感叹，混了这么多年的粉丝圈，追了这么多年的星，总算派上用场了！

处理好后援会的事，天色已经暗下来，盛乔收拾收拾，出门去见乔羽。

路上堵车，乔羽迟到了半个小时，急匆匆地赶到夕风水榭时，服务员领着他去了守风阁。他推门而入，有人正盘膝而坐，执壶煮茶。

身后是大幅山水屏风，她穿着一身白色长衣，长发侧束在胸前，和山水画相得益彰。

“抱歉，路上有点儿堵车。”乔羽走近，礼貌地伸出手去，竹席上的人抬起头，未施粉黛的一张脸落入他眼里。

乔羽脱口而出：“盛乔？怎么是你？”

看到自己的哥哥站在面前，她却再也无法以妹妹的身份和他相认，盛乔心里一阵难过，努力保持微笑：“怎么不能是我？坐吧。”

乔羽惊疑不定地坐下来。

那晚盛乔在乔家门口发疯的事他一直心有余悸，一直都没想通这个女明星当时出现在自家门口说那些奇怪的话的原因，没想到今天她居然又主动找上门来。

乔羽警惕地望着她：“盛乔，你找我到底想做什么？”

曾经最亲密的人如今用这样陌生而又警惕的眼神看着自己，盛乔感觉舌尖都是苦的。以前乔羽虽然总是反感她追星，可他会为了帮她抢霍希演唱会的门票而动员整个律师事务所的员工。

嘴上不说，其实他舍不得妹妹受一点委屈。

这些盛乔都知道，她曾无比感谢父母和老天送了她一个哥哥，可如今这个哥哥被老天爷收回去了。哪怕受了这样天大的委屈，她也无法再扑在他怀里哭诉撒娇。

盛乔低头给他倒茶，将眼里的泪逼回去，深呼吸两下才缓缓开口：“我在电话里说了，我有一些法律上的事要咨询你。”

乔羽看了她几眼，察觉她神态不像作假，松了口气。只要是工作上的事，那就没问题，他也不是没有帮明星处理过经济纠纷。

他放松下来：“说说你的情况。”

盛乔从包里掏出一份文件递给他：“你先看看这个。”

乔羽接过一看，是一份艺人签约合作书，他开始翻阅，越看神色越震惊，最后都顾不上工作礼仪了：“天哪！你怎么会签这种合约？”

盛乔叹了口气，又拿出手机：“再听听这个。”

放的是下午那段和高美玲的录音。

乔羽听完，真是惊得下巴都要掉下来了。这是什么圈内秘密？娱乐圈都这么乱的吗？

盛乔无奈地笑了一下，喝了一口热茶稳定情绪："我给你总结一下。五年前，我爸因为好赌欠了300万高利贷跳楼自杀了，高利贷债主找我和我妈还钱，我还不上，他们绑我去拍了裸照。我现在的经纪人高美玲帮我还了300万，代价就是这份不平等合约。现在我想解约，高美玲用裸照威胁我。我找你就是想知道，我能用法律的手段保护自己吗？"

乔羽还处于震惊阶段。

盛乔也不急，一壶茶喝完，又煮了一壶，乔羽终于回过神来，皱眉问她："你就这么把这些事情告诉我了？不怕我传出去吗？"

"我既然找你，就是百分之百地信任你。我说了，除了你，我谁都不信。"

虽然不知道她这莫名其妙的自信来自哪里，但被人这么无条件地信任，乔羽心里还是有些震动。

盛乔将一份文件递过来："这是那段录音的文字版。"

乔羽将两份文件再次阅读后，神色逐渐变得凝重："你想怎么做？直接解约，还是仍然留在星耀，只是变更合约条款？"

盛乔毫不犹豫地说："解约。"

"这官司可以打。"乔羽手指点了点合约，"抓霸王合同这个点，对方以欺诈、胁迫手段使你签下合约，违反了自由人的意志，从法律上来讲，属于可撤销合同。而且对方利用裸照进行威胁，已经对你构成了名誉侵害和人身伤害。"

"但是，"他话锋一转，看向盛乔，"一旦提起诉讼，你的经纪公司必然不会坐以待毙。你……裸照事件，也必定暴露。如果公司打算鱼死网破，将你的裸照公布，我们是没有证据证明泄露方就是星耀传媒的，因为这些照片不是星耀拍的，是你的那些高利贷债主，他们完全可以说，当年高利贷债主并没有销毁原件，照片是从债主那儿泄露出去的。"

乔羽皱眉看着盛乔："你考虑过这些后果吗？"

明星不当了，人总还是要做的吧。可以想象，一旦裸照泄露，她将迎来什么样的灾难。她的“黑粉”、对她印象极差的“路人”、公司请来污蔑她的“水军”，一哄而上，足够将她踩入深渊，一辈子翻不了身。

她孤身一人，毫无庇护，走法律这条路，是在踩刀刃。一路流着血走向胜利，到最后血流尽，丢半条命，除了自由，什么也不剩。

盛乔低头去看白瓷茶杯里微微荡漾的茶水。

良久，盛乔抬头冲乔羽笑了一下：“打吧。”

乔羽难以置信地望着她。

“有那样一个父亲不是我的错，欠高利贷不是我的错，被拍裸照不是我的错，被经纪公司压榨不是我的错。如果到最后所有人都来攻击我，那也不是我的错。”她顿了顿，轻轻笑起来，“是这个世界错了。”

乔羽一动不动地看着对面微笑的女孩，良久，他收起文件：“这两份文件我带回去，接下来我会准备起诉需要用到的相关资料，随时联系。”

盛乔点点头，迟疑了一下，又说：“乔羽，诉讼费……”

他冲她笑笑：“不急，赢了再谈。”

乔羽起身告辞，转身离开，她看着他的背影，眼眶有点儿湿，好半天，低低说了句：“谢谢你啊，哥。”

盛乔又独自在隔间里坐了很久，平复心情后才终于走出去。走了两步，她突然想起来一件很重要的事！

她现在可是卡里只有53000的人！她到底为什么要来夕风水榭这种高档茶楼消费？约在对面的露天小公园不好吗……

盛乔欲哭无泪，一脸沉重地走到前台：“结账，多少钱？”

前台小姑娘笑得跟朵花儿一样：“小姐，您好，守风阁的账单已经结了，谢谢您的光顾，欢迎下次光临。”

呜呜呜……她哥真好。盛乔一脸感动，收起钱包正要离开，一转身就看见对面的茶舍里走出来几个人。前面两人相谈甚欢，朝门口走去，后面跟着一个戴帽子、口罩的男生，双手插兜埋着头，一副生人勿近的气场。

作为“老婆粉”，自家“老公”就算裹一床被子她都能认出来！

这样都能巧遇霍希，她简直太幸福了。被合约影响的沉闷心情瞬间消散了几分，不过，大庭广众之下，她不能贸然上前给霍希招来绯闻，于是盛乔压制住兴奋的心情，假装没看见，一脸高冷地离开了。

天色已经暗了下来，临近冬季，冷风阵阵，夜幕下一轮银月，洒下寒霜一样的月光。夕风水榭就挨着别墅小区，霍希跟同行朋友告了别，转身拐进右边的绿化小道。

这条绿道连通小区后门，能直接通往他家。这时间人少，也不用担心记者，他难得有空闲想独自散散步。

没想到他刚走到拐角处，树影后突然跳出来一个人："霍希！"

霍希吓得一抖，看清来人，气得咬牙："盛乔，你是不是有病？！"

其实刚才在大堂他就看见她了，也察觉她认出了自己，只是没想到她掉头就走。霍希还在心里讥笑她果然还和以前一个样子，避他如同避瘟神，没想到她不仅没走，居然还藏在这儿吓他！

"吓到你了？"盛乔语气紧张，特别不好意思，"对不起啊，我不是故意的。"

霍希不耐烦地挥了下手："什么事？"

她复又抬头看他，眼睛在夜幕下亮晶晶的，说："晚安！"

霍希怀疑自己听错了："什么？"

"晚安！早点休息，不要熬夜！"

霍希皱眉看了她一会儿："你藏在这儿等我，就是要跟我说这个？"

"嗯。"她特开心地点了点头，又朝四周看了看，揽紧衣服，"那我走啦，拜拜！"

他不知道，这几年来，每晚睡觉前她都会在微博上和他说晚安，虽然他一次也没有回复过，甚至从未看到。可这仿佛成了她的日常，哪天不写下那两个字，连觉都睡不好。

而今天，她终于可以站在他面前，亲口跟他说一句"晚安"了。

还有比这更幸福的事吗？没有！"追星girl"就是这么容易满足！

说完之后，盛乔开开心心地转身就走，霍希一言难尽地看着她蹦蹦跳跳的背影，顿了顿，喊她："回来。"

盛乔都不带迟疑的，麻溜地折了回来："还有什么事呀？"

"合约的事解决了吗？"

盛乔神色一顿，片刻，若无其事地冲他笑了笑："都是小事，放心啦。"

霍希一脸怀疑。高美玲是什么人，他进公司时就再清楚不过了。就盛乔这样的傻子，能跟她斗？

似乎察觉他的质疑，盛乔面带轻松地拍拍他的肩："我可以解决的，你放心！偶像，你这么厉害，我也不会差的！"

霍希眼角抽搐："谁是你偶像？"

"你啊。"

霍希："？？？"什么时候的事？我什么时候从你的绯闻炒作对象变成你偶像了？

"好了好了，你快回去吧，外面冷。"她倒还催起他来了，霍希也不再说什么，点了下头就往前走，走了两步回头去看，她还站在原地。大概是因为冷，她一边跺脚一边搓手，见他回头，素净的一张脸上顿时露出一个大大的笑容，冲他挥手："拜拜！"

霍希终于没再回头，很快消失在夜色里。

盛乔站在原地，愣了好一会儿，低低地叹了一口气。

回到家，她冲了个热水澡，前几天都没好好休息，此刻一挨床就睡着了。第二天一早还在梦中就被电话铃声吵醒。

方白已经等在楼下："乔乔姐，准备进组了。"

看来，在正式打官司之前，这部剧是推不掉了。

一上车就看到方白给她准备的早餐，盛乔边吃边道谢，又问："高美玲呢？"

得，现在连名带姓，姐都不叫了。

方白回答："同组的艺人在国外有个公演，高姐跟着去了。你今天就进组，接下来都在剧组，高姐说有我照顾你就够了。还有，橙子被抽调了，高姐说剧组有化妆师会负责你的造型。"

昨天刚大战了三百回合，给彼此一点独立的时间、空间还是必要的。

盛乔落得清闲，到达片场的时候，同组的演员都还没到。方白领着她去了化妆间，造型师已经来了，给盛乔换好衣服就开始化妆，准备拍定妆照。

《疯语》是以现代都市为背景的奇幻小说。两个男主角都是新人，演人的那个叫傅子清，中戏毕业，以前在各部大片里面当配角，算科班出身的专业演员。

演妖的那个叫钟深，跟盛乔一样非科班出身，都是因为一张脸被经纪人看中带进了娱乐圈。

虽然两个主角名气都不算大，但颜值“在线”，且导演选人很尊重原著，两人的气质都符合各自的设定。当时定妆照一出，书迷和路人都惊呼还原，所以这部剧的期待值在网络上是很高的。

当然，今早过后他们就不会期待了。

傅子清演的角色是个从小有阴阳眼的少年，能看见妖怪，没人相信他的话，便把他当疯子看待。盛乔趁着化妆，翻了下剧本，她演的是傅子清的心理医生。

盛乔看着剧本抚额长叹。她不会演戏啊，这可怎么办？

不过好在原主本身演技就不好，她努力瞪个眼、噘个嘴，应该能蒙混过关吧？

嗯，就这么办！

没想到拍定妆照的时候她就被难住了。

摄影师一会儿说她笑得太僵，一会儿说她身体太硬，盛乔感觉自己跟个木偶一样，关节都快要断了。

摄影师也是个狠人，把相机一搁，招呼旁边的方白：“你家艺人有什么喜欢的明星吗？”

方白心说，这个我不了解啊，哪有明星追星的？转而他又想到昨天在电梯里，盛乔望着霍希发痴的那副样子，迟疑着说：“霍希……吧？”

摄影师打了个响指，跟自己助理耳语两句。没多会儿，助理就捧着张霍希的海报进来了，按照摄影师的吩咐，往机器前面一蹲，高举霍希的海报。

摄影师喊盛乔：“来，看海报。”

正捶肩揉背的盛乔抬头一看，顿时笑得比阳光还灿烂。

摄影师"咔嚓"两下，完美，收工。

陆陆续续有演员进组。

这种网剧投资成本不大，演员基本都是新人，不存在要大牌、拿身份的事，整个剧组的气氛可谓相当友好。

唯一令人有些不自在的，是那个风评很差的盛乔。

大家都知道她性格矫情，智商和情商低，而且在这个剧组，还真就她的"咖位"最高。大家进组之后，看到坐在椅子上看剧本的盛乔，都只客套地打声招呼就离她远远的了。

盛乔没太注意周围的异样目光，还在使劲儿背台词。

演技已经不行了，台词要是再记不住，她怕被打。

直到主角全部进组，导演组织大家认识一下，准备开机仪式，盛乔才在方白的提醒下捶着酸痛的腰走过去。

一眼看过去，有几个新面孔，还有几个熟面孔，都是以前在电视上才能看见的人。

不过在盛乔心里，明星只分为两类——霍希和其他明星。所以她波澜不惊，在导演的介绍下一一跟主角们握手打招呼。

傅子清跟他演的角色一样，性格有点儿冷，不爱说话，看上去就很敬业。钟深男生女相，长相俊美，一双桃花眼泛着一丝不安分。

初次见面，基本的客套礼数都做到位，一众人完成了开机仪式，剧组算是正式开机了。

盛乔第一场戏就在晚上。

因为她"二线小花"的"咖位"摆在那里，又考虑到她不好伺候的性格，剧组专门给她准备了单独的休息室，没想到一开机，她哪儿都不去，搬个小板凳坐在导演身边，开始看戏。临阵磨枪捡点东西学，总比什么都不懂好。

一上午很快就过去，中午剧组定了盒饭，之前就出现过盛乔在剧组吃盒饭吃吐了的事，剧务还挺担心的，没想到盛乔接过盒饭二话不说，吃得还挺开心。

在场的人面面相觑，心里都在想，这怎么跟传言不太像？盛乔挺亲切的啊，跟谁说话都乐呵呵的，哪里“作”了？

午休的时候，方白拿着手机愁眉苦脸地给盛乔看：“乔乔姐，你上热搜榜第三了。”

全是骂她的。

上午官方公布了定妆照，宣布女主角加入，网上顿时“炸开锅”。原著粉丝气得要死，盛乔的“黑粉”也坐不住了，破口大骂，连“路人”都觉得，人家这样一部剧，你一个女的去搅和什么啊？

一个小时就把她骂上了热搜。

盛乔早就料到这个局面，飞速在应援群里发消息：“《疯语》定妆照公布，‘反黑组’进入一级战备状态！”

管理“反黑组”的粉丝是一个计算机系的在校大三学生，ID叫“旺仔”，立刻回复：“收到！”

盛乔又登录自己的官方后援会账号，发布了一条微博：“@盛乔官方后援会：有些事，总需要有人做，有些角色，总需要有人演。千夫所指亦一往无前。”

配了一张早上让方白拍的她坐在镜头旁边看剧本的照片。

发完不等“黑子”来骂，她麻溜下线了。

方白看着这一幕，感叹不已。“黑”到这种程度，也算“红”的另一种方式了。

盛乔一脸郑重地把手机交到他手里：“小白，你以后的任务就是给我拍照，三百六十度全方位抓拍，其他就不用管了。”

方白觉得一言难尽。

午休结束，继续拍戏，盛乔头一次看现场，边听边看边学，把专业术语摸了个透，遇到不懂的或者她摸不透的地方，礼貌地向导演请教，导演见演员这么好学，也乐于指导，快到晚上的时候，盛乔已经信心百倍了！

不就是演戏嘛，没什么可怕的！然后她就被啪啪“打脸”了。

难是真的难……瞪眼噘嘴也不容易。

第一场戏是演她和傅子清的初遇，盛乔台词背得滚瓜烂熟，但一对戏就像在背课文。实在没办法，赶鸭子上架，只有这水平了。

盛乔在导演发飙前主动叫了停，对着剧组鞠了一躬："实在对不住各位，很久没有进组，我有点儿找不到状态，耽误各位的时间了。导演，能给我一晚上时间调整状态吗？"

导演本来一肚子火，但见她态度这么好，又是鞠躬又是道歉的，也实在不好意思发火，只能应了。

第一天的拍摄就这么结束了，大家纷纷收工。方白拿着外套赶紧过来给她穿上，又递上一杯热水："乔乔姐，你别紧张，休息一晚，明天肯定能演好。"

盛乔叹了口气，稳了稳情绪跟他说："你去附近买点奶茶、烧烤之类的夜宵，给剧组的每个工作人员都送一份，我先回房间了。"

她情绪不好，方白也没多说什么，点头应了。

剧组对接的商务酒店就在附近，但盛乔没回去，而是拿着手机和剧本去了湖边的小公园。点进微博看看，她发现热搜降了一些，污言秽语也少了不少。

她还看见好几个营销号在发通稿：虽然盛乔的确不怎么样，但这次这个锅怎么也不该她来背吧？剧本又不是她写的。这女主角就是个烫手山芋，谁演谁挨骂，说句实话，还挺佩服盛乔这种迎"黑"而上的勇气。

应该是团队统一买的营销通稿，高美玲尽管过分压榨她，但的确知道怎么给艺人造势洗白。她需要盛乔保持热度，但又不能形象尽毁，营销手段玩得很溜。

盛乔给旺仔发消息："旺旺，'反黑'工作进行得怎么样？"

旺仔秒回："报告会长，我写了一个自动举报的程序，'广场'（在微博搜索栏输入明星名字点击搜索出现的页面就被称作'广场'）上大部分带有敏感词汇的言论都已经被屏蔽了。"

还真是个计算机专业人才，盛乔给他打气："干得不错，再接再厉！"

旺仔："保证完成任务！"

她又编辑了一段最近需要维持的热度和宣传以及"反黑"事宜，发在后援群里，九人纷纷热情回应。

盛乔心情好了一些，不能再“黑”了，再“黑”连九个粉丝都没了。

做完这一切，她打开手机电筒，翻开剧本。台词空白处全是她做的笔记，哪一句要用什么样的表情、语气都一一标注得很清楚，从第一句台词开始，她一遍一遍不厌其烦地读，然后用手机录音。

读完之后听录音，再一个字一个字地纠正语气。

盛乔心想，当年自己作为一个学渣，努力之后连伦敦大学的录取通知书都能拿到。

请问这世上还有比考试更难的事吗？没有！

她能考入伦敦大学，也能当好一个演员。

不过是付出多少而已。

第二章 盛放

练台词一直到深夜，最后盛乔实在冷得不行，哆嗦着回酒店了。

刚上电梯，一身酒味的钟深也走进来，看见是她有点儿意外，笑嘻嘻地跟她打招呼：“你也还没睡呢？”看了一眼她手上的剧本和冻得通红的脸，觉得不可思议，“盛乔，你也太拼了吧！”

盛乔说：“爱拼才会赢。”

钟深笑得前仰后合，笑完了拿过她的剧本一看：“呦，你这挺努力的啊。就冲你这份努力，以后哥罩你，要对戏的地方，尽管来找哥。”

你一个今天一场戏重拍了十几次的人咋好意思说这话的？亏心不？

然而钟深完全不觉得这话亏心，第二天在片场休息的时候，他还真拿着本子来找盛乔对戏了。

盛乔：“……我可以拒绝吗？”

钟深：“不行！我好心好意帮你，你还敢拒绝？”

盛乔默默地拿起了本子。

傅子清就坐在不远处，拿着一瓶果粒橙，看着他俩。看了半天，实在是看不下去了，他把果粒橙往地上一放，表情沉重地走到钟深身后，拍拍钟深的肩。钟深还怪不情愿有人打断自己，回头瞪了傅子清一眼。

傅子清说：“还是我来吧。”

钟深顿时就不满了：“你什么意思？你嫌我演得不好？”

傅子清说：“嗯。”

盛乔还以为钟深会生气，结果他说：“可我长得好啊。”

行，你美你有理……

傅子清也不理他了，转头跟盛乔说：“对不对？”

盛乔头点得跟打字机一样：“对对对。”

于是两人抛下一脸幽怨的钟深，到旁边对戏去了。两场戏对下来，傅子清看盛乔的眼神有点儿惊讶：“比昨天好多了。”

看来自己昨晚的努力没白费，盛乔一脸满足。

付出是有回报的，开拍之后，盛乔只重拍了两遍就过了第一场戏。开了头后面就好办了，傅子清也不藏着掖着，将自己一些专业的表演技巧都跟盛乔说了。

第二天拍摄结束，她照常去小湖边练台词。老方法不变，代入傅子清教她的技巧，练起来更快。而且她饰演的这个角色本身没有什么难度，只要掌握了基本表演技巧，足够过关。

而她的官方后援会微博也在每天定时更新，配一张在片场的剧照。

“@盛乔官方后援会：我与你之间，只差一道光。光是风是影是星，是我追逐你时，你落满朝霞的眉眼。早安，‘乔粉’。”

“@盛乔官方后援会：我把你藏进月色，不想被别人发现。可你的影子投下，覆满人间。晚安，‘乔粉’。”

“@盛乔官方后援会：明天是什么样子，没有人知道。我们爱你的样子，你会知道。而你的样子，天使知道。早安，‘乔粉’。”

“@盛乔官方后援会：请相信，你会如这世上的花儿一样盛开。清风和蝴蝶，都会为你而来。晚安，‘乔粉’。”

……

网投组的管理员茶茶在后援会群里@盛乔：“会长，我们是招了一个诗人吗？这‘官博’的文案写得也太好了吧！”

小乔要努力变强：“谢谢夸奖，是会长本人。”

演员找到状态，拍摄进度也就提升了不少，整个剧组其乐融融，对盛乔的好感也直线提升。闲暇休息时间，三个主角带着两个配角“五黑”玩《王者荣耀》。

一开始只有盛乔在那儿玩，钟深看见了，强烈要求组队，但钟深技术不行，盛乔带不动，又招呼剧里的男三号一起带，一下午就把“黄金”段位的

“渣渣”钟深带上了“钻石”。

傅子清看到顿时就不乐意了，他也想上“钻石”。

于是几个人凑一凑，凑了一个“五黑”队伍，开始征战王者峡谷。

没想到第一把傅子清和钟深就因为抢“蔡文姬”打起来了。

把盛乔气的，一人给了一脚，怒吼：“两个大老爷们儿抢一个奶妈，丢不丢人！”

钟深说：“我只会玩奶妈！”

傅子清说：“我就喜欢救死扶伤的感觉！”

最后在盛乔的调解下，钟深玩蔡文姬，傅子清退而求其次玩另一个辅助职业——庄周。另外两个演员承包射手和法师，盛乔拿着刺客兰陵王带动全场。

剧务时常会发些剧组日常维持热度，于是把五个人“开黑”的画面拍了视频，上传至《疯语》官方微博，还贴了他们的战绩图。网友们照常是先骂一轮盛乔，然后看着战绩图猜测。

“蔡文姬和庄周？两个辅助？这阵容能赢还真是辛苦兰陵王了。”

“给兰陵王应援！玩得这么溜，一看就是傅子清！”

“这蔡文姬0杀3助12死，等同于没有！一看就是盛乔！”

“深深和清清为什么要带盛乔一起玩啊？哪儿都有她，烦死了。”

直到晚上，有网友突然发了一句评论：

“你们仔细听视频的声音，盛乔是不是说了一句‘钟深，给我奶一口’？还有，6分29秒的时候，盛乔说让傅子清再坚持一下，她拿了‘蓝’就去帮他。妈呀，这兰陵王是盛乔啊？”

网友立刻去点开视频仔仔细细地听了一遍。

听完之后，都惊呆了：

“我不敢相信我的眼睛。”

“钟深太让我失望了！蔡文姬玩成这样就不要出来丢人现眼了吧！”

“我无法想象傅子清这种高冷少年拿着庄周妖娆摇摆的画面。”

“对不起，我竟然因为一张战绩图……对盛乔有点好感了……”

……

盛乔滑过评论，默默一笑，深藏功与名。她原以为头一次进组，多少都会有些摩擦，没想到碰上的两个主角人都挺好。

钟深看上去一副“妖孽男”的样子，但实际性格很“小宝宝”，跟盛乔混熟之后，连经纪人都不黏了，就黏她。

傅子清性格虽然高冷，但对盛乔的拼劲十分佩服，面上虽然还是酷酷的，不爱讲话，但闲下来也喜欢跟盛乔待在一块儿。他发现以前网传盛乔的种种，简直大错特错，这姑娘明明风趣幽默、耿直仗义，而且知识面甚广，聊什么她都略懂一二。

于是片场就出现这么一幕——盛乔走到哪儿，傅子清和钟深就像两个跟屁虫似的跟到哪儿，而且两个人还互相看不顺眼，确认过眼神，是互掐的人。

宣传组长拍花絮的时候，问方白：“你看那儿，像不像盛乔带着俩傻儿子？”

方白说：“我看更像他俩在争宠。”

那头，争宠的两个“傻儿子”又因为晚上吃什么吵起来了。盛乔托着下巴看剧本，兜里手机振动起来，拿起一看，是个陌生号码。

她比了个“嘘”的手势，两人立刻闭嘴了。

接起电话，听筒里有淡淡男声：“喂。”

她一下子站起来，嗓音里的欢喜怎么压都压不住：“霍希！”

“……你有我电话？”

“没有！我听出你的声音了。”

霍希沉默几秒：“给我一个地址，我把门票寄给你。”

“你要开始巡演彩排了吗？”

“嗯。”

盛乔想了想，小心翼翼地问：“我可以加你微信吗？我用微信发你地址。”

霍希说：“可以。”

她激动得直跺脚，那头霍希淡淡地问：“拍戏顺利吗？”

“顺利！一切都很好，你不用担心我！”

“……并没有担心你。顺利就好，挂了。”

“嗯嗯嗯，拜拜！”

电话挂断，她乐呵呵地发了会儿呆，又赶紧把电话保存，备注填的是“我的宝贝”，然后搜索霍希的微信，发送了添加验证。

那头倒是通过得很快，头像是空白，ID就一个“希”字，盛乔先发了个“可爱笑”的表情，又把剧组酒店的地址发了过去，霍希回了一个“OK”。

她秉持不打扰、不骚扰的原则，没有再回消息。做完这一切，一脸满足地回头，她发现傅子清和钟深正用一种特别复杂的眼神望着她。

盛乔摸了摸脸：“怎么这么看我？”

钟深痛心疾首地说：“小乔！你太让我失望了！你居然这么谄媚！”

傅子清没说话，眼神已经说明了一切。

盛乔一脸正气：“那不是谄媚，是面对心爱之人时的喜悦。”

钟深瞪她：“胡说！你刚才喊的是霍希，霍希什么时候成你心爱之人了？”

盛乔面不改色：“你听错了。”

钟深气得指尖发抖，指着她的手机：“盛乔，你不仅当我聋，还当我瞎吗？你以为我没看见你的手机屏保是谁吗？！”他恨铁不成钢地看着她，“作为一个当红女明星，你居然追星，还追得这么谄媚，你丢不丢脸？你对不对得起你当红女星的身份？”

盛乔一把把手机揣兜里：“关你屁事，晚上吃火锅！走了！”

把钟深气得拽着傅子清说：“你看她！你看她！”

傅子清斜睨了他一眼：“小乔的私事，关你什么事？”说完他也一脸高冷地走了。

钟深感觉自己快要被气哭了。

两天后，盛乔收到了霍希寄来的演唱会门票。目前巡演门票只开售了两场，信封里的两张门票都是内场贵宾座位，第一场在下个月的十三号，算算时间，差不多在她杀青那两天。

盛乔抱着门票激动得一夜都没睡着，第二天早上顶着两个黑眼圈起床的时候，接到了乔羽的电话。

“盛小姐，相关资料都已经准备妥当，随时可以提起诉讼。”

盛乔握着电话出了几秒的神。

房门被敲响，是钟深叫她一起去吃早饭，盛乔收回深思，回答：“等我这部剧杀青吧，不能影响到剧组的拍摄任务。”

乔羽应了，顿了一下，又说：“盛乔，我有几句话想跟你说。”

“你说。”

“这场官司无论我们怎么打，最后都不能保证照片不泄露。如果可以，我是说如果，我建议你在起诉前想办法拿到照片原件。”

盛乔一下子被自己这个耿直的哥哥逗笑：“乔羽，这可不是一个律师该说的话。”

乔羽当然也知道，沉默了一小会儿，尴尬地说：“只是私人建议哈。”

话虽如此，盛乔还是挺感动的，说：“我知道，你放心。”

她不是没有考虑过乔羽这个建议，拿到原件销毁，高美玲没了威胁她的把柄，等同于不战而胜。但这个实施起来未免太难，她总不能黑入高美玲的手机、电脑、保险柜吧？何况她也不知道照片原件到底藏在哪里。

她心里想着事，难免就显得有些闷闷不乐，吃饭的时候，钟深打量她好几眼，叹气：“今天一个两个都怎么了？你这样，傅子清也这样。”

盛乔咬了口包子：“傅子清咋了？”

“不知道挡了谁的道，今早一大拨营销号造谣他上大学时劈腿。他经纪公司辟了谣也不顶用，一搜傅子清，全是‘黑’他的，举报都举报不过来。”

“辟谣了就行，相信他的人始终都会相信他。至于那些造谣的微博，让他团队写个程序自动举报不就完事儿了？”

钟深一副“你在逗我”的表情：“你当程序是说写就写的啊？还自动举报，那等同于破解微博的防火墙和运行程序篡改数据好吗？”

盛乔愣了一下：“我以为挺简单的。”

“要是有人真能写出自动举报的程序，那他就能黑入微博主程序，直接端掉新浪网。这水平，是国内顶尖黑客了吧？”

话说完，他发现对面的盛乔突然抖了起来。

钟深奇怪道：“你抖啥啊？”

盛乔“唰”的一下站起来，早饭也不吃了：“我去打个电话，你慢慢吃，记得给傅子清带两个包子去片场。”

一路跑回酒店房间，盛乔打开电脑，给旺仔发消息：“旺旺，你在干吗？”

旺仔的回复总是很快：“上课呀，怎么了，会长？有任务吗？”

小乔要努力变强：“会长问你个事，你要老实回答。”

旺仔：“行，绝对老实。”

小乔要努力变强：“你能黑入别人的电脑、手机，远程操控删除文件吗？”

旺仔：“会长，你想干啥？”

小乔要努力变强：“回答我！”

旺仔：“能。不过这事儿违法啊，我不干违法的事。”

小乔要努力变强：“你下午有课吗？我们见一面。”

旺仔：“会长，到底什么事啊？你这样我好慌。”

小乔要努力变强：“十万火急的事，跟乔乔有关。”

旺仔：“我乔怎么了？”

小乔要努力变强：“见面详谈。”

盛乔问清了地址，好在旺仔的大学就在隔壁市，她给导演打电话以身体抱恙为由请了个假，戴好墨镜、帽子，全副武装出门打车了。

三个小时后，盛乔到达两人约的一家网吧，旺仔是这里的熟客，报了他的名字，网管立刻就将盛乔带到了旺仔常坐的包间。旺仔还没下课，盛乔坐在包间的沙发上玩游戏，被网吧里的烟味熏了个够。

半个小时后，房门被推开，进来一个戴鸭舌帽的娃娃脸少年。

看见屋内戴着墨镜、帽子的人，他站在门口愣了会儿，又抬头看看门牌，怀疑自己走错了。盛乔赶紧招手：“是旺旺吗？”

少年点了点头，盛乔取下墨镜和帽子：“进来吧。”

旺仔盯着她的脸，两秒钟后，“唰”的一下拉上门，又瞟了眼墙壁上的摄像头，飞快取下帽子盖在了摄像镜头上。

做完这一切他才转头看盛乔，看了半天，一下子笑了：“小乔姐姐，你这也太……”

盛乔也笑起来，真奇怪，明星和粉丝，在这样情境下的头次见面，居然毫不尴尬。

旺仔这么聪明的人，在看到盛乔的瞬间就知道肯定是出了什么大事，才会让偶像不惜亲自前来找他，要了张合照后就开门见山：“小乔姐姐，你遇到什么麻烦了？需要我的地方你尽管说！”

盛乔莫名其妙眼眶就有点儿酸。

这就是粉丝啊，像她爱着霍希一样爱着她。她不会做出任何伤害霍希的事，她相信她的粉丝也不会，那是她可以信任的人。因为他的眼里有和自己一样名为“喜欢”的光。

盛乔从包里掏出签约合同的复印件递给旺仔：“下个月我就要和经纪公司打官司了，到时候所有人都会知道这份合约的内容，你先看看吧。”

旺仔一脸疑惑地翻开文件，看到最后愤然而起：“这也太欺负人了！姐，我这就去放火烧了那破公司！”

盛乔笑得不行：“快坐下，听我说。”

旺仔气得咬牙切齿，忍住愤怒坐下来：“你说。”

“签这份合约，是因为我爸之前欠下了巨额高利贷，他还不上，抛下我和我妈跳楼走了。是星耀帮我还了那笔钱，代价就是签这份合约。”

旺仔眼眶红红的，满脸都是心疼自己偶像的难过：“小乔姐姐，对不起，我们都不知道这些，我们……”他顿了顿，握紧拳头，“姐，你是不是有把柄在星耀手上？他们以此威胁你，不让你解约？”

“对。”

“你需要我帮你黑入公司的手机和电脑，删除那些把柄？”

盛乔沉住气：“对。”

旺仔握紧拳头，牙齿都咬得紧紧的，说：“你放心，这事儿交给我！”

盛乔看了他半天，俯身轻轻抱了抱他：“谢谢你啊，小旺。”

“小乔姐姐，你这么信任我，跟我说这些，还亲自来找我，我不会辜负你的。”

气愤完了，旺仔迅速恢复专业性，问清楚了高美玲的电话号码及各个社交账号和邮箱。按盛乔对高美玲性格的分析，她那么强势的人应该不会把照片原件发给第二个人，只要搞定她，就不会再有后顾之忧。

盛乔只请了半天的假，还要赶回剧组，走之前旺仔拍着胸脯保证，在正式起诉前，他一定完成任务。

戴好墨镜、帽子，走到门口，盛乔又回过身来，顿了顿才问他："小旺，我能问一问，你为什么喜欢我吗？"她笑了一下，"毕竟，我好像没什么优点。"

"谁说的？"旺仔义愤填膺，"人云亦云，都是一群随波逐流的俗人！"

他抿了抿唇，突然露出属于少年的害羞来："小乔姐姐，你应该已经不记得我了。去年，我们在创业路的星巴克见过的。"

盛乔果然一脸迷茫。

"当时我刚踢完球，渴得要命，去店里买星冰乐，结果没带钱和手机。我就说不要了，没想到你当时就排我后面，跟店员说你帮我付了。"他笑起来，眼睛里全都是真挚的光，"虽然你戴着口罩，但那段时间我刚好在看你的剧，一下子就认出你了。你还对我笑了一下，我当时就想，这么温柔善良的小姐姐，一定不是他们说的那种人！"

盛乔盯着他看，半晌，抬手揉了一下眼睛："下次再请你喝星冰乐，我走了。"

"拜拜，姐姐路上小心！"

直到坐上回剧组的车，盛乔才拿出开了静音的手机。

手机都快被钟深打爆了，还有几条傅子清发来的消息，问她是不是去了医院，身体怎么样了。盛乔一一回了，往后一靠闭上眼睛。

不知道为什么，她心里有些难过。

她不知道她在难过些什么，她向来是坚强的。一个人在国外读书，遇到骗人的房东，大半夜淋着雨拖着行李搬出宿舍，她都没有哭过。

可此时此刻，眼眶的酸涩怎么都止不住，紧紧闭上眼，眼泪还是从眼角流下来。

她在难过些什么呢？是为盛乔，还是为自己啊？

她太想大哭一场了。

快到傍晚，盛乔才赶回片场。

她还有夜戏，全剧组的人都在等着，没时间让她哭。

傅子清被营销号折腾了一天也没什么精神，总是欢声笑语的剧组显得死气沉沉，拍完今天最后一场戏就收工各自回房休息了。

盛乔刚洗完澡，就有人来敲门。她打开门一看，钟深提着大包小包站在门外笑得跟朵花儿一样："夜宵时间到！"

种类倒是丰盛，但怎么看都像给孕妇吃的补品，盛乔甚至在鸡汤里发现了人参。钟深忧心忡忡地说："乔乔，身体上的病痛我也帮不上忙，只能把我家地里种的人参给你吃。来，多吃点，不够还有。"

盛乔这才知道，原来钟深家里是种人参的。

她喝了口鸡汤："把傅子清也叫来补补吧。"

钟深顿时十分不乐意，在盛乔的瞪眼威胁下，不情不愿地给傅子清打了个电话，没多会儿，三个人就凑一块儿了。

吃饱喝足，剔了会儿牙，三个人瘫坐在床尾，钟深说："我们来聊聊梦想吧。"

过了会儿，傅子清先开口："我的梦想就是有一天能上大银幕。"

算起来，傅子清从中戏毕业也有四五年了，龙套跑了不少，直到这次才终于接到第一部男主戏。

剧还没拍完，人还没火，"黑子"倒是先来了，一整天就把他搞得人仰马翻。现在谈梦想，似乎早了些。

三人中就数钟深最没心没肺："我的梦想就简单多了，吃好喝好玩好，人生在世，开心就好。"

他从小家庭富裕，长得又俊，一路顺风顺水，连进入娱乐圈都不用努力，还是星探求着他签约的。真是同人不同命啊。

他自顾自地说了大半天，最后转头问盛乔："乔乔，你呢？"

盛乔低头看着手中冒着气泡的碳酸饮料，好半天，摇了摇头："我没有梦想。"

她只有麻烦，一大堆等着她去解决的麻烦。

半个月后，盛乔的戏份杀青，拍摄也已近尾声，整个剧组都挺舍不得盛乔，给她办了个声势浩大的杀青宴。

吃到一半，盛乔手机响了，是高美玲打来的。

“准备走了，车等在门口。”

高美玲回来了，在剧组的清闲好日子也要到头了，盛乔同大家举杯共饮，视死如归地走了出去。

方白开的是商务车，高美玲坐在后排，抬头看见她，还是那副不耐烦的样子：“磨蹭什么？还不上来！”

盛乔正拉车门，身后的酒店呼啦啦涌出来一堆人，都是剧组的工作人员，大包小包给她塞礼物：“小乔，怎么走得这么急啊？礼物都没来得及给你。”

盛乔一边接一边笑：“急着去赶一个通告，没事没事，下次再聚，都有微信，随时联系。”

大家依依不舍地挥手告别。

盛乔坐上车，透过车窗和大家招手，跟粉丝见面会似的。高美玲坐在旁边，一副见了鬼似的震惊样。

“臭鸡蛋”盛乔走到哪儿都招人嫌，这次怎么这么受欢迎？

方白还不知道盛乔跟高美玲之间的恩怨，看她那吃惊神色，乐呵呵地解释：“高姐，你不知道，乔乔姐在剧组是‘团宠’呢。”

高美玲神色复杂地看了眼旁边开开心心拆礼物的盛乔，不知为何，心里涌上不太妙的感觉。车子驶上路，她冷声打断拆礼物的盛乔。

“明天早上九点要拍一个杂志内插，下午有一个记者访谈。”她又从包里掏出两个剧本，“这里有两部剧，档期重合，只能选一个。别说我没给你选择的机会，你自己挑一个喜欢的。”

盛乔翻了两下，两部古装剧，也没细看，转头笑眯眯地问高美玲：“高姐，最近心情怎么样啊？”

高美玲白了她一眼：“管好你自己的事就行，别再给我出岔子，我心情就好！”

盛乔特乖巧地冲她笑了下，心想：从明天开始，你就不要再想有好心情了。

就在今天下午，旺仔给她发了微信，汇报任务完成。

盛乔问了几句，旺仔说是通过发送什么广告链接和邮件，在高美玲的手机、电脑里植入了木马，之后他就可以随意操控，不仅删除了和盛乔有关的所有文件，还复制了不少高美玲和圈内人的聊天记录。

盛乔对这些黑客手段不太了解，对旺仔发给她的聊天记录倒是很感兴趣。

里面记录了高美玲通过买“水军”、买营销号、买通稿等手段，捆绑人气明星，造谣抹黑对家艺人。

盛乔发现，以前自己吃过的某某艺人的“黑料瓜”，居然就是高美玲买营销号捅出去的。高美玲手下不是只有她一个艺人，这个圈子人踩人，手段比她想象的还要龌龊得多。

旺仔担心高美玲手上还有纸质原件，不过以高美玲这种强势又警惕的性格，应该不会打印容易泄露的照片。毕竟高美玲签下盛乔是为操控她当摇钱树，而不是毁了她。

何况以前的盛乔又蠢又弱，高美玲根本就没把她放在眼里，哪里想得到要做两手准备?

就算最后真的有，那也只能怪自己命不好。泄露就泄露吧，尽人事、听天命，走到这一步，她已经没什么好怕的了。

交接完接下来的工作行程，盛乔到家已经是傍晚。

许久未回，家里蒙上一层灰，盛乔里里外外收拾了一遍，最后洗了个澡，美滋滋地躺上床。睡前刷刷微博，她发现《疯语》官方微博发了她杀青的消息。

好笑的是，以钟深为首的剧组演员纷纷转发，清一色的：

“@钟深：小乔走的第一天，想她。”

盛乔用大号回复钟深：“@盛乔：想我就打钱。”

钟深这会儿估计也在玩手机，回复超快：“@钟深：打钱你就会回到我身边吗？”他还配了个委屈流泪的表情。

盛乔说：“@盛乔：那要看你打多少了。”

这下钟深倒没回复了，盛乔切回自己的官方后援会账号发了晚安博正要睡觉，微信提示音响了，打开一看，钟深给她转账9999元。

盛乔笑得不行，倒没点收款，只回消息说：“别闹了，睡觉。”

钟深回复她：“快去微博跟我互动！”

盛乔不明所以地切回大号一看，钟深截了张转账的截图发了微博，@她问：“@钟深：够吗？”

盛乔还没跟上这节奏，微信又响了，拿起来一看，傅子清给她转账一万，就比钟深多了一块钱，然后盛乔的微博又被@了。

傅子清也发了截图，问她：“@傅子清：够吗？”

三人这一番操作很快就上了热搜，网友们不约而同地嗅出一丝钟深和傅子清在争宠的味道。但是……对方是盛乔啊！你俩是不是找错对象了啊？

回想起剧组的日常，网友们不禁疑惑，人见人厌、狗见狗嫌的盛乔，人缘怎么变得这么好了？

“黑粉”见缝插针地冒出来：

“一个这样的剧最后变成了大女主剧，也是有意思。”

“我现在好担心剧情被瞎改成三角恋。”

“戏里戏外都给自己加戏，年度戏精奖请颁给盛乔。”

“听说盛乔今年要开始走女汉子自‘黑’设定，大家可得擦亮眼睛，别被装出来的‘人设’吸粉了。”

“我就是死也不会做出‘粉’她这种令我人生蒙羞的事情。”

“剧组为了博关注捆绑三人炒人气而已，别上赶着给热度了。”

“等剧播出，我要剪个‘无乔版’。”

……

网上一片声讨，盛乔却早已经关灯睡觉了。她要养好精神，因为第二天就是她正式提起解约的日子。

翌日清晨，吃过早饭，盛乔坐在电脑桌前，打开微博，发布官方声明，正式对星耀娱乐传媒提起解约诉讼：“诉星耀以非正常手段胁迫原告签订霸王合约，要求星耀立即停止侵害，解除合约，否则将以法律手段追究到底。”

微博贴了两张图，一张是官方盖章的起诉书，另一张是盛乔的签约合同。

一石激起千层浪，微博顿时就“爆”了。

活了这么多年，大家还从来没见过哪个明星居然是以月薪制的方式获取报酬。一个月两万，合约二十年？也太惨了。

微博发出去不到五分钟，盛乔的手机就被打爆了。

高美玲的电话、信息更是一个接一个，盛乔喝了口热牛奶，心平气和地接起来，还没说话，电话那头的震惊、愤怒几乎透过听筒穿破她耳膜。

“盛乔！你到底什么意思？！”

盛乔不急不慌，点了下通话录音，才笑吟吟地开口：“字面意思，我要解约。之前好好跟你谈，你不同意，那我只有寻求法律的保护了。”

高美玲肺都要气炸了：“不想做人了是吗？想同归于尽是吧？”

“什么叫同归于尽？瞧你这话说的。”她笑起来，“我一没犯错，二没犯法，要死也是你们死，法律是站在我这边的，我好着呢。”

高美玲是真没想到，她能这么豁出去，气到最后，反而冷静下来了：“行，盛乔，你够狠，你翅膀硬了。”话锋一转，连语气都恶毒起来，“不过，你想飞就该清楚要付出什么样的代价。翅膀折了是小事，别到最后连命都丢了！”

“高姐，威胁原告人身安全是犯法的。我只是想解约而已，这五年，你们也该从我身上赚够了。收手吧，今后还在一个圈子，好聚好散嘛。”

“你休想！”高美玲被她若无其事的语气气得咬牙切齿，“盛乔，我告诉你，你别想再在这圈子混下去！你那点儿破事传出去，我让你这辈子都抬不起头做人！”

盛乔终于收了笑意，嗓音冷淡：“我没有做错什么，我无法选择我的出身，也无法选择我的父母，但我可以选择是要自由，还是要你口中所谓的颜面。”她顿了顿，“起诉书很快就会寄到公司，请你们尽快给出结果，是直接解约，还是走法律途径。”

直接解约当然最好，但乔羽也告诉过她，公司不可能同意直接解约。一旦同意，就等于承认他们以非正常手段胁迫她签订霸王合约，这对公司的形象来说绝对有很严重的负面影响。

他们一定会选择接受诉讼，最后以法律裁决，这个过程最快也要半年，到时候热度已降，不管最终结果如何，都比在这风口浪尖处理要好。

何况盛乔给他们来了这么一下，他们岂能让她讨了好去？半年时间，拖也要拖死她。

高美玲撂下一句“你给我等着”就挂了电话。

盛乔将杯里的热牛奶一饮而尽，解脱似的长长叹出一口气。

手机持续振动。她在圈内没什么朋友，这时候联系她的人倒多了起来。钟深和傅子清都在狂打电话，她直接给钟深发了个语音电话。

一接通，她就听见钟深哭丧似的吼叫：“这天杀的星耀啊，居然这么压榨我乔乔啊，这是人干的事吗？啊？乔乔啊，我苦命的乔乔啊……”

“别号了！”两人戏份还没杀青，都还在剧组，傅子清一把把钟深手机夺过去。他虽然也气愤，但到底还是比较能沉住气，问盛乔：“有什么需要我们帮忙的吗？”

盛乔想了下：“帮我转发一下就行了。”

钟深在旁边吼：“早转了！我们剧组就连扫地的阿姨都转了！我跟你说，乔乔，你别怕！我们整个剧组都是你坚强的后盾！跟他打！请最好的律师，打死他个不要脸的！让法律制裁他！钱不够你跟我说，我把人参全卖了支援你！”

盛乔笑得不行：“行了行了，放心吧，既然开始了，不赢是不会停下的。”

那头声音小下来，两人像移到了安静的地方，傅子清迟疑了一会儿才问：“小乔，你是有什么把柄在他们手上吗？你微博上说的‘以非正常手段’是什么意思？”

盛乔笑笑：“都解决了，不用担心。”

傅子清说：“那就好，有需要我的地方你尽管说，不管发生什么，我都是你这头的。”

钟深在旁边撕心裂肺地吼：“是我们！有需要我们的地方你尽管说！我们都是你那头的！”

盛乔心头一热。

挂了语音电话，她又在剧组群里简单安抚了大家两句，其他人的电话信息一律没回。打开电脑，正在后援会群里组织九人开始战斗时，她的手机又振动起来。

来电显示：我的宝贝。

盛乔手一抖。

霍希正在体育馆跟负责舞美的工作人员交涉最后的舞台调整，盛乔那条微博还是经纪人宝哥用自己的手机拿给他看的。

这份合约内容其实他早就知道，宝哥是星耀高层元老，高美玲手底下这些事自然瞒不过他。只是当时两人都以为是因为盛乔太蠢，没有远见，才会被高美玲哄着签下这份不平等合约。

如今看这条微博，他们才知道是以非正常手段胁迫的。

什么非正常手段？用什么胁迫？

宝哥感叹："以前还说她蠢，没想到她居然这么有魄力，直接就杠上了。胁迫签约明摆着有把柄在高美玲手上啊，还敢硬来，这姑娘，啧啧，没看出来啊。"

霍希盯着那条微博看了半天，掏出手机。

宝哥顿时警惕："你干啥？"

他说："我发微信问问。"

发了微信，他等了半天，盛乔没回。工作人员在旁边喊他："你看这块儿的灯用白色的行吗？"

他点开通讯录往外走："下午再说吧。"

他拨了电话过去，响了好几声才有人接，她的声音欢快得好像什么事都没发生，还是像每一次见到他时，充满了温柔的欢喜："霍希！"

他沉默了一下，淡声问："还好吗？"

她笑吟吟地说："挺好的呀，你在干吗？"

"在体育馆。"

"还有几天就到演唱会啦，我都等不及了！"

等等，这不是重点吧？霍希说回正事："你都做好准备了吗？高美玲应该不会善罢甘休。"

"时刻准备着，放心吧！"她的声音听上去斗志昂扬，半点儿都没有他想象中的困扰。

霍希垂了垂眸："那就好。"

那头也没再说话，他准备挂电话。

盛乔突然说："霍希，如果……"

他等了会儿，她却没再继续下去，他问："如果什么？"

过了好半天，他才听见她低声说："如果有关于我不好的东西传出来，你……会讨厌我吗？"

"什么不好的东西？"

听筒里有浅浅的呼吸声，片刻，她笑了笑："没什么，你去工作吧，谢谢你的关心，我很高兴。"

那声音终于不再充满活力，像瘪下去的气球，表面都是褶皱。

他看了看暗下来的屏幕，皱了皱眉。

挂了电话，盛乔拍拍脸给自己打气，开始安抚后援会群里的九个粉丝。都是真爱粉，一看自己偶像这么多年受着这么大的委屈，纷纷愤怒地表示要去炸了星耀的大楼。

旺仔虽然早就知道这件事，但盛乔正式提出解约后，带头在群里说这辈子都要跟星耀和高美玲不共戴天。

盛乔又好笑又感动，一一安抚了，又将接下来的准备工作分配下去："控评是最重要的，各个营销号及新闻媒体下面的评论要控制好，广场上的'黑料'及时举报。就一个点，我们是真的惨，没人比我们更惨，但我们不卖惨，只要一个合理的解决方案。"

她又扔出一列表的热门话题："请星耀立刻停止侵害，解除合约""史上最惨女明星盛乔，没有之一""我每月给你两万，你把盛乔还我""星耀霸王合约震惊娱乐圈"……

"把话题刷上热门榜单，星耀应该会公关撤话题，撤一个就换一个刷，反正他钱多，压榨了乔乔这么多年，让他都吐出来。"

要说带节奏、掐架、炒话题，混了这么多年粉丝圈，盛乔绝对是一流的。后援群纷纷应了，有了旺仔这个黑客在，尽管没有庞大的粉丝基数，刷起话题来也轻而易举，何况这件事已经引发全网关注，话题一上，路人点击量也迅速增长。

盛乔正干得热火朝天，觉得给自己当后援会会长当得还挺称职的。手机响了，她拿起来一看，是高美玲打来的。

这个时候打来，盛乔当然知道是因为什么，接电话都是笑着的：“喂，高姐，什么事儿啊？”

高美玲简直气坏了：“盛乔！你做了什么？！”

“什么做了什么？”她打开电脑微信，慢悠悠地复制了一张聊天截图。

高美玲怒不可遏：“你删了照片原件？你是怎么做到的？”

“这个就不劳你操心了。”她将聊天记录截图发了两张给高美玲，“高姐，我发了两张图片，你看看呀。”

电话里呼吸一滞，好半天都没人说话，盛乔怀疑高美玲快被自己气死了。

等了好久，她听见那边笑了一声：“你好手段，是我低估你了。以为是只小白兔，原来是我养虎为患。”

“不敢不敢。虎不敢当，我还是只小白兔，只不过兔子急了也咬人而已。”

高美玲冷笑：“你以为你删除了原件，我这里就没有打印下来的复印件吗？”

盛乔毫不在意：“那又怎么样？大不了你泄露裸照，我泄露聊天记录，谁还没点谁的把柄啊。”

高美玲知道，她是彻底拿盛乔没办法了。这个一直以来任由她操控、辱骂、压榨的艺人已经不知不觉地脱离了她的掌控。

话已至此，多说无用，她愤然挂了电话，转身，公司高层正怒目而视：“你不是说有办法吗？现在搞出这么大的动静，我看你怎么收场！”

高美玲咬了咬牙：“霸王合约而已，抹不掉她这些年自己作出来的‘黑点’，舆论倒向哪边还指不定呢，先开会。”

挂了高美玲的电话，盛乔高兴得简直要飞起来。

太爽了。她看了看手机，推送新闻全是她的解约事件，微博上也讨论得热火朝天。大部分网友还是挺同情她的，认为星耀那份合约确实欺人太甚，盛乔现在要求解约没毛病。

但也有人对所谓的非正常手段十分好奇，纷纷猜测，当年到底发生了什么才会促使这份不平等合约的出现。

没想到星耀很快对这份起诉做出了回应：

“@星耀传媒：针对星耀旗下艺人盛乔小姐的解约诉讼，本公司正式应诉，将以法律形式维权到底。

严正声明：公司并未以非正常手段胁迫盛乔小姐签约，合约系双方当事人共同协商签订，请盛乔小姐立即停止散播不实谣言、捏造事实等行为，否则我们将提起法律诉讼。”

合约一出，很多人就开始大呼反转。

你说公司以非正常手段胁迫你签约，那你倒是说说用的什么非正常手段，怎么胁迫你的啊？怎么娱乐圈这么大，明星这么多，就你一个人上当受骗呢？

现在你只放一份合约出来，说星耀压榨你，鬼知道在签这份合约之前你是不是欠了星耀两个亿啊？

何况，你这些年作天作地的事情不假吧？在剧组，大家都吃盒饭，就你要吐；在综艺节目上，人家都干活，就你偷懒；蹭着霍希炒绯闻也不是一年两年了；上回那娱乐圈“姐妹淘”掐架你也参与了吧？难道这些都是公司胁迫你干的？

盛乔路人印象差，又没粉丝基础，“黑粉”比粉丝还多，被星耀请的“水军”这么一带节奏，舆论风向立马就变了。

你是惨，指不定人家星耀比你更惨呢？

星耀团队亲自下场砸钱，路人的观感很快就被“水军”带偏，之前累积的同情声很快就淹没在质疑之中。

而盛乔又没什么圈内好友，除了钟深和傅子清两个人，以及剧组一干工作人员，其他发声支持她的公众人物少之又少。

这年头，在网上“吃瓜”千万不能随意站队，一不对劲来个反转，“人设”都要崩。

没几分钟，正喜气洋洋“吃瓜”的霍希的粉丝突然发现，霍希微博上线了。

霍希甚少发微博，不像别的明星，有专门的助理经营微博。他偶尔上一次，自己发些原创内容或者广告，心情好了或许会发一张自拍，能让粉丝高兴个半年。

此时此刻，盛乔解约的消息已经霸屏，作为对家，“希光”们“吃瓜”吃得那叫一个五味杂陈。你说她惨吗？那的确是惨。但你说要同情她吧，她们骂了盛乔这么多年，那简直是恨之入骨，一时半会儿也转变不过来这种情感。

何况星耀请的“水军”和“黑粉”还在一轮接一轮地洗白，于是就有“大粉”提醒：收起你廉价的同情心，要当“圣母”就别当霍希的粉丝。

“希光”们一想觉得也是，好不容易泛起的一丝同情心就这么没了。

此时此刻，看见霍希上线，粉丝顿时有一种不好的预感。

别了吧宝贝？千万不要是我想的那样啊！

你住手啊！

答应我你只是上线“吃瓜”！

然而一分钟后，霍希转发了盛乔的解约微博：

“@霍希：支持解约，加油。”

“希光”们哭倒一大片。我家宝贝就是太善良了，苍天啊！哪里去找这么善良的人儿啊！就算被盛乔坑了那么多次，却还是在她落难的时候出手相助，这是哪里来的小天使啊？！

哭归哭，气归气，不甘归不甘，自己追的偶像，那不得宠着啊？再不情愿，自家偶像都发话了，那能不支持啊？

于是，“希光”们出手了。到底是霸占半个娱乐圈“流量”的男人，这一出手，再掀高潮。微博的程序维护人员简直要哭了。

网友们就更别说了，“瓜”都要掉了。

盛乔这几年来捆绑霍希炒人气、蹭热度可谓众所周知，谁不知道霍希团队有多厌恶这个甩不掉的麻烦？何况你这还签的是同一家经纪公司，你支持盛乔那不是跟自家经纪公司作对吗？怎么看都没有帮她的道理啊。而且，这似乎是这几年以来，霍希头一次跟盛乔互动？

到底什么情况？

你们娱乐圈真乱。

盛乔捧着手机，定定地盯着霍希的头像。那个头像用的还是他刚出道时，第一次站上舞台的照片。“希光”们都说，他是个念旧的人。

她没想过他会帮她。他们根本就不熟啊，就算自己喜欢他到无可救药，于他而言，她也只不过是那个一直给他找麻烦、蹭他热度的坏女人啊。

他到底为什么要这么做？他知不知道这样会给他自己带去多少麻烦？

感动都顾不上了，盛乔只有着急和生气。

她给霍希打电话，或许手机还在手里，他接得很快：“喂？”

“霍希，你不要插手！我自己的事自己可以解决，你快去把微博删了！”

电话那头沉默。

盛乔又急：“真的，你不要管，我自己可以，同一家经纪公司，你这样做以后他们给你小鞋穿怎么办？欺负你怎么办？你快把微博删了，让宝哥跟公司解释一下……”

她话还没说完，被霍希淡声打断：“我已经解约了。”

盛乔一愣：“什么？”

“解约金已经付了，我自己成立了工作室，第一场巡演结束就会官宣。上次在夕风水榭，你看见的那两个人就是新工作室的合作伙伴。”

盛乔愣愣的，没说话。

恍惚中，他好像笑了一下，声音却一如既往地浅淡：“所以你不必忧心有谁会欺负我，或者给我小鞋穿。”

盛乔有点儿尴尬：“我……”

霍希换了话题：“律师请的谁？需要我帮你推荐吗？”

“不用，早就找好了，是一个我很信任的人。”

“那行，挂了。”

“霍希！”她急急叫住他，哽了两下，才低低说，“谢谢你。”

“小事。”

听筒里传来忙音，好半天，盛乔才回过神，猛地拍了下自己的脸。有了偶像的支持，更加充满力量，她还有很多事没做呢！

这场仗，才刚刚开始。

乔羽起诉，星耀应诉，双方很快进入法律程序，盛乔也配合着去了几趟法院。有乔羽领着，她完全不用担心，叫签字就签字，叫拍照就拍照，就是期间遇到了高美玲，对方一副恨不得用眼神杀死她的神情，恨过之后，又扬扬得意。

目前，网络上的舆论还是倒向了星耀，毕竟有钱能使鬼推磨，大批"水军"涌入，带节奏发帖，几大媒体平台也配合着星耀撤热搜换话题，盛乔孤掌难鸣，就算有霍希挺身而出，也无法扭转路人对她本来就不好的印象。

她之前被人诟病的地方也被有心人制作了一个"盛乔黑点视频合集"，一发布就上了热搜。毕竟原主以前又蠢又弱，做事显得很没脑子。

你以为没有照片就搞不了你？当今网络，抹黑一个人太容易了，只要肯花钱。

星耀的委托律师说了，官司打到最后，这约是必解不可。合约确实存在违背自由人意志的漏洞，何况对方请的还是业界鼎鼎有名的大律师乔羽。

也不知道盛乔那每月两万的工资是怎么请得起这座大山的。

既然最后结果已定，索性一不做，二不休，在解约之前毁了你。

法律算什么？半年过去，热度早降了，娱乐圈新鲜事层出不穷，到时候谁还记得你这档子破事啊，而你从此之后只能带着这一身的"黑点"黯然退场。

没有人再记得你，就算想起来，也只是一句：哦，那个讨人厌的盛乔啊。

高美玲打得一手好算盘，千算万算，没算到过了两天，盛乔微博公布了一段录音：

高美玲："盛乔，你以为这么做了，还能在这个圈子混下去吗？"

盛乔："大不了不当明星了。世界这么大，还能把我饿死啊。"

高美玲："明星不当了，人总是还要做的吧？"

高美玲："别这么看着我。当初要不是我花了300万把你从高利贷债主手里救出来，这些照片早就挂满网站了。你要怪，只能怪你那个赌鬼父亲。"

高美玲："是，这份合约是不平等，可当初要是没有这份合约，没有我，你和你那个残废妈早就一起去下面找你那赌鬼父亲了。两万块钱少吗？不少啊，你看看现在这个社会，多少工薪阶层每个月累死累活也赚不到这么多钱啊。"

高美玲："是我给了你一份稳定的高薪工作，让你摆脱了过去的噩梦和阴影，小乔，你应该感谢我啊。你不要一天到晚想着跟圈子里其他明星比，你拿什么去跟别人比呢？你要出身没出身，要学历没学历，连智商都没有，给你一个娇滴滴的‘傻白甜’公主设定，你都能给我演成没有教养的矫情玩意儿。除了这张脸，你还有什么啊？”

高美玲：“听高姐一句，以前怎么样，现在就怎么样。乖乖听话，别想着飞。”

高美玲：“盛乔，不听话的人，是没有好下场的。”

录音最后，是盛乔因气愤而剧烈的喘息声，她用发抖的，又强迫自己镇静的声音说：“乔乔，没事的。冷静，冷静才能找到解决办法，一定要冷静，没事的。”

真是闻者落泪，听者心酸。

这是什么经纪人啊？这是蛇蝎毒妇吧？这恶毒的语气简直令人恶心！

之前还一个劲儿地说是盛乔对不起星耀，盛乔刁钻霸道，妈呀，听听这录音，盛乔完全就是个备受欺负的小可怜好吧？

网友还没从这份录音的气愤和同情中回过神来，盛乔“嘭”的一下又扔出一段录音来。

电话录音里经纪人气势汹汹地威胁盛乔，要让她付出代价，要让她丢脸，要让她这辈子都抬不起头来。

妈呀，娱乐圈太可怕了。

这两天已经降了些热度的解约事件，又这么被推向了高潮。

这下星耀买多少“水军”带节奏都不顶用了，人家盛乔有录音啊，铁证呢！

这下大家也都明白，盛乔说的“非正常手段”到底是什么了。原来是照片啊，什么照片？大家当然心知肚明。

但录音里也说得清楚明白，那是盛乔她爹不负责任欠下300万高利贷跳楼自杀，连累了盛乔。

太惨了，真的太惨了，真的应该给她颁个史上最惨女艺人奖。

你星耀就用了300万买回来一个免费打工的艺人，还时不时地用照片威胁人家，还扬言要折了人家的翅膀？法治社会，翅膀是你想折就能折的？

犯法知道不？

全网同情盛乔。

这么惨，备受压迫和欺凌，难怪以前那么作，都是被逼的啊！

你听听人家在录音里那不卑不亢的回击：“我无法选择我的出身，也无法选择我的父母，但我可以选择是要自由，还是要你口中所谓的颜面！”

不在沉默中死去，就在沉默中爆发，爆发后的盛乔居然能说出这么震撼人心的话！要不是你这垃圾公司的恶毒经纪人压榨人家，盛乔以前能“作”？

被欺负成这样，“作”都是轻的了！是我都要性格扭曲反社会了！

网友们义愤填膺，愤然而起，恨不得一窝蜂冲上去把星耀大楼炸了。

什么？你说裸照？又没曝光，再怎么联想也只能联想。何况这是重点吗？高利贷债主逼人拍裸照，你星耀这么大的上市企业，不仅不阻止犯罪，还利用裸照胁迫女生构成二次犯罪，一窝子浑蛋，还有脸提裸照？

女权组织也不干了，要盛乔以名誉侵害罪再次起诉星耀。

网络上闹得翻天覆地，盛乔在家也忙得不可开交。不知道是因为同情还是好奇，官方后援会的粉丝量持续上涨，她之前发布的招募令也被翻出来，不少人申请加入后援会。

这种时候更要谨慎，她把“反黑”、控评、刷话题等一系列工作安排下去，又开始亲自一个一个地审核粉丝。

九人后援团是核心，各自负责一个官方账号，盛乔又分别给每个官方组招募了两名管理员，这样一来，管理组成员扩大，处理起这一次的舆论风暴来就更加得心应手。

大家都知道这一次破釜沉舟对于乔乔来讲有多重要，沉住气跟星耀请的“水军”对打。

盛乔坐在电脑前埋头写通稿、写软文，卖惨的、声讨的、抖机灵的，各种文风应有尽有，写完发给旺仔，利用自制程序刷上热门，星耀花钱撤都来不及。

星耀公关简直一脸无奈。

盛乔不是没钱买营销吗？这些明显带有营销手段的话题热帖到底是从哪儿来的啊？

“盛·深藏功与名·乔”微笑不语。当她几年的“站姐”白当了吗?

下午，方白的电话火急火燎地打过来。

自从提出解约，方白就被公司调走，盛乔的工作计划也都停了。虽然方白是站她这头的，但也没办法跟公司硬杠，最后给自己安了个卧底设定，潜伏在星耀帮盛乔打听消息。

此时，“方·卧底·白”藏在厕所，压低了嗓音焦急道：“乔乔姐，我刚才偷听到高美玲跟时代盛典主办方打电话，要取消你今晚原定走红毯的安排。”

“时代盛典？”盛乔终于从电脑前抬起头，想起前段时间打榜汇总时，是做过这个盛典红毯的人气投票的。

盛乔是因年初主演的那部《盛世长安》而受邀，走红毯之后还有一个年度电视剧的颁奖典礼，不过《盛世长安》收视率一般，得奖是不可能了，公司当初给她接这个活动也只是为了提升人气和曝光率。

现在双方撕破脸皮，正处于胶着状态，高美玲自然不希望她出席那种场合，在媒体面前乱说话。要不是主办方那边打电话来问，这事儿无声无息也就过去了。

盛乔揉了揉酸痛的脖子：“走红毯几点开始？”

“七点半，你出场顺序排在第二十八位。”

盛乔看了下时间，还有三个多小时：“邀请函在你那里吗？”

“不在。”

“算了，刷脸进。小白，你能来接我吗？”

方白压低声音：“乔乔姐，你要去走红毯啊？”

“凡是她反对的，就是对我有益的，当然得去。”

“可是公司如果不提供品牌赞助和造型支持的话，你……你穿什么走红毯啊？”

就你那每月2万的工资，连一件能配得上红毯的首饰都负担不起好吗？！方白比她还着急：“而且我没法来接你，商务车被公司收回了。”

盛乔想了下：“知道了。这件事你不用管了，我自己想办法。”

挂线之后，她给钟深打电话：“你家的人参卖得怎么样啊？”

钟深正在拍一个杂志封面，听盛乔转述了走红毯的事，比方白还着急：“这黑心肠的星耀，一天到晚不干一件人事！乔乔你不要慌，我马上把礼服和造型师打包给你送过来！今晚必须艳压！全方位艳压！”顿了顿，他又问，“你说的是哪个红毯？”

“时代盛典。”

“电视剧大赏那个对吧？前两天听傅子清说他也要去，你现在联系他，先去跟他会合。”

盛乔笑着应了，挂电话之前若无其事地说了句：“这钱以后还你。”

“再跟我客气，我会生气的！”

挂了电话，盛乔又给傅子清打，这个时间他已经在做造型，听盛乔转述之后，立刻把负责他的造型的工作室的地址发了过来。

盛乔戴好墨镜、口罩，出门打车。

这次电视剧大赏的获奖名单早就私下透露给各个艺人了，傅子清就是其中一位，他将会在今晚的颁奖典礼上荣获新锐剧星奖。

他的经纪团队很看重这一次的走红毯和奖项，特地找了国内顶尖的私人造型师做定妆造型。工作室在郊区的花园洋房里，傅子清的经纪人在门口等盛乔，将她带了进去。

傅子清已经跟造型师交涉好了，等盛乔一到就开始给她化妆，没多会儿，钟深不知从哪儿搞的礼服也送到了。

那是一套露肩的星空长裙，腰身收紧，将她盈盈一握的曲线尽显无遗。裙摆自然垂下，薄纱质地灵动飘逸，裙摆上点缀的繁星像夜幕下的银河，高跟鞋以银色碎钻装饰，裙摆拂过脚背，每走一步都闪烁着无尽光芒。

以前乔家虽然有钱，盛乔却也没败家到穿这么贵的裙子，从换衣间出来的时候，房间里每个人都定定地看着她。

盛乔问：“不合适吗？”

傅子清说：“合适，好看。”

造型师摸着下巴看了半天，点评道：“美得很有灵气。”

以前的盛乔虽然也美，但精气神儿是死的，美在皮相，难以惊艳。但如今这双眼睛活了过来，像星辰碎在了湖面。再加上学识、眼界不一样，由内而外散发的气场也不一样了，那种落落大方的美令她整个人都惊艳起来。

傅子清将目光移开，问造型师："首饰呢？"

造型摇摇头："这一套造型，戴任何一款珠宝都染俗。"他想了想，去首饰间拿了一条银色的轻纱丝带系在了盛乔的左手手腕。

丝带本身就是以银河星空为设计理念，银纱之间点缀了细碎的亮片，和这套星空裙交相辉映，又给盛乔添了一分仙气。

时间已经趋近傍晚，两人都要赶往现场。依傅子清的想法，当然是带着盛乔一起过去，她又没车，总不能坐出租车吧。

结果他的经纪人为难道："小乔，阿清今晚原定是要跟舒麦一起走红毯的，她那边安排的车已经快到了。"

舒麦就是今晚傅子清要拿奖的那部剧的女主角，剧组的男女主角自然是要携手入场。这一次走红毯安排是车子直接开到红毯起始点，下车就开始走。

傅子清正要说话，盛乔笑道："我知道，你们把我捎到场馆路口下就行。"

说话时，盛乔背在身后的手冲傅子清摆了摆。

她既如此说，经纪人也不好再说什么，点点头应了。

舒麦的保姆车很快就到了，等经纪人拉开车门，她正面带微笑要跟今晚的男伴打招呼，视线里猝不及防撞进一张耀眼夺目的脸。

盛乔冲她笑了一下："你好。"

傅子清紧接着上来了，经纪人坐副驾驶，正解释："小乔坐我们的车过去，路口就下。"

舒麦自然知道近来闹得沸沸扬扬的解约事件，略一猜测就知道是怎么回事，微笑着回应了盛乔的招呼。

工作室距离场馆不远，半个小时后，车子在三岔路口停下。左拐之后再开500米，就是红毯入口了。

盛乔一一道谢，准备下车，傅子清皱眉道："有什么事就找我。"

他担心现场的媒体为难她，盛乔冲他比了个OK的手势，车门一拉，大义凛然地走了下去。

冷风贴着肌肤无孔不入，盛乔切实感受了一次什么叫“美丽冻人”。虽是郊外，天又冷又黑，但周围人并不少。除了媒体记者、安保，其他多是各个艺人的粉丝，此时距离场馆还有一段距离，粉丝们三五成群地拿着灯牌说说笑笑，突然看到路边穿星空裙、水晶鞋的女孩。

她就走在人行道上，右手提着裙摆，长发犹如黑藻般散在身后，随着她的步伐微微飘荡，寒风拂起那条银色丝带，像夜晚的光。

有人认出她来，惊呼：“天哪！是盛乔！”

她偏头看去，眼角弯弯：“是我。”

粉丝们头一次这么近、这么接地气地看到明星，纷纷围上来：“盛乔，你怎么在走路啊？”

“小乔，你公司没给你派车吗？”

“你这样好像逃婚的公主啊。”

这些粉丝都是去看自家偶像的，扛着相机、抱着灯牌，跟以前的自己也无甚差别。盛乔看着亲切，丝毫没有明星的架子，边走边跟她们聊天。

“你是谁家的啊？哦哦，傅子清啊，我刚才就是坐他的车来的。”

“他今晚跟舒麦走红毯，我跟到门口再下车不方便。”

“弟弟今晚也来啊？你家的灯牌做得挺好看的，还是双排的，很亮。”

“我拿什么奖？我那演技，你们又不是不知道。”

“《疯语》啊，估计得明年下半年才能上了。我不能剧透，反正我没和他们在一起，哈哈哈哈……”

“解约就那样呗，等结果，我不着急。”

盛乔提着裙摆慢悠悠地走着，边走边聊，周围围过来的粉丝越来越多，很快就簇拥成一大群。离场馆越来越近，守在门口的媒体记者看见这头黑压压的人群，以为是来了哪个天后、天王，一窝蜂地冲了过来。

盛乔眼见红毯在前，跟不知道谁家的反正不是自己的粉丝们挥挥手：“那我走啦，拜拜，你们应援注意安全。”

“拜拜！”

“小乔加油！”

“小乔今晚超美的！”

粉丝散开，给盛乔让出一条路来。

快冲到跟前的媒体记者看清来人是谁，一个急刹车，都有点儿没反应过来。盛乔已经走近，看到这么多媒体记者，愣了一下，转而笑开：“要拍照吗？”

媒体记者纷纷回神，惊艳涌上眼睛。

他们其实早就收到消息，星耀取消了盛乔的走红毯资格。想也知道，星耀不希望盛乔在公开场合乱说话，但眼下这个情况，着实令人很意外了。

盛乔不仅来了，还这么美，媒体朋友们简直连新闻标题都想好了！

她笑得俏皮：“要不然我们到红毯上再拍？”

红毯入口外设有安保，调度员拿着对讲机正在确认下一位入场的艺人，肩膀突然被人拍了拍。他不耐烦地回头，对上一双含笑的眼睛。

“请问到第几位了？”

调度员反应过来，连忙低头看安排表：“到第24位了，你在第28位。”

盛乔了然：“那我再等等。”

她往后站了站，不阻挡调度员的工作。调度员看着手里名单上“盛乔”那一栏画上的横线，旁边写着“取消”二字，忙不迭地跟场控员联系：“盛乔来了！还是照原计划走。”

场控员又赶紧在耳麦里提醒各个流程的负责人。

此刻正在红毯上的是有“古偶王子”之称的一线小生曾铭，他的知名度很高，拍的几部古装偶像剧都是上星作品，一出场就引起了现场大批粉丝的尖叫。

盛乔不远处站着个高个子女生，每当有明星入场都会举着相机一顿狂拍，看那专业架势和机器，必是代拍无疑。

代拍是一些明星站子花钱请的人，“站姐”无法追前线时，就会从代拍手上买图。

盛乔走近，轻轻地拍了下她的肩，礼貌说道：“你好。”

女生抬头，看见她有些吃惊，盛乔保持微笑：“刚才看你拍图的姿势很专业，你是代拍‘站姐’吧？”

前线代拍都见惯了明星，此刻被盛乔搭话，女生也没有失去仪态，点了点头，问她：“你有什么事吗？”

“我很快就要入场，一会儿可以请你给我拍几套红毯图吗？价格可以给你按行内标准的两倍算。”

女生当了这么久的前线代拍，还从未遇到过哪个艺人主动要求拍照。不过，有钱赚她当然不会拒绝，于是爽快地答应了。

盛乔留下自己后援会会长那个QQ，很大度地付了500元订金。

连女生都忍不住说：“你不怕我收了钱就走啊？”

盛乔冲女生眨眼：“长期合作，考虑一下。”

她虽然专业，但不能自己给自己拍图，如今各个数据在好转，个人站子当然也不能落下，有个长期合作的专业代拍是必要之举。

女生笑起来：“行。一会儿保证给你拍得美美的。”

盛乔还在跟女生聊天，却不知道她“徒步出席红毯”的消息已经在网络上疯传。粉丝偷拍的图一张接一张地发布，虽是夜晚，图片也模糊，可不管从哪个角度来看，她的五官和身姿都难掩漂亮。

没多会儿，调度员急匆匆地朝她走来：“盛乔小姐，下一位就是你了，请跟我来。”

别的艺人都是车子直接开到红毯入口，盛乔这还有点儿麻烦。调度员领着她绕过粉丝区和媒体区，终于到了入口处。

主持人在前方道：“下面走上红毯的，是携《盛世长安》而来的盛乔，让我们欢迎她的到来。”

灯光和镜头聚焦过去，她踏上红毯，款款而来，手腕丝带飞扬，今夜所有星光都落在了她身上。

这是解约事件后，盛乔第一次在公开场合亮相。

她的身上丝毫看不出解约所带来的负面影响。解约像是她羽化成仙的契机，曾经在媒体面前连笑都小心翼翼的漂亮女孩，此刻如同落入凡间的仙女，每行一步，都踩着曾经独自在黑暗里咽下的泪。

第三章 综艺

他们从来不知道，盛乔可以美成这样，特别是那双眼睛，氤氲着今晚的月色，朦胧之中，笑容迷离。

主持人将金色的签字笔递给已经走到面前的盛乔，她道谢后转身签名。她以前练过书法，早前已经模仿着练习过原主的笔迹。

签完名，场控员递上来一支话筒，主持人在旁边说："盛乔，跟现场的媒体和粉丝朋友们打个招呼吧。"

她弯起唇角："大家晚上好，希望我和你们都有一个美好的夜晚。"她冲着镜头眨眨眼，"特别是那些没想到我会出现在这里的朋友，我也衷心地祝愿你们睡个好觉，做个好梦。"

主持人知道星耀下午撤她红毯的事，担心她在这里发表什么惊天语录，赶紧圆场道："今晚有这么多的帅哥美女，当然很美好了。对于一会儿的颁奖典礼，你有什么期待吗？"

"没有，我的演技大家有目共睹，进步的空间还很大，我会努力的。"

耳麦里导演催促："别给她停留时间，赶紧打发她下去。"

主持人接话："哈哈……盛乔真的很谦虚，我相信大家也很期待看到你的进步，那我们待会儿会场见。"

盛乔笑笑，转身要走。

媒体区不知道是谁大喊了一句："盛乔！跟星耀这么大的公司闹翻，你真的不怕吗？"

她脚步一顿，转身，朝主持人伸手："话筒。"

主持人内心是崩溃的，无可奈何地将话筒递过去，她笑着说了声"谢谢”，转身看向媒体区：“身负罪恶之人才会害怕，我不需要。我相信法律，更相信人性。”她勾了下唇角，像是自嘲，眼神却冷，“还有，害怕这种情绪，在这五年已经被我用光了。”

下一位艺人已经开始入场，盛乔将话筒还给主持人，提起裙摆，转身离开。

收到消息打开直播的高美玲恰好看到这一幕，气得将手机狠狠砸向墙壁，气完之后，又赶紧用座机打电话：“派人等在门口，等颁奖典礼结束，立刻把她带走，别让她出现在媒体采访区！还有，联系手里的那几个营销号。”

场控员将盛乔引到她在会场内的位置，前后左右已经坐了不少人，看到她时，眼神里都透出意味不明的打量。

她也不在意，大大方方地冲四周一笑，在自己的位置落座，低头开始玩手机。

她打开微博，看到“盛乔徒步走红毯”的词条已经上了热搜。不明真相的“吃瓜”网友刚看到这个热搜简直笑掉下巴，谁不是徒步走红毯？难不成你还想开个拖拉机上去？

点进去看到现场粉丝发的视频才知道是怎么回事。

视频里盛乔身着一袭礼服走在街边，路灯晦暗，她身上却闪着点点星光，笑容亲切、语气自然地和周围的粉丝聊天。

很快就有人爆料星耀暗自撤销盛乔走红毯的安排，结果被盛乔打脸。

红毯的采访视频也很好地证明了这一点，盛乔那句“没想到我会出现在这里的朋友”指的是谁再明显不过了。

一开始网友都在骂星耀不干人事，没多久突然有大批营销号下场，嘲讽盛乔在没有赞助的情况下还能穿奢侈品牌的高定礼服，根本不像她自己说的那么惨。

有人扒出来，盛乔身上那套星空裙加上她脚上那双水晶鞋，价值80万。

“水军”涌入，不遗余力想带偏节奏，结果没多会儿，钟深发微博了：“@钟深：礼服，我赞助的，@盛乔穿着很好看。”

傅子清的微博紧接着发送：“@傅子清：造型，我赞助的，@盛乔你今晚很美。”

盛乔乐不可支，自己也发了一条：“@盛乔：车，我自己的腿，我很满意，谢谢大家。”

之前，网友总怀疑这三个人互动是为了剧的热度，现在总算信了，他们关系是真好。一个人落难时，最能看出友情的价值。80万，不是随便谁都愿意拿出来的。

大家纷纷表示：

“我在现场，我做证！盛乔像个逃婚的公主，孤零零地走在街边寒风中，又美又可怜。”

“以前怎么不觉得她这么好看？啊啊啊……我是瞎了吗？”

“真的给这颜值跪了，怕是今晚最美红毯造型了！”

“我宣布，从现在开始我就是她的颜粉了！”

“仙女下凡了，呜呜呜……她全身都在发光啊！”

“我还跟她说话了！盛乔好亲切啊，一点明星架子都没有。”

“她还让我应援加油！夸我家的灯牌做得好看！”

“我本来是××家的，结果今晚拍得最多的图就是盛乔的，真的太美了！”

“想‘魂穿’她手腕那条丝带……”

“不说丝带还没注意，那是国内顶尖造型工作室KZ的设计作品啊，市面价7万！”

“她是涅槃的凤凰吧！”

……

大咖云集的时尚盛典，到最后讨论热度最高的竟然是一个“二线小花”。各家经纪团队准备好的艳压通稿，发出去一点水花都没有，简直要被气死了。

蠢蠢欲动的“黑粉”嗅到各个工作室的不满，趁机冒头，直言盛乔此番举动作秀嫌疑太大，就是为了卖惨，煽动网友攻击星耀，其心可诛。

“乔粉”太少，为她说话的路人也不想跟“黑粉”掐架，逐渐匿了。广场逐渐被“黑粉”占领，正在吃夜宵的旺仔又进入紧急战斗状态。

颁奖典礼结束，盛乔不等高美玲派来的人找她，自己就离开了。

她压根儿没想去媒体采访区，解约生效之前，说再多的话也是无用的。

傅子清拿了新锐奖，结束之后还要接受采访，提前帮她联系了车，将盛乔安全送回了家。

到家之后，她也不闲着，“站姐”代拍的图已经发过来，一百多张。

盛乔把尾款结了，打开修图软件，给自己修图。她之前已经养了一个微博小号，此时正式更名为“盛乔星空站”，开站之后将精修红毯图传上去，搞了一个开站抽奖活动，抽十人打五百元现金。

试问谁不喜欢钱呢？这条微博很快就被转发上万，不仅宣传了自己的美图，还宣传了站子。

美滋滋。

没多会儿，打榜组的管理员荞麦敲她QQ：“会长，这是我今晚找朋友代拍的乔乔美图，你发晚安微博的时候可以放一张。”

盛乔一级感动，立刻登录后援会官方微博，写晚安微博都写得十分给力：

“@盛乔官方后援会：你是青山是绿水，是白昼是黑夜，是阳光是星辰，是朝朝也是暮暮。你今晚很美。晚安，‘乔粉’。”

这么不遗余力地自夸，想想还是有点小害羞呢。

第二天睡了个懒觉，下午接到钟深约她去他家里涮火锅的电话，盛乔淡定拒绝：“我晚上要去听音乐会，没空。”

“你又不是歌手，听什么音乐会？麻溜的。”

“不是歌手就不能听音乐会陶冶情操了？你和傅子清两个人吃吧，下次再约。”

她说完不等钟深反驳，挂了电话。

等到傍晚，夜幕降临，盛乔戴好帽子、口罩，出门打车。在出租车上时，钟深的“连环夺命call”又来了，盛乔受不了，接起一听，那头骂得撕心裂肺：“盛乔，你个见色忘友的‘大猪蹄子’，你明明就是去看霍希的演唱会，我信了你的邪！”

盛乔“啪”的一下把电话挂了，然后关机。

屋内，钟深气得手机差点儿摔火锅里了。

出租车很快到达体育馆外，盛乔来得迟，距离开场还有五分钟，这个时间粉丝几乎都已经进场了，她压低帽檐摸着黑进入场馆。

这是霍希出道以后的第九场演唱会，也是她追的第九场演唱会。每一场她都在，场场不落。以前还是乔瞧，她每一次都会下午就到场，在场馆外分派给粉丝准备的免费周边应援物。

无论是顶着太阳，还是冒着风雪，想想几个小时后就能看到心爱的那个人，连笑容都比其他时候更甜。

而如今身份换了，只敢在临近开场才偷偷进来，要是被“希光”发现，盛乔估计自己要被踩死在体育馆。

一般来说，内场前几排坐的都是前线“站姐”，毕竟演唱会不是所有粉丝都能来的，那些留守在家的粉丝，都要等着“站姐”拍图、拍视频，嗷嗷待哺。

盛乔左右看了一圈，大家都在摆弄手上的相机，没人注意她，松了口气。她现在跟以前不一样了，穷，搞不到国外那批高价设备，只能买个普通单反暂时将就。

不过好在她的位置不错，第一排正中间，取景角度完美！

气氛还是她熟悉的气氛，坐稳后很快就融入其中，直到霍希出场，呼喊尖叫声涌上天际，灯光照亮夜空，演唱会正式开始。

时间是两个半小时。

到最后“安可”的时候，盛乔终于将飞离地球的感官拉回来，收拾收拾，起身弓着腰就要离场，邻座的粉丝一把拽住她。

盛乔吓得一抖，还以为身份暴露了。粉丝哑着嗓子说：“‘安可’呢，还有最后一首歌。”

盛乔松了口气，干笑：“我尿急，憋不住了。”

粉丝这才放手：“那你去吧。”

盛乔赶紧跑了，赶在粉丝离场前坐上了出租车。在车上就开始筛选照片，她将拍模糊了的照片删了，到家之后连上数据线，把不同演出服的照片分组，打开软件开始修图。

这些都是她还是乔瞧时，追完活动的必经过程，拍图、修图、出图，上传

"正宫站"，被粉丝转发"舔屏"。

等她修完了图，下意识地打开微博，打算上传的时候，突然发现，不对……

她已经不是霍希最大"个站"的"站姐"了。没有乔瞧，没有"正宫站"。

几千张美图，不分享给粉丝，太可惜了！怅然若失一会儿，盛乔眼睛一亮，申请了一个微博小号，ID取作"福所倚"，先关注了霍希及他一系列官方账号，再关注霍希的超话，然后发了一个九宫格美图微博。

很快就被嗷嗷待哺的粉丝们转发上千了。

纷纷评论：

"这是什么神仙修图！"

"博主这个位置也太好了吧！把哥哥拍得好好看啊！"

"拍图技术和修图技术都是一流，给博主跪了。"

也有粉丝发现"福所倚"这个账号是刚申请的小号，连霍希都是二十分钟前才关注的，不由得在下面提醒粉丝：最近"黑粉"猖獗，不要给不明身份的小号热度。

盛乔倒不在意，把演唱会期间霍希换的四套演出服分别发了一组图，然后美滋滋地洗澡睡觉。

刚躺上床，手机一振，来电显示是"我的宝贝"。

盛乔一个鲤鱼打挺坐起来，干咳两声，才一本正经地接起电话："喂，霍希。"

那头一顿，问："你声音怎么了？"

盛乔："……嗓子喊劈了。"

霍希："？？？"是我开演唱会还是你开演唱会？

演唱会结束之后是庆功宴，霍希一轮轮喝完酒，回房间已经是凌晨。拿手机发了条让粉丝在回家路上注意安全的微博后，他随意翻了翻，看到昨天的红毯热搜。

照片里的盛乔，和他印象中那个自卑怯懦的女孩相去甚远，他想了想，拨了电话过去。

接通之后，听筒里的声音一如既往地含着欣喜的笑意："霍希，你庆功宴结束啦？”

她倒是对自己挺了解，他“嗯”了一声，又问：“你今晚来了？”

“当然啊，我还拍了好多照片！”

这几天解约的事闹得这么大，还以为她怎么也要消沉一段时间，没想到她居然还有心情来看自己演唱会。

霍希顿了顿才说：“之前准备演唱会太忙，没什么时间。”

他其实是想关心一下录音的事，这段秘密如今得见天日，圈内每个人都唏嘘不已。

星耀拿准了她不敢自曝裸照一事，才肆意抹黑泼她脏水，怎么也想不到她居然如此豁得出去。她虽然赢得了全网的同情，可在圈内人看来，这种自毁清誉的事儿，太得不偿失。

以后别人看到她，都会联想，这是那个拍过裸照的女明星啊。尽管没人看过那些照片，可那些带着有色眼镜的目光会一直如影随形。

一旦有人发难，这就是痛处，一戳一个准。

她好像真的跟以前不一样了，那是他从未在她身上见到过的，勇气、自信，还有乐观。

霍希想了想，组织了一下措辞：“有需要我帮忙的地方，你可以说。”

盛乔连连摇头：“不用不用不用，都是小事，很快就会解决。你帮我转了微博，还专程打电话过来，我已经很高兴了。”

知足常乐，这个道理她很早以前就明白。她乐呵呵地说：“霍希，你早点休息呀，这段时间辛苦了，演唱会很完美。”

话已至此，霍希也没强求：“好，晚安。”

“晚安！”

听到偶像说晚安，盛乔睡得很香，梦都没做一个。第二天睡到自然醒，洗漱完毕，她蹲在马桶上登录官方后援会账号，正要开始编辑今日份的早安微博文案，突然发现，官方微博的粉丝一晚上涨了100万！

之前她努力维持的转赞评数据也有了一个质的飞跃，变成三位数了！

不管这些关注是出自同情也好，好奇也罢，或者只是被红毯美图所吸引，愿意关注明星的后援会官方微博，说明对方起码不再是“黑粉”的立场。哪怕从“路人黑”转变为“路人”，也足够令盛乔高兴了。

不求吸粉，但求天下无“黑”！

与此同时，霍希微博发布了和星耀的解约声明，公布自己成立工作室。粉丝们想起之前他转发盛乔的解约微博，原来是因为自己要和星耀解约了，便也打消了之前的种种猜测，转发微博，恭喜偶像单干。

吃过早饭，盛乔给乔羽打电话，昨天他提醒自己今天有份文件要签，盛乔打电话过去跟他确认，毕竟星耀早就把她的行程停了，她还打算下午有时间去逛逛商场，给家里添置点东西。

打了两遍才有人接，乔羽的声音慌慌张张的：“不好意思，盛小姐，我今天有点儿事，起诉的文件明天再拿给你。”

盛乔忙问：“怎么了？发生什么事了？”

乔羽说：“家母生病了，我得照料，明天联系。”

说完乔羽就挂了电话。

盛乔发了会儿呆。乔母身体一直不太好，早年落下的病根儿，上了岁数便都“冒了尖儿”，加之双腿行动不便，一直以轮椅代步。乔羽声音这么慌张，妈妈是不是出事了？

盛乔脑袋一下就炸了，耳朵里嗡嗡地响。她又给乔羽打电话，想问清楚他们在哪家医院，但打了好几遍乔羽都不接，盛乔急得不行，实在没办法，一咬牙，打车去了乔家的别墅小区。

乔家房门紧闭，敲了很久都没人开门。

盛乔实在不知道该怎么办，干脆往门口一坐。这一坐就坐到天黑。冬天的夜总是太快降临，伴着寒风，冻得盛乔瑟瑟发抖。她出门走得急，也没戴个围巾、手套，感觉四肢都快冻僵了。

她搓搓手，捧在嘴边哈气，又捂住耳朵揉了揉，屋前的绿茵跑道跑过一个穿着运动服的少年。他跑到前面，脚步一顿，又退回来。半晌，少年摘下耳机，对着旁边喊：“盛乔，你在这里做什么？”

她“噌”的一下抬头，尽管夜色太浓，连对方的面貌都没看清，却仅凭声音和身形就一下认出来。

“霍希！”她有点儿开心，猛地站起身想走过去，但坐得太久，四肢麻木，起身的瞬间一个踉跄，朝着前面倒栽下去。

好在霍希反应快，两三步跨过来，一把扶住她，手指蹭上她冰冷的手背，皱了皱眉。

盛乔扶住他的胳膊，感觉眼前一阵天旋地转，恢复过来后，又是道歉又是道谢。霍希好整以暇地看了她一会儿，问：“这么冷，你坐在别人门前做什么？”

“等……等人。”

“你认识这家人？”

“我请的律师就是这家的……”她不想对偶像撒谎，半遮掩着敷衍，赶紧转移话题，“霍希，你在夜跑吗？”

“嗯。”他打量她几眼，看她环着胳膊冷得说话都打战，淡声道，“要是别人不回来，你打算在这儿被冻死？”

盛乔也不说话，看着他乐呵呵地笑。好近呀。昨天他还是舞台上她触碰不到的光，今天他就站在自己面前，触手可及。

她好想踮脚抱抱他，跟他说她好喜欢他呀。

不！不行！立刻停止你这种危险的想法！霍希不喜欢肢体接触！不要给他带去不适感！爱是克制！要克制！

然后霍希就发现眼前的人一脸严肃加隐忍地后退了两步。

“……你打算在这里等多久？”

“再等两个小时吧。”

他皱了皱眉，看看天色，半晌，淡声说：“去我家等吧，外面太冷了。”

何况小区保安就快开始巡逻了，你一个当红女艺人，最近正有官司在身，也不注意点影响。他还以为她变聪明了，怎么看着还是那么蠢。

盛乔眼睛一下就亮了。上次去偶像家，只顾着哭，她完全没观察环境、深入感受，这次终于又有机会了吗？

她立刻抬步：“走走走。”走了两步，她又好像想起什么，回头问他，“霍希，这小区没狗仔吧？千万不能被拍到了。”

他和她擦肩而过："你可以把自己包严实一点。"

话落，他就看见盛乔迅速脱下外套，一层又一层地裹住了自己的脑袋……

盛乔进屋第一件事就是拉窗帘，屋内开了暖气，热气从脚底往上蹿，整个人终于暖和过来。她坐在沙发上环视四周，内心的小鹿快撞死了。

这就是偶像的家呀。果然这才是明星该住的房子嘛，又漂亮、又低调、又大气，布局跟乔家一模一样，只是装修风格偏冷色调，透出一丝淡淡的冷清来。

以前的乔瞧是很理智的。偶像于粉丝，那就是天上发光的太阳，你可以汲取他的热量用于自己的成长，可千万不能异想天开妄图靠近太阳。

维持好彼此之间该有的距离，他当他的偶像发光发热，你当你的粉丝支持应援，不要奢求太多，就是最好、最快乐的状态。然而现在太阳就坐在她对面，盛乔感觉自己要被融化了。

霍希倒一副无所谓的样子，拿起遥控器按开了电视。他似乎并不打算和她聊天，邀她进屋休息也不过是善良使然。盛乔又在心底吹了一轮偶像人美心善，按捺住激动的心情，将目光转移到电视节目上。

电视上播的是一部纪录片，一个衣着朴素的僧人，离开故土，跋涉千山万水，前往西域求取真经。正播到僧人被守关的将士发现其偷渡，盛乔看了会儿，偏头跟霍希说："烽火台的老大是玄奘的信徒，不仅没有给他定罪遣返，还送了他食物和水，告诉他越境的路，让他去第四座烽火台，结果玄奘半路迷路了，然后就遇到了高昌王，两人还结拜成兄弟……"

霍希转头瞪她："不准剧透！"

盛乔委屈巴巴地说："哦。"

看了会儿，剧情果然如盛乔所说，霍希顿时兴趣大减，看了她几眼，问："你看过？"

"嗯，我比较喜欢看纪录片。"

没有说完的是，她最喜欢看《西游记》，因为喜欢，所以就开始了解历史上真正的玄奘，看完了史上所有有关玄奘的记录，连佛教兴衰都顺带着了解了一遍。你要愿意的话，她能跟你聊一天大乘佛法和小乘佛法。

霍希似乎有些吃惊，挑了下眉，什么也没说。他又换了部纪录片，这次主题是“丝绸之路”，才刚放了个片头，盛乔兴致勃勃：“这个我也看过，讲的是……”

霍希抬手就把电视关了。

盛乔：“……”干吗啊？呜呜呜……

人家就是想找点话题跟你说说话嘛……呜呜呜……

霍希掏出手机，打开游戏，对面盛乔听见《王者荣耀》熟悉的片头音乐，顿时又来了精神：“‘开黑’吗？！我阿珂贼溜！”

霍希：“……”

两人很快线上组队。

盛乔除了“坦克”，其他职业基本上都会，霍希倒是很固执地一直玩射手，但水平就……怎么讲呢？时好时坏，取决于队友给不给力。

队友给力，他趁势“发育”，五杀都能拿；队友不给力，他也就战绩平平，只能混。

好在盛乔的技术不是吹的，基本带两人没问题。霍希以前一直都是一个人玩，现在有个大佬在前面带，他突然觉得，躺赢也是一种不错的选择。

于是他就开始“划水”……

反正盛乔一个顶俩，他打打小兵推推塔，还可以欣赏欣赏王者峡谷那草那水那怪兽，然后霍希就被队友骂了。

中路的法师在死了一次后躺在地上打字：“垃圾射手……”

后面被屏蔽的字眼肯定不是什么好字，霍希直接无视了，结果就看见正大杀四方的盛乔停了下来，打字问：“垃圾法师骂谁呢？”

“谁垃圾骂谁。”

“干吗要骂自己？全场就数你最垃圾。”

“呵呵。”

“什么啊？说人话会不会？干人事会不会？做个人行不行？”

“你他……”

“小学生先学会打字再来打游戏，作业写完了吗？要爸爸教你写字吗？”

霍希：“……”

最后这局游戏就输了。后半场盛乔站在泉水里就没出来过，全程跟那个法师对骂，还不带脏字的，隔着屏幕都能感觉到法师被气得哇哇大叫。

他抬头看对面的盛乔。她眉梢上挑，撑人时的凌厉劲儿一览无余，似乎察觉他的视线，她抬头对视的那一瞬间，眉眼顷刻就温柔下来，恨不得笑容里能开出一朵漂亮的花儿来。

霍希说："好好打游戏，不要骂人。"

她赶紧点头，又执拗道："但是骂你就是不行。"

霍希低头又开了一局，决定不"划水"了。

最后，两人的段位都上升不少，盛乔看看时间，也过了快两个小时，心里惦记着乔母，起身跟霍希告别。

他把她送到门口，淡声交代："如果他们还没回来就不要等了。"

"嗯！霍希拜拜，早点休息！"

他点了下头。

直到盛乔转身消失在屋前的小道，他才关上门。屋内一下子又安静下来，明明她在的时候也不吵闹，就连跟他说话时也含着小心翼翼的讨好。

他打开电视看了会儿，把盛乔刚刚剧透过的《玄奘之路》看完了，才终于上楼睡觉。

有些枯燥的佛教艺术纪录片，没想到她会喜欢。

那头，乔家的屋子里终于亮起了灯。

盛乔想了想，最终还是鼓起勇气去敲门，开门的是乔家的保姆张妈，看着门口的陌生面孔问："姑娘，你找谁呀？"

盛乔说："我找乔羽。"

张妈一看，这么晚了，来的又是个女孩子，还是找乔羽的，看她的眼神顿时就不一样了。后面乔羽也下楼来，问："张妈，谁啊？"

张妈回身："找你的！"

乔羽往门口走了两步，看见盛乔，眼珠子都快瞪出来了："你怎么来了？"话落，他又赶紧说，"先进来，张妈，倒杯热水来，外面怪冷的。"

张妈应了，盛乔走进来，看着熟悉的环境，眼眶有些酸，咬着舌头才忍住。乔羽邀她到客厅坐下，打量她几眼，还以为她是为解约的事情来的。

“程序已经在走了，这个过程会很慢，你不用急。”

盛乔点点头，为了不引起怀疑，找了个借口：“我刚好过这边来办点事情，想着不用你明天再跑一趟，顺路来把文件签了。”

乔羽说：“可是文件在公司啊。”

盛乔：“……”

她接过张妈倒的水，道了谢，看了眼楼上，迟疑着问：“我……你妈妈怎么样了？好点了吗？”

乔羽说：“还好。她腿脚不灵便，上午不小心从轮椅上摔下来，已经做过治疗了。”

盛乔松了口气。她虽然很想亲眼看看妈妈，但是现在这种身份又不便提出，跟乔羽聊了两句就要起身告辞，刚走到门口还在换鞋，楼上突然传来声响。

乔母自己推着轮椅滑到楼梯口栏杆处，温柔地问：“家里来客人了？”

盛乔的眼泪夺眶而出。她赶紧背过身，飞快地抹了一把泪，捏着拳头稳了稳情绪才回头招呼：“伯母好。”

乔羽介绍：“妈，这是我的客户，盛乔。”

乔母远远看着门口的姑娘，不大能看清样貌，但莫名其妙觉得挺亲切的，温声责备乔羽：“来客人了也不跟我说一声，招呼不周。”

盛乔见乔母要坐电梯下来，赶紧道：“伯母，我还有事先走了，下次再来拜访您。”

她还没做好准备，怕近距离看到乔母会控制不住情绪。

乔母看看墙上的挂钟，见时间也不早了，点点头：“那行，路上小心点。乔羽，你送送盛小姐。”

乔羽应了，将盛乔送出门，见她在夜色里缩着肩膀低着头只顾往前走，不明白她为什么突然一下子情绪这么低落，想了想，拉住还要往外走的盛乔：“我开车送你吧，这么晚了，不好打车。”

他倒是突然想起来，盛乔没钱也没车。

盛乔没跟他客气，跟着他去了车库，开车上路，车内用的香熏都是她以前爱买给他的沉香。乔瞧不在了，买这些给他的是谁啊？

她越想越难过，趴在后座“呜呜”哭起来。

乔羽：“……”

他将之理解为她最近压力太大，只得安慰：“盛乔，现在无论是法律还是舆论都站在你这边，一切都在朝着好的方向走，你……也别太有压力，会好起来的。”

她一边哭一边哽咽：“有什么用呢？”有什么用呢？属于她自己的世界，除了霍希，其他什么都没了啊。

乔羽平时吊儿郎当的，也不擅长安慰人，此时真是毫无办法，只能一踩油门，加大马力，飞快将盛乔送到了家。

这一晚她睡得很不好，七七八八做了很多梦，到最后快醒来时，都化作泡影消失不见，连梦境本身都不再记得。

洗漱完吃了早饭，她先去跟乔羽约的地方签了文件，然后拖着行李去了机场。

私人行程，行人来去匆匆的机场也没人注意她，只是过安检的时候要求取下墨镜、口罩，好在排队的人不多，核验身份的工作人员明显认出了她，但秉持职业道德，只是冲她点头笑了下。

买不起头等舱，盛乔找到经济舱的位置，耳机一戴头一偏，整个旅程墨镜都没摘。

下了飞机，她给出租车司机看了地址，弯弯绕绕两个小时才终于到达目的地，一座类似城乡接合部的小镇。

柏油路两边的楼房都是自建的，楼高参差不齐，有的用白琉璃瓦，有的直接是砖墙，盛乔对比着手机上的地址一路找过去，终于看到一家卷帘门装饰的平房。

盛乔的家。

正是晚饭时间，窄小的厨房里传来菜香，盛乔站在门口，深吸一口气，才终于开口：“妈，我回来了。”

里面声音一顿，门口投下一片光，紧接着传来轮子碾过地面的声响，厨房里出来一个坐着轮椅的妇女，一脸惊喜地望着她：“乔乔，你回来啦。”

盛乔目光僵住，视线扫过妇女的脸，最后落在妇女左边空荡荡的裤腿上，脑海里响起高美玲的话：你那个残废妈。

她的两个妈妈，都坐着轮椅啊。

她闭了闭眼，忍住眼泪，撑出笑意："是呀，最近没什么事，回来看看你。妈，我好想你。"

她俯身过去，抱了抱妇女。妇女高兴得眼眶都红了："刚好刚好，妈妈煮了晚饭，刚好赶上。你等会儿，妈妈再炒两个你爱吃的菜。"

盛乔高兴地应了一声，放下行李，扎起头发，到厨房里帮盛母洗菜。

盛母住的这个小镇位置偏僻，是盛乔跟星耀签约那年，高美玲帮着重新找的新环境，安的新家，在这里没人知道这个卖手工鞋垫的妇女就是女明星盛乔的母亲。

盛乔很少出门，大多时候窝在小小的房间看那些老旧的书籍，有时候有人来店里买鞋垫，她也会戴着口罩出去接待。街坊都知道是盛母的女儿回来了，夸奖一句闺女真标致，日子可谓十分悠闲。

但这种清闲日子只维持了不到一周，盛乔接到方白的电话，电话那头语气也不知道是欣喜还是着急。

"乔乔姐，你在哪儿啊？高姐让我来接你，说……说给你安排了工作。"

"啊？"盛乔从床上坐起来，扯下卷发棒，"什么工作？"

"给你接了一个综艺节目，明早就要开录。"

高美玲是不是有病，都这样了还给她接工作？

盛乔沉住气："我在老家，你先等等，我打个电话问问。"

她拨通高美玲的电话，似乎猜到她会打电话过去，高美玲倒是接得很快，语气里已经没有了前几天的针锋相对，淡声道："只要法院的判决书没有下来，你就还是星耀的艺人，你有权履行合约里的义务。"

盛乔一下子明白了她的意思。

星耀不可能让公司人财两空。既然舆论和法律都已经不占优势，那就要利用合约，榨干盛乔最后的价值。

现在这种风口浪尖的时刻，不管是综艺节目自己找上门来，还是星耀主动去联系的节目组，盛乔的价格都会只高不低。

这时候她也没必要再跟星耀对着干，以免狗急跳墙。她干完最后一单，潇洒走人。

盛乔笑笑："行，明早让方白来接我。既然开工了，助理和化妆师得还给我吧？"

高美玲语气冷淡："室内综艺节目，节目组要求不带个人助理，你自己处理好。"话落她就挂了电话。

盛乔对着手机翻了个白眼，外头盛母喊她："乔乔，吃饭啦。"

"来啦。"

吃饭的时候，盛乔跟盛母说了下午就要回去工作的事，盛母虽然不舍，但也一直很支持女儿的事业，吃完饭坐着轮椅将她送上车，还让她提了两麻袋自家腌的咸鸭蛋和酸菜回去。

食物不能上飞机，盛乔免不得又要办一道托运手续，但她丝毫不觉得麻烦。妈妈对女儿的爱，哪怕换了一个灵魂，仍能感受到。

第二天一早，方白准时来敲门。

盛乔化了一半的妆，开门看见他手上提的早餐，高兴地接过来："我就知道你会给我买，我都没做。"

吃早饭的时候，他跟盛乔介绍这次的综艺节目。

"叫《24小时同居》，拍摄时间是20天，一共有6位嘉宾，这20天你们都要住在一起，乔乔姐，你多带点衣服，天越来越冷了。"

盛乔点点头，又问："其他5个人是谁？"

"节目组没说，到了现场才知道。"方白迟疑了一下才继续说，"还有，乔乔姐，这次的节目是24小时同步直播，一会儿到了现场，节目就会开始在平台播出了。"

"这么厉害吗？"盛乔一边咋舌，一边打开电脑搜索。

这款以直播形式为噱头的室内综艺节目在网上预热了两个多月，至今仍未公布节目嘉宾。线上平台开辟了直播专栏，里面有直播倒计时，但预约人数还不足十万，一看就是个没什么热度的综艺节目。

猜也能猜到，公司不可能让她去高“流量”、高曝光率的节目，最好是又累又“糊”，片酬还高。

“除此之外，节目组在每周六会发布一个剪辑版，就跟普通的综艺节目形式一样，播放给那些没时间看直播的观众。”

盛乔表示了解了。之前不知道要去那么久，吃完早饭，她重新收拾了行李。想着近两年综艺节目的情况，过去了可能衣食住行都要靠自己，所以衣服她只带了几套换洗，其余全是生活必需品，最后还塞了十个咸鸭蛋进去。

三个小时后，车子开到郊区一个很偏僻的地段。

这附近是新开的楼盘，还有很多楼在建，也有已经交房的楼盘，但入住率极低，周围绿化环境倒是不错，就是人烟稀少，显出几分荒芜来。

拍摄的屋子是节目组租来的一座两层独门小院，她到门口的时候就看见高高架起的摄像机和工作人员。盛乔拖着行李下车，很快就有导演组的负责人迎上来，自我介绍说：“盛乔，你好，我是总导演乘风。”

盛乔礼貌地跟他握手，乘风说：“进入那道门之后，节目就要开始录制了，你是第二个到的。”

盛乔点头，回头跟一脸不放心的方白说：“你回去吧。”

方白跟个小媳妇似的，看着她拖着行李推门而入，才终于上了车。

院门之后是一段小石子路，两边种满了花草，转弯就是三步台阶，房门半掩。盛乔提着行李推门而入，入目是宽大的客厅，有人坐在沙发上喝水。

看见盛乔，坐者的精致面容上闪过一抹不可思议，但马上意识到在直播，又迅速恢复表情，笑着站起身来：“第二个嘉宾是你呀。”

节目已经开始播出。

刚开始的收视率还是不错的，毕竟各家都想知道嘉宾里有没有自己的偶像。此刻正在猜测第二个嘉宾是谁的观众都惊呆了，震惊之后纷纷不淡定：

“还以为解约前她会被星耀雪藏呢！”

“雪藏是不可能的，星耀肯定会用她寻求利益最大化。”

“突然有点儿心疼盛乔。”

“前面心疼盛乔的，你是认真的？我看该心疼节目其他嘉宾。”

“想想盛乔以前那些做派就害怕，突然不希望我家偶像参加了。”

“想起了被盛乔出道综艺节目支配的恐惧。”

“我记得！没礼貌、没教养，而且还懒！又矫情！恨不得全世界围着她转！”

“我觉得，她还是不要参加综艺节目比较好吧。这两天刚有点儿转粉，担心被她‘作’‘脱粉’。”

“颜值没的说，人品真不行。”

“惨是惨，除了同情，喜欢不起来。”

“总算有明理人了，这两天这节奏我还以为全网‘粉’盛乔了。”

“全网‘粉’是不可能的，一辈子都不可能的。”

“看这段时间她的各种操作，明显是打算利用解约事件进行洗白，重塑‘人设’，而且明显很多人已经中招了。”

“出身、性格早就定了，改不了。还是希望她顺利解约吧，然后退出娱乐圈，各自安好。”

盛乔为数不多的粉丝坐不住了：

“我乔才刚进门什么都还没做，‘弹幕’里一群戏精就给自己加戏。”

“看直播吧，别吵了，我乔长得真好看。”

“不了解一个人最好不要妄下断言，否则被打脸，疼的是自己。”

……

盛乔并不知道直播“弹幕”已经吵成一团。眼前这个冲她微笑的女生她认识，叫乐笑，演过几部偶像剧，以单纯甜美小公主形象示人，号称国民初恋脸，但和国民认不认是两码事，毕竟乐笑的“咖位”还不如自己。

盛乔回以微笑：“初次见面，你好。”

她换了拖鞋，行李放角落，乐笑已经给她倒了杯水，体贴地问：“冻坏了吧，快喝点热水，还好这里有暖气，来之前我好担心的，我最怕冷了。”

乐笑一说一笑，笑起来脸颊边还有个小酒窝，真是甜死人，只是偶尔不经意打量过来，还是带着探究和异样。

盛乔也不在意，毕竟“热度”在身，礼貌客套地跟乐笑聊了几句，门口又有动静，两人同时起身，看到一个身段纤瘦的少年提着硕大的行李箱走进来。

童星出道的陆一寒，不过15岁，却是老戏骨了。他刚上高一，家里还是让他以学业为重，一年只接一部剧，曝光度不够，模样也没长开，人气比较单薄。

不过，他的“路人缘”不错，大家还是很喜欢他的。

“居然有弟弟！”

“盛乔千万别把魔爪伸向弟弟啊！”

“才十五岁的小可怜，求放过。”

“儿子又带着寒假作业来参加节目，不知道这次有没有人给他辅导数学，老母亲操碎一颗心。”

“感觉节目组请盛乔就是为了热度，完全不考虑其他嘉宾的感受。”

“解约事件之前，盛乔差不多都快‘糊’了吧！”

“‘糊’不至于，毕竟还可以蹭霍希的热度。”

“导演组肯定不会放过在节目里提及霍希。”

“‘希光’在此，真的一把鼻涕一把泪，跪求导演组放过霍希。”

“本来对这个综艺节目挺期待的，居然请盛乔，告辞。”

“‘希光’们跟我出门左转。”

“弹幕”里一片热闹，屋外再次传来交谈声，盛乔听着怪耳熟，转头去看，门口先进来一个个头儿高高的女生，这么冷的天，她只穿一件皮衣，涂着暗色系的口红，显得又酷又冷。

盛乔倒不认识这女生是谁，但是凭她接近一米八的身高来猜测，应该是个模特吧？然后盛乔就听见一个熟悉的声音：“哎哟，冷死我了，快进去快进去，别杵在门口。”

这个人一进门，鞋都没换，看见屋内的盛乔，眼睛顿时就亮了，扔了行李撒着欢儿就朝她扑过来：“乔乔！我的乔乔啊，我想死你了。”

盛乔一脸嫌弃地将钟深推开，指着门口：“先去换鞋。”

钟深没想到会和她参加同一个综艺节目，开心得不行，转头去换鞋，换完了又“嗒嗒嗒”跑回她身边。

网友以前对钟深的性格不了解，看他长得那么俊美，还以为是“妖孽男”，没想到居然这么“小宝宝”，想起他之前跟盛乔的互动，总算理解了。

此时那个个子高高的女生已经换好鞋走进来，酷酷地跟众人打招呼：“我是冯微，微笑的微。”

乐笑倒是很会接哏：“我是乐笑，微笑的笑，我们以后就是微笑姐妹！”

冯微配合着笑了一下，但明显没有很高的兴致，搞得乐笑有点儿尴尬。

大家你看看我，我看看你，乐笑是个性格外向的人，眼见几人没什么话说，带头提建议：“要不，我们先去看看房间吧。”

陆一寒说：“还有一个人没来呢，我们不等他吗？”

钟深说：“先到先得，管他呢，走走走，先去看房间。”他又转头拉盛乔：“乔乔，我要和你住一起！”

盛乔：“起开。”

一行人刚走到楼梯口，门口传来动静。

众人纷纷回头去看，戴黑色棒球帽的少年提着行李走进来，抬头看了一圈，伸手取下帽子和口罩。

然后盛乔就听见了周围几个人的吸气声，还有乐笑那一句压得低低的喊声：“我的天，是霍希。”

盛乔脚下一软，差点跪下去了。

“弹幕”齐刷刷一片：我的天。

说好这个节目请的都是三流“糊咖”呢？霍希，你是不是走错片场了？？？

霍希和盛乔，这是什么爆炸组合？这两个名字挨一起就是八卦头条啊！节目组是因为霍希才请的她吧？啊啊啊……现在逃走还来得及吗？！

观看直播还没来得及走的霍希的粉丝们顿时疯了。

“节目组为了热度，人都不做了是不是？”

“我今天就要搞节目组，谁拦都不好使。”

“霍希的工作室吃屎的吗？接节目不挑的吗？还没被盛乔坑够是吗？”

“盛乔真跟块狗皮膏药一样，走到哪儿黏到哪儿，一个女孩子，好歹要点脸吧？”

“她人都不做了，还要什么脸啊！”

“裸照都敢拍，还要什么脸啊！”

“前面的过分了啊，就事论事，裸照事件盛乔是受害者。”

“‘希光’是被盛乔坑怕了，口不择言，大家体谅。就事论事，不要拿裸照事件来攻击艺人，但是盛乔这些年捆绑我家希希做的那些龌龊事，不会因为她是受害者就不存在了！”

“求求她解约之后就滚出娱乐圈吧，别出来祸害别人了。”

就这么一会儿的工夫，霍希、盛乔参加同居综艺节目的新闻已经传遍全网，还没看直播的“希光”们虽然气得快要爆炸，但又无可奈何，只能去工作室微博下面攻击团队办事不力，接的什么破综艺节目；又去盛乔的微博下面留言，让她皮收紧一点，这次再敢作妖，“撕”到她妈都不认识她。

网上闹成一团的时候，霍希已经换好鞋走过来，扫视了一圈，总是淡漠的脸上露出个淡淡的笑：“人都齐了。”

钟深扶住浑身发抖的盛乔，凑近她耳边咬牙切齿地说：“你给我争气一点！抖什么抖！”

几个人都有意无意地去看一旁的盛乔。谁不知道她这几年捆绑霍希炒了多少绯闻，蹭了多少热度啊，现在正主相见，还不知道今后会怎么相处呢。

盛乔感受到投过来的几道视线，都快哭了。

钟深打破这尴尬气氛：“人齐了就选房间吧，快点快点，谁抢到好房间就是谁的。”话落，他拖着盛乔就往楼上爬。

二楼有五间房，四个单人间，一个双人间。钟深跑得最快，先看了楼梯口的两间房，发现其中一间还带单独的卫生间，把还大脑一片空白的盛乔推进去，冲着后面喊：“这间房是乔乔的，谁都不许抢啊！”他又迅速打开隔壁的门，往门口一站，“我要这间，我要挨着乔乔。”

乐笑半开玩笑半不满地说：“总要有人住双人间呀，你们不能这么霸道。”

陆一寒在旁边开口：“我愿意住双人间，有人和我一起吗？”话落，他看看霍希，又不好意思：“只剩下霍希哥哥了，应该不愿意，哈哈哈……”

霍希说：“我都可以。”

他向来是不争不抢的个性，性子比较淡，话也少，这样的人其实不适合参加综艺节目，因为没哏。但节目组看中的是他的人气，有霍希在，就是不说话坐一天，粉丝也乐意看。

看直播的观众简直要被钟深气死了。

“钟深什么毛病啊？也太霸道了吧！”

“节目才开始，两人就抱团。”

“近墨者黑！钟深现在怎么变得跟盛乔一样讨厌了！”

“啊啊啊……我要气死了，我们霍希不能跟人睡一间房啊！宝贝怎么这么善良，什么都不说啊！”

“真的太气人了，想冲进去把盛乔打死。”

“谁知道节目录制的地址？我要过去杀人了。”

盛乔知道霍希有严重的睡觉环境选择症，不能和人同房同床，他需要极其隐秘安静的空间才能入睡。她赶紧从房间走出来：“我也可以睡双人间。”

陆一寒就笑：“小乔姐姐，你要和我睡一间吗？”

“去去去，你这小破孩，谁跟你睡一间，想得挺美。”钟深当然知道盛乔一心为霍希考虑，恨铁不成钢地瞪了她一眼，最后不情不愿地说，“算了，我和你睡双人间吧，让三个女孩子睡单人间。”

话已至此，大家都没再多说，霍希住了带单独卫生间的大床房，三个女孩子也分别选了单人间，钟深和陆一寒住双人间。

轮番上场攻击盛乔的“希光”们总算稍微消停了。

分配好房间后，大家纷纷搬行李。盛乔轻装简行，在楼下将吃食拿出来往冰箱、厨房一放，箱子里也就不剩什么东西，轻轻松松提上了楼。乐笑和冯微倒是提了两个笨重的箱子过来，此刻上楼就有点儿吃力。

铺床的时候盛乔就听见乐笑在下面喊：“谁来帮我和微微提下箱子呀？”

陆一寒在上厕所，钟深是个嫌麻烦的，半天，盛乔听见对门霍希开门的声音。

她“噌”的一下从床上跳下来，一个箭步冲出去，赶在霍希前头飞奔下楼：“我来！”

刚拉开门的霍希：“……”

乐笑有点儿为难：“小乔，这个很重的，还是叫男生来搬吧。”

那怎么行？让我偶像给你提箱子，你咋不“上天”呢？

盛乔一脸笑意：“不重不重，我力气很大，让我来！”

她握住把手，往上一提。你是在箱子里装了块铁吗？

盛乔脸都涨红了，使出吃奶的劲儿总算把箱子提了上去，乐笑怪不好意思地指着楼下说：“还有一个。”

盛乔：“……”

气喘吁吁地搬完乐笑的箱子，盛乔看着冯微的行李，深吸一口气，正要继续搬，冯微按住，笑着说：“我自己来，谢谢。”

好好好，你自己来就好，妈呀，累死我了。

搬完行李，大家各自在房间整理打扫，盛乔铺好床，正往衣柜挂衣服，手机响了，钟深连发好几条微信：

“你看你那样，丢不丢人？丢死人了！”

“不就是一个霍希吗？跟我长得差不多啊，你能不能控制一下？”

“还要相处一个月，直播呢，给我长点儿心！”

“哼，还不承认你喜欢他。”

盛乔回复：“谁不承认了？我喜欢他，超喜欢！咋了？”

钟深：“你喜欢有屁用，你看人家搭理你不？他的粉丝可不是好惹的，你还嫌自己麻烦不够多吗？”

盛乔：“闭嘴！聒噪！”

两人还在斗嘴，听见楼下乐笑喊：“都下来啦，导演说要开会。”

几个人下楼聚在客厅，围着沙发坐成一圈，导演坐在对面的摄像机下头，面带笑意地说：“规则呢，你们都清楚，那为期一个月的同居生活现在就开始了。”说着，他递上来一个纸袋，“这里面是启动资金，一人200元的生活费，一共1200元，接下来一个月，用这1200元来生活。”

几人顿时叫苦连天。

“你看你们是一人拿200元，还是放在一起共同使用？”

乐笑说：“放一起吧，选一个人管账，这样还能省着点用。”

大家你看我、我看你，都没人应声，1000多块钱，管个屁的账啊。最后乐笑忍不住说："那我来管吧。"

导演把钱递给她，又宣布了一些规则，然后整个摄制组都退到了一边，将拍摄空间留了出来。

几个人围坐在沙发上盯着那1200元钱陷入沉思。

钟深最先打破沉默，他说："我饿了，先点份外卖吃。"

大家都刚认识，也不好意思反对，只有盛乔吼他："不行！外卖太贵了，点一顿的钱够买两天的菜了。"

钟深委屈巴巴："那你把我饿死算了！"

盛乔白了他一眼，起身去冰箱拿了一袋酸奶、一块袋装的三明治过来："先吃着垫垫肚子。"

陆一寒惊讶得不行："我们冰箱里竟然有这些？"

盛乔说："我带来的，不多，你们要吃还有点。"

陆一寒跑过去："那我也吃一个，我还没吃早饭呢。"他围着冰箱、厨房走了一圈，回来时一脸震惊，"小乔姐姐，厨房里的酱油、醋、耗油，还有那些袋装调料都是你带来的吗？"

盛乔："嗯。我还带了十个咸鸭蛋，在冰箱里，谁要吃可以煮。"

众人："……"

姐妹，你是来郊游的吗？

不过有调料，也节省了一大笔开销，乐笑说："那我们以后就自己做饭吧，不过我只会番茄炒蛋。"

冯微："我也是。"

另外三个男生沉默不说话。行了，知道番茄炒蛋是国民菜系，盛乔说："我也不太会，都学着煮吧，总不会饿死。"她看看手机，"也快到午饭时间了，先去买点菜把午饭解决了。"

天气这么冷，周围又荒凉，鬼知道哪里有菜市场。

乐笑立马说："那我去打扫厨房，等你们买回来就可以做了。"

盛乔看了她一眼，笑吟吟地说："行，冯微，你帮着乐笑点儿，顺便把公共活动区域打扫了。"

冯微点点头。盛乔又说：“小寒，你没事的话，清理一下外面的花坛吧。我刚才进来的时候看见里面有很多杂草、枯叶。”

“行。”

钟深说：“乔乔，我跟你一起去买菜。”

分工完毕，大家都起身，霍希淡淡开口：“那我呢？”

盛乔顿了顿，一脸平静地说：“你检查一下电视、冰箱、洗衣机这些家用电器能不能用吧，坏了的提前找导演组报修，不然以后他们不管了。”

钟深：“？？？”

为什么我们又是打扫卫生，又是除草，又是买菜，霍希只需要检查下根本不可能坏的电器？你这偏心也偏得太过分了吧？！

其他几个人都没察觉她偏心，还深觉她说得有道理，催促霍希：“赶快检查！不然导演组一会儿不认账了！”

乐笑从袋子里拿出200元交给盛乔，叮嘱她要省着点花，盛乔点点头，领着一脸郁闷的钟深出门了。

这几个人没发现盛乔偏心，观看直播的网友倒是眼尖地察觉到了。

“总觉得盛乔在偏心霍希。”

“对！我也这么觉得！拎箱子的时候也是，你们发现了吗？当时如果不是盛乔抢先一步，霍希就要下楼去帮忙了。”

“还有分房间的时候！盛乔也是听说霍希要住双人间才赶紧出来的！”

“我怎么嗅到了一股恋爱的酸臭味？”

“恋爱什么？滚远点，谁爱恋谁恋。”

“倒贴得开心吗？盛小姐。”

“请‘弹幕’里某些盛乔粉自重。”

“我说什么来着？节目才开始第一天，还是同样的炒作套路。”

“保护我方霍希！”

“真的好讨厌盛乔啊啊啊，她可不可以滚出这个节目啊！”

“我看不下去了，等霍希剪辑版，大家再见。”

话虽如此，直播的观看人数仍在持续上涨，毕竟喜欢看八卦的网友们是不会错失这个“吃瓜”机会的，除去“希光”和盛乔的“黑粉”，其他观众还是保持了基本的中立态度。

“不是谁的粉，我觉得盛乔目前的表现看起来挺正常，甚至挺讨喜的。”

“对，上节目带咸鸭蛋这种操作，我可以笑一年好吗哈哈哈……”

“而且挺持家的，安排各自的任务也很合理，带来的调料省了不少钱。”

“感觉是和以前不一样了，这次解约带给她的变化挺大的。”

“期待后续吧。”

冷风阵阵，天都阴沉着，盛乔裹紧羽绒服，出门往左。导演组跟上来四个人，两个跟拍摄像师，两个拍摄助理。

钟深冷得直哆嗦，问：“你知道哪儿有卖菜的？”

“来的路上看到了，不远。”

两人顶着寒风加快步伐，很快来到一个农贸市场。这个时辰，人不算多，看到摄制组也知道是拍节目的，纷纷吆喝。盛乔挑挑选选，货比三家，还拿出招牌微笑杀价，花了不到50元，买了两大袋蔬菜，各式各样都有。

肉就比较贵，一斤都二十多块钱，钟深这下又心疼了：“要不就吃素吧，别买肉了。”

盛乔白了他一眼：“小寒还长身体呢，再苦不能苦孩子。”她冲老板喊：“来两斤五花肉、两斤里脊肉。”

陆一寒的粉丝表示很满意。

“谢谢为弟弟考虑。”

“儿子还在长身体，再苦不能苦儿子。”

“盛乔买菜讲价的样子跟我妈好像哦。”

“杀价很溜，是个持家好手。”

“毕竟一月1200，不抠不行。”

“哈哈哈……一月1200，真的好惨啊！”

“我也想这么惨，一月1200啊！你们竟然说惨！”

“对于明星来说当然惨啊，盛乔穿的好像都是平价衣服。”

“刚才整理行李箱，我看到她用的护肤品竟然是自然堂！”

“自然堂怎么了？我也用自然堂，补水效果很好的！”

“弹幕”开始推荐自己用的水乳……

买完菜，又买米、买面、买油，最后两人花了不到200元买了一大堆东西回来。

屋内的打扫还在继续，乐笑累得腰痛，看见盛乔和钟深说说笑笑进来，顿时心生不满。早知道自己去买菜了，这房子这么大，真的要累死她了。

她赶紧丢下扫把，跑过去接了东西往冰箱放，归置物件时，看到袋子里有三个塑胶的盆，也不知道是干什么用的，抬头问：“小乔，你买这个盆做什么？”

“这个便宜，三个才十块钱，我看……”

话还没说完就被乐笑打断：“便宜也不能乱花钱啊！我们本来资金就不够，你还买这些没用的东西！”

她这一急，语气就带了指责意味，钟深顿时就不乐意了：“怎么没用了？外面花坛里那么多绿植，移栽几株到花盆里，摆在客厅净化空气行不行？”

盛乔扯了他一下，温声缓和气氛：“就十块钱，买菜砍价省下来的，大家都在客厅，放些植物会比较好。”

乐笑其实也接受了这个解释，但还是不满钟深刚才凶她，委屈地说：“也不一定能净化多少，效果还不如开窗通风。”

钟深冷笑：“点缀环境行不行？生活空间难道不需要一点绿色吗？看你长得挺好看的，怎么一点生活情趣都没有啊？”

乐笑真的快哭了：“钟深，你为什么老是针对我啊？”

盛乔一把把钟深推开：“没有，他夸你长得好看呢。”

乐笑真的不知道该哭还是该笑。

盛乔把钟深推到客厅，压低声音教训他：“直播呢，能不能收敛点？你不准再跟乐笑说话了！”

这下轮到钟深委屈了：“乔乔，你变了，你以前不是这样的。你以前对我很好的，我还是不是你最爱的人了？”

盛乔白了他一眼，扭头就去厨房了。

乐笑说她会番茄炒蛋，盛乔还以为她知道做菜的常识，没想到她蛋都不煎，在锅边一敲就想下锅混着番茄炒，盛乔赶紧拦住她，看了看在旁边束手束脚的冯微，叹气道：“算了，都出去吧，我来。”

乔家养孩子奉行独立，在国外上学的时候，她经常自己做饭，味道虽然一般，但填饱肚子还是没问题的。

两荤三素很快端上桌，盛乔还做了汤，几个人都嚷着饿，不过，乐笑和冯微吃得不多，其他三个人倒是正常食量。女艺人向来比男艺人更注重身材，盛乔看了看自己的碗，默默地刨了一口饭。

吃饱喝足，乐笑说：“乔大厨，以后做饭的事就交给你了！太好吃了！”

钟深立刻说：“乔乔又不是你们请来的厨师，下次做饭都进去学！一人一天地做，哪有吃白食的？”

吃完饭，乐笑和冯微主动洗碗，毕竟是直播，都知道给自己加勤劳“人设”。盛乔拿着花盆到外面移栽绿植，正忙呢，身边突然有人问：“要我帮忙吗？”

霍希在旁边蹲下来。盛乔立刻肌肉紧张，不动声色地往旁边挪了挪，低声说：“不用。快进去吧，外面冷。”

霍希看了她一会儿，突然笑了一下。他关掉麦克风：“盛乔，我怎么觉得你有点儿怕我呢？”

我没有！不是我！别瞎说！

盛乔强装淡定：“啊？有吗？”她抬头看看天色，“这天气，怕是要下雨了吧，啊，好冷啊。”

话落，她起身，抱着花盆，一溜烟地跑了。

霍希在原地蹲了会儿，面无表情地起身进屋。

“弹幕”纷纷猜测刚才霍希说了什么。

“盛乔走得很慌啊，是被霍希骂了吗？”

“霍希很有教养，从不骂人，谢谢。”

“说不定是受不了盛乔，让她离自己远点。”

“希望她能真的离远点，最好不要出现在霍希的视线里。”

“‘弹幕’里酸什么呢？我看盛乔也没故意贴着霍希啊，有本事你也让节目组邀请你去参加呗。”

“你行你上的言论8102年还能看见。”

“她倒是敢贴啊，直播，大家都看着呢。”

“又想看我希宝贝，又不想看见盛乔，我好痛苦。”

“我也很痛苦，忍着自戳双目的冲动在坚持。”

“前面何必呢？不看赶紧滚，又不是只有你家一个嘉宾，就你家事最多。”

“盛乔走了把你家霍希饿死算了，人气偶像粉丝真是看谁都不顺眼。”

下午的任务是拍宣传照。

盛乔为了掐灭节目组炒人气的苗头，拍照时远离霍希，心甘情愿站边上。拍完照，大家纷纷回房间补觉，她没有睡午觉的习惯，独自在客厅看了会儿电视，快到晚饭时间，把中午买的猪五花切丁剁碎，下油锅加酱料炒成炸酱。

冯微第一个被香味吸引过来，她卸了妆，整个人看上去很寡淡，说话声低低的，看向炸酱时眼睛却发亮，问盛乔：“你在做什么？”

“炸酱面。”

她吸吸味道，有点儿怅然地说了句：“我很久没吃过肉了。”

盛乔看了她一眼，屋内有暖气，她穿着贴身的T恤和紧身牛仔裤，身材超级养眼，可也瘦得一点赘肉都没有。超模为了管理身材，确实要下很多苦功夫。

盛乔用筷子头蘸了一团炸酱递过去：“尝一点。”

冯微皱眉迟疑，想了想，还是伸舌头舔了一下，然后一脸满足：“太好吃了。”

睡午觉的人纷纷下楼，被香味引到了厨房。见人都齐了，她烧水煮面，冯微不吃，只煮了五个人的量，最后端上桌时，面上的炸酱被灯光照得金黄，摄像机给了个特写，引得看直播的人口水连连。

“突然想吃炸酱面，我要去点份外卖。”

“我也是！”

“我现在看盛乔越看越顺眼。”

“一个炸酱面你就顺眼了？专门做给你看的好吧。”

“两顿饭都是盛乔做的，就算她是故意做给观众看的，那人家也的确付出了劳动。”

“美食都堵不住你们这群‘杠精’的嘴！”

知道冯微晚上不吃东西，盛乔给她盛了一碗面汤，加了小半勺炸酱，宽慰道：“暖暖胃，尝个鲜，长不了多少肉。”

冯微闻着香味也没再拒绝，正喝呢，就听见钟深在旁边老大不满意地喊：“乔乔！为什么霍希碗里的炸酱比我们的多！”

盛乔：“……”

几个人都去看霍希的碗，这么一对比，好像是要多一些，金黄色肉粒裹着面条，颜色都要比他们的深一些。

盛乔面不改色：“啊？我不知道啊，我随手倒的，你不够我再分你一点。”

钟深明知道她的小心思，但又不能当场揭穿，气鼓鼓地道：“不要不要，下次注意点，别让人以为你偏心！”

吃完饭，钟深提议玩游戏，委屈巴巴地跟盛乔说：“乔乔，自从你不带我，我都从钻石掉回黄金了。”

玩游戏就得五人，而嘉宾有六个人，这样势必会冷落一个人。恰好冯微和乐笑都不会玩游戏，冯微直接说：“我不会，你们玩吧。”

她说着就要上楼，盛乔一把拉住她：“你们五个打吧，我指导你们。”

乐笑以前碰都没碰过游戏，但三个男生都想玩，她自然不能落后，赶紧下载了游戏，不好意思地说：“我不太会，你们要帮我。”

钟深一脸嫌弃：“我不跟新手一起玩。”

他被盛乔拍了一巴掌：“就你那水平，跟新手有区别吗？”

“弹幕”里都要笑死了。

“钟深还没被盛乔摔过瘾吗？”

“就他那蔡文姬，怎么好意思嫌弃乐笑的？”

“好想看盛乔现场玩一次刺客，上次看剧组发的战绩图，真的惊到我。”

“五个人的游戏，第六个人真的很尴尬。”

“所以盛乔才会拉住冯微，自己不玩当指导，被这个举动暖到。”

“我乔真的是个很暖很善良的小天使。”

“居然有人用天使来形容盛乔，我无法直视‘天使’这个词了。”

“‘鸟人’还差不多。”

只要有人夸盛乔一句，“黑子”就会迫不及待地冒出来，粉丝基数小，干不过数量庞大的“黑粉”和煽风点火的“希光”，“乔粉”只能默默匿了。

游戏开局，盛乔站到乐笑和冯微两人身后，开始细心地教她们怎么按键，怎么买装备，怎么走位，怎么放技能。

新手操作到底不熟练，频频失误，摄像机将游戏画面给予特写，能看到乐笑和冯微两个人不停地花式送死，观众看得都要急死了，偏偏盛乔还是不急不躁，一字一句地教她们该怎么躲避。

冯微在她的指导下渐入佳境，起码不再送人头，偶尔还能辅助队友拿个人头；倒是乐笑，一直手忙脚乱，一看到敌人就慌了，乱放技能、到处乱跑，尸体遍布王者峡谷各个角落。

盛乔看她都要被气哭了，拍拍她的头，轻声说：“一会儿我单独带你，他们段位高，不跟他们玩。”

乐笑噘着嘴，不开心地“嗯”了一声。

玩了几把，大家各自回房间准备睡觉，盛乔洗漱完换了睡衣，去敲乐笑的门。屋里乐笑正开着电脑，网页显示的竟然是游戏的操作攻略。

这姑娘是个狠人。

盛乔说：“别看那个了，上游戏，全程跟着我，多打几把就会了。”

乐笑半信半疑，跟着盛乔开了游戏，真是跟刚才完全不一样的游戏体验。

“跟着我，不要超过我。”

“按2，再按3，再按1。”

“往后走，停，进草丛，不要动，等我回来。”

“学会看小地图，站在草丛里看，不要出来。”

“来，跟着我，我就在你旁边。”

“往回跑，停，回头按2，再继续跑，好了，继续按2。”

这游戏这么好玩的吗？感觉敌人都是豆腐，一刀一个！乐笑玩兴奋了，顿时有点儿飘，一不注意就离开了盛乔的视线范围，很快被敌方抓住。

整个房间都响起乐笑的尖叫：“乔乔救我！！！”

紧接着是盛乔冷静的声音："坚持住，马上到，你先放2技能。"

"啊啊啊……我放不出来，我要死了，我要死了，我要死了！"

话落，屏幕里人影一闪，敌方被定住，紧接着血线下降，倒地死亡。

盛乔扭扭手腕："哪儿那么容易死？"

观众被她的"骚操作"惊呆了。

"我竟然被这一幕'撩'到了！！！"

"盛乔这爆棚的'男友力'是怎么回事？"

"抱走乐笑，我们不约。"

"不敢蹭霍希，改蹭乐笑吗？"

"狗皮膏药永远是狗皮膏药。"

"'弹幕'里有些人思想真的龌龊，反正盛乔做什么都不对咯。"

"当你讨厌一个人时，她所有善良温暖的举动也会变成一根刺，刺疼某些'杠精'的黑心。"

连赢几把，盛乔看看时间："差不多了，明天再玩吧。"

乐笑兴奋得小脸红红的："乔乔，你明天也要带我啊，我不想跟他们一起玩。"

游戏体验一点都不好！

盛乔点点头，出去掩上门，正要回自己房间，跟走廊上的霍希撞了个正面。他刚下楼去烧了点水，正端着水杯往屋内走，看见盛乔时，脚步顿了顿，淡声招呼："还没睡啊。"

在摄像机镜头下，盛乔还是很克制，礼貌地回答："陪笑笑打了几把游戏。"两三步走到自己门口，扭动把手时，她轻声说了句，"早点睡，晚安。"

霍希看着她侧脸："晚安。"

盛乔若无其事地进屋，却偷偷红了耳尖。

到了睡觉时间，观看直播的人也逐渐少了起来，盛乔用外套将墙上的摄像机盖住，钻进被窝。翻来覆去，她还是忍不住摸出手机给霍希发了条信息："你为什么要来参加这个综艺节目啊？"

过了会儿，盛乔收到他的回复："欠导演一个人情。"

盛乔捧着手机看了半天，叹了口气，慢慢打字："我不知道你也会来，如果节目期间给你造成不好的影响，我先说声对不起。"

霍希回复："没事，不至于。"顿了顿，他又回，"早点儿休息。"

没有什么比偶像的一句话更能宽慰人心了，盛乔用力点了点头，睡之前照常登录自己的后援会账号发布了今日份的晚安微博。

上线的时候，她发现自己的微博账号和后援会账号的粉丝都涨了十几万。

在后援群里，有人问："会长，乔乔的第一天直播结束了，我们要做一个剪辑版吗？"

盛乔回复："要，网宣组的组长去负责这件事。现在可以招募一些会视频剪辑的粉丝进网宣组了，不过要严格把关筛选，在精不在多。"

安排完后援宣传任务，盛乔终于可以睡觉了。

她没有睡懒觉的习惯，早上七点多生物钟就让她自动醒了，洗漱完出门时，楼道间的各个房门都还紧闭着，她轻手轻脚地下了楼，给自己煎了个蛋，热了杯牛奶。

吃完了，她打开《王者荣耀》，准备打一把游戏提提神，刚登录，就收到了霍希发来的组队邀请。

盛乔手一抖，不动声色地朝楼上瞟了一眼，接受邀请后开始征战王者峡谷。赢了两把，盛乔趁着等待角色复活，在游戏公屏上打字："下来吃早餐吗？"

霍希正在打龙，停了停，回复："打完这局。"

"想吃什么？面还是粥？"

"都可以。"

队友连发十个感叹号："龙被抢了啊！你俩能不能先打完龙啊？"

等这局游戏结束，盛乔收起手机去了厨房，为了不露出马脚，她顺手做了五份，等几个人被导演组叫醒下楼的时候，饭桌上热气腾腾。

乐笑惊喜道："哇，小乔，你是田螺姑娘变的吗？"

霍希看了眼面前他爱吃的酱油煎蛋，默默地喝了口热牛奶。

几个人正吃得高兴呢，导演组在旁边敲敲小黑板："注意一下，发布任务了。"

几个人同时问：“还有任务？”

导演：“晚上会有神秘客人过来，你们负责招待。客人离开时会对你们的服务做出评价，五星好评奖励生活费，三、四星中评没有奖惩，一、二星差评扣生活费。”

招待客人？

不对啊，导演，之前来的时候你们没说还有客人啊？

第四章

偶像

几个人把生活费拿出来数了数，还剩一千。不过昨天他们买的菜多，够吃好几天的。盛乔在冰箱里看了一圈，问导演："客人有指定晚上吃什么吗？"

"没有，但是一定要让他有宾至如归的感觉。"

盛乔想了想，提议道："要不就煮火锅吧？菜都有，买包火锅底料就可以了。"

大家纷纷表示赞同。

"那下午开始备菜，昨晚的炸酱还剩一些，我们中午将就着吃炸酱面，晚上再一起吃好的。"

几个人又齐刷刷点头。

盛乔想了想，找导演组要了纸笔，蹲在茶几前摊开："反正没什么事，我们来商量下接下来二十天怎么打工赚钱吧。"

陆一寒捶抱枕："我还小，当童工犯法。"

几个人笑作一团，盛乔说："按节目组现在的搞法，估计每隔两天就会来一个嘉宾，生活费我们自己都不够，还要招待客人的话就只能想办法赚钱。"她在本子上把六个人的名字写下来列成一排，"各自都有什么能赚钱的才艺和办法，都说一说。"

钟深特别为难地开口："以我的美貌，除了卖身，我真的想不出其他赚钱的办法了。"

此刻"弹幕"一片"哈哈哈"……

盛乔理都没理他，乐笑突然说："可以让霍希去广场上弹琴卖唱。"

她提的这个方法其实是可行的。六个嘉宾里，只有霍希还兼歌手的身份，以他的人气去弹唱，一天赚个几万都不成问题。

没想到盛乔脱口而出：“不行！”

几个人不知道她为什么反应这么大，都奇怪地看着她。

天这么冷，让我偶像去外面吹着风、挨着冻卖唱？想都别想！门儿都没有！

盛乔干咳一声：“卖唱还需要音响设备和吉他，这些前期投入太大了。”

大家一想觉得也是，就放弃了这个想法。

几个人都是好出身，从小衣食不愁，进娱乐圈之后更是不可能兼职打工，什么时候为钱这么纠结过，头都要想秃了。

“弹幕”此时也在热情参与讨论，讨论来、讨论去，发现除了嘉宾自身的明星效应，还真就找不出别的赚钱法子了。毕竟去兼职打工这种事，怎么看都觉得不靠谱。

结果众人就听见盛乔说：“这样，我们现在出去逛一逛，看看周围有没有什么活儿可以接。”

乐笑五官都皱成一团了：“真去打工啊？”

钟深不拧她浑身不得劲似的，说：“要不然你现在给导演组跳个舞，看他们给不给你发钱。”

乐笑被他拧得脸都红了，盛乔抄起陆一寒怀里的抱枕朝钟深砸过去：“你再欺负笑笑，中午的炸酱面就别想吃了。”

钟深顿时从嚣张大狮子变成了委屈小猫咪，乐笑得意扬扬地哼了一声。除此之外也没有别的办法，于是几人收拾一下出门了。

“弹幕”里观众都觉得不可思议。

“盛乔真带他们去打工啊！”

“打工怎么了？劳动人民最光荣。”

“其实好好利用一下明星效应也能赚钱啊，我觉得让霍希去广场卖唱就挺好的。”

“好个屁，不是自家偶像不心疼是不是？你家偶像咋不去广场上演戏呢。”

“你们发现没？盛乔好像不知不觉成为节目里管事的人了。”

“她看待事情比较周到全面吧，另外几个都是饭来张口，衣来伸手的角色。”

“解约爆料不是说盛乔身世挺惨的吗？爸爸欠债自杀，妈妈还是个残疾人，果然穷人家的孩子早当家。”

“其他几个人都不把钱当钱，只有她知道钱来得有多艰辛。”

“行了行了，大型卖惨现场，是不是？还看不看节目了？”

“卖惨‘圈粉’只此一家。”

好吧，又吵起来了。

这头，盛乔已经领着几个人出门了。今天天气还不错，虽然冷飕飕的，但阳光很好，照得天空湛蓝。

这里地头偏僻，商圈荒凉，几个人逛了一大圈，还真没看到有什么招工的地方，倒是途经了好几个大型施工现场，挖掘机、龙门吊轰轰作响，搞得尘土飞扬。

盛乔在伦敦大学是读建筑的，如果没有发生这起意外，过完年她就会去乔父给她安排的工地实习。

闻着空气中的钢筋混凝土味道，她微不可闻地叹了口气。

乐笑见她频频望向施工现场，还一脸凝重，突然惊恐地喊道：“乔乔，你不会是想让我们去工地搬砖吧？！”

盛乔一愣，回过神，想了想：“这个建议不错。”

众人：“？？？”

大家纷纷怒瞪乐笑。

“弹幕”也不淡定了。

“哈哈哈哈……笑笑，你懂什么叫自己挖坑吗？”

“不行，一想到几个人灰头土脸地在工地搬砖就觉得好好笑。”

“我打赌盛乔刚才真的没往那方面想，乐笑到底是什么脑回路啊！笑死我了！”

“盛乔是开玩笑的吧，工地可不是闹着玩儿的。”

盛乔笑着摇头：“跟你开玩笑呢。”

众人纷纷松了一口气。

往回走的时候，众人途经农贸市场——盛乔之前买菜的地方。这个市场算是这附近最热闹的地方，入口周围还有不少卖小吃的摊贩，陆一寒正是什么都想吃的年纪，看见烧烤摊顿时挪不动脚了。

“小乔姐姐，我想吃那个，就吃一串，行不？”

孩子都眼巴巴说出这话了，你能拒绝？盛乔示意乐笑掏钱。

乐笑再也没有昨天和陆一寒见面时的姐弟情深了，怪不情愿地说：“烧烤多油腻啊，而且还不健康。”

钟深在旁边：“我也要吃！我想吃个烤脑花！”

乐笑说：“脑花有好多寄生虫啊！想想就好恶心，钟深，我建议你还是少吃。”

钟深大惊失色：“这才过了一天，你怎么变得这么抠了？到底是什么改变了你？是道德的沦丧，还是人性的扭曲？”

乐笑气得抬脚就踢他。

闹归闹，最后乐笑还是掏了钱，几个人凑到小吃摊周围各自挑喜欢的，盛乔要了份热气腾腾的关东煮，回头看见霍希双手插兜若无其事地站在旁边，想了想，还是忍不住问：“霍希，你要吃什么？”

霍希瞟了她一眼。这还是参加节目以来，她第一次主动跟他搭话。他淡淡道：“我不要，你们吃吧。”

每个人只有10元钱的预算，还在挑挑选选，盛乔看了一圈，从乐笑手里又抽了一张10元，跑到一边去买了个烤红薯，又一路小跑回来递到霍希面前：“给你这个。”

她知道霍希爱吃烤红薯，他爱吃又软又糯的食物。烤红薯用黄皮纸包着，香甜的热气一股股地往外冒，从中间微微掰开一点，透出熟透的金黄色。

霍希伸手接过，她的心咚咚直跳，时刻关心偶像，又怕直播露馅儿，说了句“趁热吃”，转头就跑到冯微身边勾肩搭背：“微微，想好吃什么了没？我给你推荐烤红薯。”

冯微说：“不了，那个热量太高。”

霍希掰开红薯，热气四溢，连乐笑都被吸引了，她忍不住说：“霍希，能分我一半吗？”

霍希正要递给她，盛乔“唰”的一下把剩余的五块钱塞到乐笑手里：“才五块钱，再去买一个，我也想吃，我俩分。”

乐笑一脸高兴地去了。

霍希默默收回手，低头咬了口红薯，很烫，很软，很糯，很甜。他抬头看了看对面女孩的背影，垂眸时，挑了下唇角。

几个人拿着各自买的食物边走边吃，都是家里有矿的人物，此时吃着几块钱的东西却生出巨大的幸福感，看来环境真的可以改变很多东西。

在附近没找到打工的地方，去市区来回有三个多小时的路程，而且只有公交，从时间成本上算也不划算。盛乔也没再提，买好火锅底料就回去了。快到午饭时间，她把炸酱面做了，吃完饭几个人都去午休，她一个人蹲在茶几前捧着小本本写写画画。

观众都挺好奇她在写什么，摄像师亦有所感，将镜头凑过去。

居然是一系列打工赚钱的办法，她把能想到的都在本子上写下来了，最后再考虑可实现性打钩或者打叉。

“盛乔为了一家子吃喝也是操碎了心。”

“她写的这些打工计划都好接地气啊，我在法国留学，她这单子里我干过一半。”

“我也是！留学生哭出声来。”

“盛乔是不是留过学？”

“前面开什么玩笑，盛乔初中毕业就没上学了。”

“真的不能好好利用一下自己的明星效应吗？卖签名照也行啊！”

“我愿意出一万买霍希的签名照。”

“‘流量粉’就是土豪。”

“盛乔这字……瘦金体啊，写得挺好的。”

“我最近正在练瘦金体！太难了，什么时候才能练到她这样？”

“人品不作评价，这字是真好。”

她的字当然好了，想当年，被乔母请回来的书法大师按着头在书桌前临摹字帖，一把鼻涕一把泪啊。她妈说了，画画你没有天赋，就不强迫你了，字你总得写好看点吧？别人写“沈清韵”三个字都是烫金边的，被你写在父母姓名栏时，狗爬似的，有辱家门。

盛乔留学的时候并不缺钱，但跟着同住的妹子体验过几次勤工俭学的生活，还算比较了解。但这附近实在太荒凉，商业圈还未成型，巧妇难为无米之炊，她看着自己列下来的赚钱大计，无奈地叹了声气。

盛乔还在绞尽脑汁地想办法，睡午觉的几个人也纷纷起床了。乐笑最先下来，看了眼盛乔写得密密麻麻的本子，咋舌道：“乔乔，你还在想啊，别管了，来看恐怖片啊。”

说着她打开电视，兴致勃勃地调出恐怖电影片库挑选起来。

盛乔从小就怕鬼，小时候在乡下度假，听村里的老人用颤巍巍的声音讲述那些半真半假的鬼故事，留下了严重的心里阴影。每次在街上遇到白事她都会做噩梦，恐怖片更是从来都不敢涉及。

再加上自己变成盛乔这件至今无法解释的事，她对这些神神鬼鬼的东西越发抗拒。

她赶紧阻止乐笑：“客人晚上就到了，还是先商量一下该怎么接待吧。”

乐笑说：“边看边聊。”

说着，她选中一个电影，点了播放。

字幕才刚出现，恐怖的音乐犹如冷气般蹿遍房间，盛乔吓得脸都白了，愣是没敢往电视方向看一眼，强装镇定低下头去。

霍希正从楼梯下来，看了客厅一眼，下完楼梯，走到乐笑跟前，拿起遥控器按了暂停。

乐笑才刚进入状态，瞪眼看着霍希。

霍希说：“太吵了。”

乐笑：“？？？”

午休的几个人陆陆续续地下楼来了，几个人正在商量一会儿接待客人的分工，导演组突然抱了个透明的玻璃罐子过来。

乘风蹲在摄像头下面，笑得不怀好意：“通过你们今天的表现呢，可以看出，靠你们自己是赚不到钱的。所以，现在导演组给你们提供了一个赚钱的机会，这里面有上百个任务，每个人可以抽取一个，任务各不相同，各有期限，完成之后会获得奖励金，完成不了则要接受惩罚。”

玻璃罐里装满了五颜六色的千纸鹤。

原来是在这儿下套等着他们呢！看导演组的神情，他们也知道这里面肯定不是什么简单的任务，但事已至此，几个人只能认命地去抽千纸鹤。

钟深最先抽，手掌在里面搅动半天，最后从最底下拿出一只，几个人都围过去等他拆开，随着纸张缓缓展开，钟深把内容读了出来。

“邀请一名影帝来小屋做客。任务奖励：1000元。任务时长：七天。若七天之内任务失败，扣除生活费1000元，并在世贸广场唱《最炫小苹果》。”

钟深一脸疑惑地问：“邀请谁？哪个影帝？”

导演说：“只要是拿过影帝的都可以，百花奖、金鸡奖，甚至奥斯卡，只要你请得到。”

钟深转头拿杯子：“谁都别拦我，今天我就要砸死他！”

导演组奸计得逞，乐呵呵地看着盛乔他们按住钟深。

钟深转头抱住盛乔胳膊，嗷嗷直哭：“乔乔，他们这也太欺负人了！我一个萌新上哪儿认识影帝啊？还邀请，影帝知道我是谁吗？他们这是给不起出场费又想要影帝参加，给我下套啊！”

盛乔拍他的头顺毛：“也不是没办法，你问问笑笑，她或许认识。”

乐笑在影视圈这几年也在各部大剧里当了不少配角，的确和影帝搭过戏，但认识是一回事，熟不熟又是另一回事。

盛乔当然也清楚，多数还是在逗钟深：“但是你这两天一直在撑笑笑，她可能不是很愿意帮你。”

乐笑终于有一种风水轮流转的满足感：“我更愿意看你在世贸广场唱《最炫小苹果》。”

钟深“嗷”的一声哭出来。

这头正闹呢，那边霍希已经默不作声地抽了一只红色的千纸鹤，打开之后上面写着：找到一位姓乔的人合照，并要到他的签名。任务奖励：300元。任务时长：两天。若两天之内任务失败，扣除生活费300元，并且包揽小屋当天所有家务。

钟深号得更厉害了："为什么霍希的任务那么简单，我的任务这么难？"

霍希说："命不好吧。"

盛乔憋住笑，紧接其后抽取了千纸鹤，她有私心，暗戳戳拿了个跟霍希一样的红色，打开之后上面写着：和看直播的网友进行两个小时的互动。任务奖励：200元。任务时长：一天。若一天之内任务失败，扣除生活费200元，并在节目里保持素颜一天。

眼看后面这两人的任务越来越简单，大家都坚信钟深已经把霉运吸光了，纷纷大胆地抽取任务。

陆一寒抽的任务是制作一件手工艺品，并在不利用明星效应的情况下成功售出，奖金500元，任务失败的惩罚是给节目组打一天工，当跟拍摄像师且当天没有镜头。

冯微抽的是去宠物店给狗狗洗澡，必须要洗够六种不同的犬种才算任务完成，奖金500元，任务失败的惩罚是一天都要穿着指压板拖鞋走路。

最后是乐笑，她一边祈祷一边伸手，挑挑选选，最后选了一个她的幸运色——粉色。钟深早就在旁边等得不耐烦了，等千纸鹤一展开就率先读出来："去建筑工地搬两天砖，哈哈哈……"

读到一半钟深就开始爆笑，乐笑都要气哭了。

她怎么这么倒霉啊！

观众一想到她今早经过工地时说的话，真是笑到头掉。你说节目组是故意的吧？里面那么多任务偏偏就她抽中了。

乐笑拉住钟深："要不你跟我换，我帮你去邀请影帝。"

钟深这下丝毫不嫌弃自己的任务了，护着千纸鹤跟护宝似的，说："不了不了，请影帝多简单啊，谁还没点朋友，你自己去搬砖吧，哈哈哈……"

乐笑出身好，从小娇滴滴的，别说搬砖，家务都没做过，一想到这是直播，她根本没办法赖掉，真是眼泪都要出来了。

手心粉色的千纸鹤突然被抽走，转而放进来一只红色的，盛乔说："我跟你换。"

乐笑泪眼蒙眬地望着她，没反应过来。盛乔转头问导演组："任务是可以交换的吧？"

导演点点头。

"那行。"她若无其事地抬手拍了拍乐笑的头，"多大点事，行了，准备一下晚上煮火锅的东西，客人应该快到了。"

乐笑这才反应过来，扯了下她的衣角，迟疑说："乔乔，你……要不还是……"

盛乔知道她想说什么，在她脸上捏了一下："我是学建筑的，比起跟网友聊天，我更喜欢工地。"

乐笑也不知道盛乔说的是真是假，但一想到工地那种环境，自己实在忍受不了，盛乔愿意帮她，真的是求都求不来的事。

她起初对盛乔还有些芥蒂，此刻是真的一点都没了，语气里满满都是真挚："谢谢你啊，乔乔。"

盛乔将粉色的千纸鹤放进兜里："走吧，帮我择菜。"

钟深在后面恨铁不成钢地跺了跺脚。

网友们起先还在"弹幕""哈哈"乐笑，此刻也被盛乔的骚操作惊呆了。

"我是乐笑的粉，我现在是不是应该说声谢谢？"

"笑笑刚才是真的快哭了。"

"盛乔哄乐笑的时候好温暖好有爱啊！"

"她在节目这两天，所有举动都很温暖。"

"以前全网'黑'，是真的被星耀和那个经纪人害的吧？我快被她'圈粉'了。"

"要是我处于舆论焦点，正需要路人粉丝支持的时候，我也会跟乐笑换，'圈粉'的事，谁不乐意。"

"她跟钟深换我还能理解，对乐笑这种才认识两天的人还这么好心，除了作秀我想不出其他理由。"

"盛乔刚才对乐笑说了什么？她是学建筑的？她在逗我笑吗？"

"初中科目有建筑吗？"

“她说的可能是地理，毕竟地理也是建筑学的一部分，哈哈哈……”

“所以现在要给自己安学霸设定吗？”

“说个笑话，初中学历的学霸。”

“盛乔情愿去工地搬砖也不想跟你们这群人聊天，还有脸笑，有点自知之明行不？我看她跟乐笑换任务不是为了什么‘圈粉’，就是不想和你们这群人说话。”

“赞同楼上。”

……

厨房宽敞，几个人站在里面也不觉得挤，洗菜的、扫地的、整理桌子的，都忙得不亦乐乎。

众人正忙着，客厅外面传来人声：“你好，有人吗？”

钟深正站在门口剥蒜，探身出去看了一眼，回头说：“好像是客人来了，是那个什么选秀的冠军，师……”

乐笑一下喊出来：“师萱！萱萱来啦？”

她今年有部新剧是师萱唱的主题曲，一来二去，两人就熟了。

盛乔也放下手上的事：“走吧，先招呼客人。”

客厅里，身穿墨绿色风衣的师萱提着水果篮站在中间，看见几人从厨房出来，薄唇弯了个笑，眉眼却淡淡的，跟传闻一样，浑身都透出淡泊名利、宠辱不惊的淡然。

师萱是今年最火的音乐选秀综艺节目的冠军，星耀的签约艺人。

之前有个帖子——盘点哪些明星不好好演戏唱歌就要回家继承公司，师萱就在其列。师氏集团的产业遍布全国，涉及多个行业，是货真价实的豪门。

粉丝都说，我们萱萱什么都不缺，也不在乎名气，进娱乐圈就是来玩儿的。

看见第一个嘉宾是师萱，“弹幕”量又增加不少，师萱的粉丝迅速抵达战场。

乐笑已经跑过去给了师萱一个拥抱，两人热情完，这头几个人又一一握手招呼，轮到盛乔的时候，师萱只在她指腹轻轻碰了下便飞快收回，笑容都比之前更浅：“你好，久仰大名。”

最后是霍希，师萱看他时嘴角弯弯的，连所谓的淡然气质都薄了不少，多出些暖意来："师兄，好久不见。"

师兄？我还是你师姐呢，你咋不叫？现在自己不作妖了，又多出来你这个小师妹是吧？有完没完了？

盛乔背着镜头翻了个白眼。

肩头被人一拍，吓得她眼皮差点没翻回去，她一回头，霍希看着她："锅好像煳了。"

盛乔顿时飞奔向厨房。

乐笑拉着师萱到处参观："我们在给你煮火锅，乔乔的厨艺可好啦，萱萱，你走的时候一定要给我们一个五星好评呀。"

来了客人，大家都出去了，厨房内一下很空，只有盛乔在里面忙碌，回身拿盘子的时候，身后有人先她一步从碗橱里拿下来递给她，霍希说："我帮你。"

"不用不用，你出去陪客人吧。"

"他们都在，不差我一个。"

他俯身把地上的土豆拿起来："都要削皮吗？"

盛乔说："别，我这边马上好了，我来弄。"

霍希置若罔闻，打开水龙头把土豆洗干净了，拿起削皮刀在一旁忙起来。盛乔抿了下唇，也没再说什么，默不作声地做自己的事。

厨房一时安静。

"弹幕"里说：

"这一幕好温馨。"

"霍希好绅士啊，没有把盛乔一个人留在这里。"

"我希一直都很绅士，很温柔，哪怕是对待伤害他的人。"

"就是太善良，才会被那么多人踩。"

"还好自身业务能力强，不然就他这性格，三十年也出不了头。"

"'流量粉'还卖惨，搞不搞笑？"

"就一'流量'，还业务能力，我看唯一的能力就是他那张脸，老天赏饭吃。”

“霍希能力行不行某些人没资格谈论，没看过他的作品就在这‘尬黑’的可以滚了。”

“‘流量’怎么了？随便谁都可以当‘流量’了？”

“唱作俱佳霍希了解一下。”

“顶级‘流量’就摆这儿了，谁来‘黑’一下试试。”

一条“黑言”瞬间炸出所有“希光”，“弹幕”顿时被“希光”包围了，密密麻麻，一条接一条，连画面都被遮挡了。

节目里，盛乔和霍希还在准备菜，乐笑急急忙忙地跑进来：“乔乔，萱萱住哪儿啊？”

“问导演组。”

乐笑“哦”了一声，又去问导演组，这才知道原来从楼梯口那里进去有个梯子，上面还有一间阁楼。

过了会儿，乐笑又“嗒嗒嗒”跑下来：“乔乔，那个阁楼好脏啊，而且没有地暖，又冷又脏。”

盛乔说：“脏不会打扫吗？没有地暖不能开空调吗？”

乐笑眼巴巴地看着她，盛乔看了眼厨房，火锅已经沸腾，端上了桌，菜差不多都切好装盘了，她取下围裙，擦了擦手，拿着打扫工具爬上阁楼。

空气里都是灰尘，她先把窗户打开透风，又开了空调换气，然后拿着拖把、抹布开始打扫，等全都弄干净了，关上窗，空调开始制热，终于有了些暖意。

衣柜里有节目组准备的被套、枕头，她铺好床，又去把自己带来的加湿器拿过来，加了水之后放在床脚开始运作，又喷了点自带的六神花露水，空气里都是暖暖的清香。

做完这一切，她朝下面喊：“带师萱来看下房间。”

几个人都围上来，乐笑说：“天哪，乔乔，你是有魔法吗？”

盛乔：“我还有个扫把，你要不要看？”

收拾好行李，大家一起下楼吃火锅。因为是第一次自己在家煮，气氛热烈，几个人都没忌口，连冯微都吃了不少。

只是聊天的时候，师萱总是有意无意地避过盛乔，每当话题转到盛乔身上，她要么不接话，要么巧妙换话题，没多会儿，几个人都发现她似乎跟盛乔有些不对付。

钟深是个护短的，当即就有些不乐意，盛乔在桌子下踢了他一下，他才没当场发作。这会儿聊到各自的工作计划，师萱浅笑道："前段时间师兄给我写了首歌，已经录制好了，过两天就要发行。"

她这话说得妙，明明是她向霍希邀的歌，说得却像霍希主动为她写的一样。"弹幕"上师萱的粉丝都在刷"期待萱萱的新歌"，"希光"也因为师萱之前没有捆绑过霍希，对她没什么敌意，也纷纷刷"期待合作"。

乐笑咬了一口牛肉丸子，含混不清地问："什么歌啊？情歌吗？"

她其实也就是随口一问，吃火锅这种家常气氛往往会使人放松警惕，说话也就忘了过脑子，问完之后才反应过来是在直播，这句话可能过于暧昧了。

"流量"最忌暧昧，她正想着怎么补救一下，却见师萱低头笑了笑没说话，倒像默认了一样。

盛乔握着筷子一使劲儿，碗里那颗鹌鹑蛋被夹得粉碎，然后就听到霍希说："我不会写情歌。"

几个人一愣，他若无其事："给你的那首歌曲境描绘的是一个人在黑暗中对于光明的追逐，如果你找的词作人错填了情歌歌词，最好趁没发行，修改一下，否则词曲意境不搭。"

师萱还是浅笑着："知道了。"她低头吃菜时，眼底却闪过一抹恼意。

已经吃到九分饱的盛乔突然觉得自己还可以再啃两个鸡爪。

吃完饭收拾的时候，乐笑偷偷把师萱叫到一边，背着摄像镜头问："萱萱，你跟小乔有过节吗？"

师萱神情顿了一下，转而笑开："没有呀，怎么这么问？"

"感觉你不太喜欢她，我之前对她也有些偏见，其实小乔人挺好的，你接触了就知道。"

师萱偏头看了眼正在擦桌子的盛乔，收回目光微笑道：“没有的事。”顿了顿，她又说，“只是，不是一个世界的人，没必要深交。”

乐笑想想觉得也对。

一个是豪门千金，家世显赫，身世清白；另一个是初中毕业，家庭贫穷，还拍过裸照，“黑历史”都数不完。

师萱这样的人难免会看不起她。

乐笑也是富贵出身，能理解师萱的清高，但如今她也真心将盛乔当朋友，便只笑了一下，没再多说，加入收拾厨房的行动中去了。

厨房里闹闹嚷嚷的，是盛乔在指挥他们几个整理。

师萱笑容浅浅地站在一旁，一副与世无争的样子，“弹幕”上都说：“好像有一道无形的分界线，那边是红尘俗世，这头是飘然仙境。”

“萱萱就是仙子本人。”

“她下凡就是来渡我的。”

“我觉得有句诗很适合她，‘质本洁来还洁去’，我们萱萱，以后是要回到天宫的人呢！”

“前面‘尬吹’的我都忍了，楼上套用我林妹妹判词的过分了啊！”

“还‘质本洁来还洁去’，娱乐圈这个大染缸进来了，你还想还‘洁去’？我看早晚终陷泥淖中。”

“张嘴咒人的，没上过学，没学过‘尊重’两个字怎么写吗？”

“‘质本洁来还洁去’就不是咒人了？都是死判，你能用林黛玉来比喻，我就不能用妙玉来形容了？用这两位作比，都是抬举你家艺人了，一天天的没点啥数。”

“弹幕”里吵得天翻地覆，面上一派淡然的师萱内心也早已阴云翻滚。

她讨厌盛乔，不仅仅是因为她们不是一个世界的人，她看不起盛乔。还有一个原因是，这个综艺节目，本来她才是常驻嘉宾。

公司想最大化榨干盛乔的剩余价值，才会在最后一刻用盛乔取代她，她本来也是看不上这个综艺节目的，无所谓取不取代，但谁也没想到霍希会来。

以霍希现在的“咖位”，已经很少参加这种综艺节目，这次来这个节目，也是因为刚出道时承过这个节目总导演的恩情，导演亲自上门请，他才没有拒绝。

为了保持节目的神秘性和爆热度，导演硬是瞒着这个消息没让任何人知道。

星耀要是早知道霍希要来参加这个节目，说什么也不会把盛乔送来。师萱昨天去公司开会，听说高美玲都气得生病住院了。

她跟经纪人提出，她要来当一期飞行嘉宾。

她喜欢霍希，很早以前就喜欢，在他还没有出道的时候。

她称霍希为师兄，不只是因为两人之前所属同一家经纪公司，还因为他们都毕业于哥伦比亚大学，她是他的学妹。

只不过那时候追霍希的人太多了，霍希可能连她是谁都不知道。后来霍希出道，一炮而红，她更加难以触及。

她进入娱乐圈，不是像粉丝说的那样，是来玩的；也不是包装的设定那样，只为了追逐唱歌的梦想。她就是为了霍希。

她为此放弃自己的经济学硕士学位，不顾家人的反对，执意踏进这个圈子，还专门签约了星耀。她以为能离他近一些，却发现依旧很远。

比起她包装出来的淡泊名利、与世无争的“人设”，霍希才是真正对什么都无所谓。都不能说他冷，冷起码能让人感受到，他淡得就像一阵风，抓不住也看不见，什么都还没感觉到，他已经远远飘走了。

她看似对什么都不在意，不争不抢，那是因为自小周围的一切都是最好的，想要的东西她抬抬眼皮就有人争先恐后送给她，根本用不着争抢。

这辈子第一个跟头，就是栽在霍希这里，叫她怎么甘心。

一个她看一眼都嫌脏的盛乔，有什么资格待在霍希身边。

可盛乔不仅待了，待得还挺开心，眼前这几个人还都对她言听计从，“乔乔”左、“乔乔”右的，要不是顾虑在直播，师萱早就甩脸色了。

等一切收拾完，天色已经很暗，乐笑又提出看恐怖片，几个闹腾的当即说“好”。为了营造氛围，他们还专门拉了窗帘、关了灯，等盛乔切好水果出来的时候，差点被电视画面上突然出现的红衣女鬼和几个人的尖叫吓死。

她把水果盘往茶几上一搁，留下一句“我有点困”，逃也似的爬上楼。

楼下还时不时有尖叫，她对鬼的惧怕程度旁人难以体会，再加上打小想象力就丰富，刚才无意中看见电视上那女鬼的模样，这会儿连洗手间都不敢进，满脑子都是自己一看镜子，背后站着女鬼的画面。

在房间里挨了半天，实在不行了，她给钟深发消息，让他上来陪自己去洗手间洗漱。

结果钟深看恐怖片看得太入迷，半天都没回她消息。盛乔又给他打电话，这回他倒是接得快，压着声音跟做贼似的，说："怎么啦？什么事还打电话啊？"

"你上楼来一下。"

"什么事啊？我这正看到精彩部分呢！"

"你上不上来？"

"……好好好，来了。"

挂了电话，盛乔长舒一口气，拿皮筋把头发扎起来。房门很快被敲响，她小跑着去开门，抱怨："就知道看恐怖片，恐怖片有什么好看的？都是假的……"

没说完的话卡在嗓子眼儿，她顶着好像见鬼一样的表情看着门外的霍希。

"你……怎么你……"舌头都打结了，她好半天才捋顺，"怎么是你？钟深呢？"

"他在看电影，走不开。你怎么了？"

盛乔在心里把钟深骂了个狗血淋头，面上却笑呵呵的，说："没……没怎么，没什么事，你下去吧。"

霍希打量她几眼，似笑非笑："知道都是假的还怕？"

盛乔发蒙："什么？"

霍希摇了下头："不是要洗漱吗？走吧。"

盛乔："……"不，我没有，不是我。

走了两步，见她还站在原地，他淡声道："快点。"

盛乔"唰"的一下抬腿，忙不迭地冲了过去。

她住的房间没有单独的卫浴，一直都和冯微共用这个公共的洗手间。霍希站在门口，环胸抱臂，身子斜斜倚着门框，随意打量。

盛乔挤了牙膏，开始刷牙，这下倒不怕透过镜子看到女鬼了，镜面反射出霍希的身段，被暖色的灯光一照，覆了盈盈一团光。

呜呜呜……妈妈，我爱的那个人，他在发光。

霍希冷不丁回头，透过镜子和她对视："你还要含着牙膏多久？"

盛乔一抖，低头飞快刷牙洗脸，一气呵成！

"弹幕"里的观众一言难尽。

盛乔上楼之后直播就切了分镜，但过来看她的人不多，直到霍希突然离开主画面，进入盛乔的直播房间，大批观众和"希光"都跟了过来。

"画面引起严重不适。"

"洗漱还要找人陪，她以为自己是三岁小朋友吗？"

"我真是求神拜佛了，她什么时候才能不'作'啊！"

"'作'可以，别拉霍希，真是实至名归的狗皮膏药。"

"唉，都怪宝贝太绅士，这份温柔盛乔哪里受得起啊！"

"明人不说暗话，我也想被霍希陪着洗漱。"

"明人不说暗话，刚才盛乔打电话叫的是钟深，是你家霍希自己要求上来的，这也能怪到盛乔头上？无语了。"

"我乔刚才明显就是被恐怖片吓到了，脸色都变了。怕鬼不敢进厕所不是人之常情吗？叫朋友来陪她不可以吗？叫的又不是霍希，你家霍希自己上去的，谁倒贴谁？"

"哈哈哈……霍希倒贴盛乔？这话你是怎么说出口的？良心不会痛吗？"

"路人，霍希够绅士，盛乔也没错，两家能不'撕'吗？"

"'撕'她？她还不配。"

"不配就闭嘴，是不是还要我们三跪九叩跪谢皇恩啊？"

"都怪钟深。"

"就是，他自己上来不就完事儿了。"

"我就不明白了，几个嘉宾目前朋友式的相处挺好的啊，钟深想看电影，让霍希上来，怎么就不行了？盛乔害怕，霍希在旁边陪陪她，怎么就不行了？”

“就是不行！不想看见盛乔和霍希同框，不想盛乔沾染到霍希任何一点点，不想看见他们说话，满意了吗？就是讨厌盛乔，忍着吃苍蝇的恶心在看她和霍希的互动，我还不能抱怨两句了？”

“盛乔到底什么时候解约然后滚出娱乐圈？”

“等她滚出娱乐圈那天，我要请个舞狮团去霍希工作室外面敲锣庆祝。”

“希光”对于盛乔的厌恶憎恨，那真是深入骨髓了。

洗漱完毕，盛乔回房间，霍希缓步走在后面，经过门口时，淡声道：“早点休息。”

“嗯！”她抿了下唇，又轻声说，“霍希，晚安。”

“晚安。”

回到房间，方才的恐惧感已经消退不少，盛乔长长地松了一口气，用帽子盖住摄像头就关灯爬上了床，然后戴上耳机打开了手机，离线缓存里都是霍希的演出视频。

她关了灯，点开上次演唱会的“饭拍视频”，美滋滋地看起来。什么鬼啊怪的，统统不存在，霍希就是她最大的保护神。

明明如今换了种身份，天天都能待在霍希身边，能看见他，能和他说话，可此时看着视频里舞台上那个发光的人，她却觉得，这才是离他最近的时候。

不用掩藏，不用压抑，这是她最喜欢的人，而她只是他的粉丝。这才是最好的距离。

如今她成了盛乔，连喜欢都要隐藏。

第二天，盛乔比往常醒得更早，没睡好，做了一晚上噩梦，梦里被女鬼追得都要跳崖了。她以前爱做噩梦，后来在枕头下放了张霍希的签名照，跟护身符一样，不知是心理作用还是真的有用，很少再被噩梦缠身，就算被吓醒，手指伸到枕头下摸摸照片，也能继续安心睡去。

洗漱时，她暗暗想，得想个办法再搞一张霍希的签名照才行。

下楼的时候，一身运动装打扮的师萱刚从门外进来。

很多歌手都有晨跑的习惯，锻炼肺活量。师萱手上还提着食品袋，看见盛乔这么早就下来也有些惊讶，转而又恢复淡然神色。

“给你们买了早餐。”

“谢谢。”

不用自己做倒落个清闲，盛乔大大方方地开吃。师萱换好衣服下来一看，盛乔吃得别提多开心了，她在心底冷哼一声，自己走那么远买的早餐，没想到居然先便宜了盛乔。

盛乔还跟她打招呼：“你吃了吗？”

“吃过了。”

她在盛乔对面坐下来，窗外天光大开，晨光斜斜落在盛乔素净的脸上，那张脸真是一点瑕疵都没有，细腻白皙，扎着松垮的丸子头，素颜美成这样，简直令人嫉妒。

这些年，盛乔的“黑料”太多，大家过于关注她的性格与绯闻，反而忽视了这张天赐的容貌。

不过，长得好看又怎样？就像她经纪人说的，除了这张脸，她什么都没有。这样想，眼前的这张脸也就没那么耀眼了。

师萱内心总算平衡了一点。她假笑着开口：“笑笑她们都很注重身材管理，你是我唯一见过的饮食正常的女艺人。”

盛乔咬了口蒸饺：“有工作需要再减就是了。”

毕竟拍个综艺节目又不需要保持身材。

师萱愣了下，笑吟吟地问：“你接下来还有什么工作计划吗？”

难道不是解除合约就退圈？

盛乔勾了下唇角，吃完碗里的蒸饺才抬头看她：“师萱，你要在这里待几天呀？”

师萱一愣：“下午就走了。”

“真可惜。”盛乔擦了下嘴角，笑得无害，“没有时间跟你成为朋友呢。”

师萱心思多敏感，一下就听出她话里的意思。来不及成为朋友，那她们现在就还不是朋友。不是朋友，也就没资格打听她的私事。

师萱脸上的假笑有点绷不住，盛乔笑盈盈地望着她，一脸坦然。

半晌，师萱起身："我去叫他们起床。"

盛乔挑了下唇角，将纸巾揉成团，抬手一个抛物线，丢进垃圾桶。

大家陆陆续续起床。昨天抽的千纸鹤任务，从今天开始就要计时，吃完早餐，几个人都捧着千纸鹤开始思考任务计划。

导演跟盛乔说："你跟乐笑换了任务，时间是今明两天，上工时间是从今天早上九点开始，朝九晚五。"

盛乔一看时间，都八点四十了，赶紧上楼换衣服。乐笑还是觉得心里过意不去，"嗒嗒嗒"跟上去，站在门口说："乔乔，你要是有什么做不了的，一定要给我打电话，我带他们过来帮你。"

"行。"她往脸上拍了点防晒霜，又交代，"昨晚的火锅料冻在冰箱，加点水煮一下就可以，肉在急冻室，现在就可以拿出来解冻，菜在橱柜下面的格子里。"

收拾好，她回身看乐笑眼巴巴地看着她，在乐笑脸上掐了一把："行了，我又不是去上战场，你们在家乖乖的。"

"弹幕"里说：

"感觉盛乔一走，这个家的主心骨就没了。"

"都不用风吹，走两步就散了。"

"哈哈哈……你们干吗啊？！"

下楼的时候，盛乔又交代了每个人几句。

"小寒，今天天气不错，我昨天搬到室内的几盆花记得搬出去晒晒太阳。"

"微微，水果拿出来后先放在水里解一下冰再吃。"

"钟深，不准欺负乐笑！"

最后她看了眼霍希，轻声说："我走啦。"转身就要走，霍希喊她："等等。"

盛乔回头，他走近，递过来一个灰色的保温杯："把这个带上，工地应该不方便。"

盛乔感动得眼泪都要出来了。呜呜呜……来自偶像的温暖和关心呢，这是什么人美心善的小王子啊？

盛乔一脸感动地接过水杯，又跟师萱打了个招呼，祝她一会儿一路顺风，随后美滋滋地出门上工了。

导演组派了两个跟拍摄像师和一个助理跟着盛乔来到了建筑工地。导演组早就打过招呼了，保安远远就在门口敬礼，工地的负责人站在旁边，一下就把盛乔认出来了。

“哎呀，我知道你，你是《盛世长安》里演小诺的那个……”

盛乔礼貌地朝他伸手：“你好，我叫盛乔。”

负责人姓周，盛乔称呼他周哥。周哥热情地领着她往里走，工地上头一次来明星，还是个肤白貌美的女明星，工人们都丢下手里的活儿跑来围观，周哥呵斥：“看什么看！都给我回去干活儿！”

盛乔戴好安全帽，朝四周笑了笑，羞赧的工人们被她笑得一哄而散。

任务还真是搬砖，用小推车将砖头推运到工程楼下，再通过龙门吊吊上三楼。

周哥领盛乔过去，四周噪声大作，灰尘飞扬，混凝土搅拌机轰轰运作，看直播的网友被这真实的环境镇住了，连昨天骂盛乔作秀的人都闭上了嘴。

周哥跟这片的负责人交代两句就走了，盛乔戴好手套，接过负责人送来的小推车，开始往上面搬砖。一摞一摞摆好后，她又把车推到对面的工程楼下。

工地地面坑坑洼洼的，盛乔走了没两步就崴了脚，好在不严重，来来回回适应了几次，减少砖的数量，控制在自己能力范围内，总算轻松了一些。

跟拍摄像师看着都觉得不容易，问盛乔：“要不要戴个口罩？喝水吗？”

“口罩太闷了，喘气不舒服。”她已经累得气喘吁吁，从助理手上接过那个灰色的保温杯，喝了一口，水甜甜的，带着一丝奶味儿。

霍希居然给她泡了一杯奶粉。

妈呀，霍希是牛奶糖做的吧？怎么这么甜啊？

她赶紧又喝了几口，感觉自己还可以再搬五百年。

一上午下来，已经累到虚脱，她虽然自小独立，但也从来没干过重活、累活，取下手套一看，手掌心都磨出水泡了。

盛乔用指尖杵了杵，疼得一个哆嗦，回头问助理：“现在跟乐笑换回去还来得及吗？”

“弹幕”里一阵“哈哈哈”，她又叹着气摆手：“算了，我都这样，她不得死在这儿。”

午饭是为工人们统一发放的盒饭，盛乔倒不挑，盘腿往地上一坐，接过盒饭就开始吃。她这副形象实在太接地气了，网友们“哈哈”了一会儿也就“哈”不出来了。

“我爸就是建筑工人，累是真的累。”

“冬天还好，夏天真是要晒脱皮。”

“而且灰尘太大，待久了，吸入太多对肺不好。”

“底层工作就是这样，赚的都是血汗钱啊！”

“其实盛乔挺能吃苦耐劳的，一般明星哪儿受得了这种苦。”

“她手掌心那几个水泡我看着都疼。”

“以前还说她矫情，她这真是把自己当驴使。”

“我昨天就‘黑’转‘粉’了，不说了，脸疼。”

“弹幕”上瞬间冒出不少“黑转粉”。

画面上的盛乔还在吃饭，吃着吃着突然一抖，手上的盒饭顿时打翻在地，身子侧向一旁剧烈呕吐起来。

这一下把观众和导演组都吓坏了，助理赶紧过去查看情况，刚刚还好好的盛乔吐得一塌糊涂，到最后胆汁都快吐出来了，脸色白得像纸，整个人都在发抖。

助理吓蒙了，一边哭一边打120，四周的人全都围过来，摄像画面顿时一阵摇晃，盛乔的跟拍摄像师把机器往地上一放，背起她就往外跑。

观看直播的网友也都吓惨了，纷纷猜测是不是食物中毒。

“弹幕”上人心惶惶，趴在跟拍摄像师背上的盛乔终于缓过来，有气无力地说：“我没事，是食物过敏……”

今天的午饭是鱼香茄子，她不知道原主的过敏史，吃的时候压根儿没注意，几口下肚，胃里突然一阵翻涌，紧接着，嘴唇到嗓子都开始变得麻木。

她以前高中的闺密对杏仁过敏，她对这方面比较了解，瞬间意识到可能是茄子过敏，扔了盒饭就开始吐。

是自己大意了，成为盛乔之后，她应该去做个全面体检，掌握这具身体的全部情况才对。

救护车很快过来，被抬上车的时候，盛乔的嘴已经开始发肿，说话都含糊，扯着助理的手交代：“布要和他们嗦，过敏额已，很快九好（不要和他们说，过敏而已，很快就好）。”

直播画面还在继续，听到她这么说，网友们总算镇定下来。

原来是过敏啊，还好还好。

有网友突然想起来：

“以前传言盛乔在剧组吃盒饭吃吐了，是因为过敏吗？”

“不知道啊，当时都在‘黑’她矫情，男女主角都吃盒饭，就她要单独开小灶。”

“我好像对她有很多误会。”

“那时候如果是因为过敏导致呕吐，就应该做一个检查，了解自己的过敏源之后，在食物上就该谨慎，怎么会今天又着了道？”

“可能是上午搬砖太累太饿了，唉，心疼小乔。”

救护车很快将盛乔送到医院，做完治疗，打上点滴，液体里有安定成分，再加上累了一上午，盛乔很快迷迷糊糊睡了过去。

盛乔再次醒来的时候，天已经黑了。

一睁眼，她闻到浓烈的消毒水气味，有那么一瞬间，感觉像回到几个月前车祸的那一天。

她腾地翻身坐起，声音惊动了对面坐在沙发上玩手机的少年。

他疾步走近，一把按住她打着点滴的手背：“别动！”

盛乔抬头，茫然在眼底退去，少年的面容在眼前清晰，她一眨不眨地看着他，好半天，轻轻喊他：“霍希……”

意识到自己并没有变回去，盛乔微不可闻地叹了声气。

霍希松开她的手，站直身体，好整以暇地打量她几眼：“看见是我，你很失望？”

“不不不，不是不是，没有没有……”盛乔讪笑，“我就是不太喜欢医院。”

“不喜欢医院却不懂规避风险，连自己对哪些食物过敏都不知道？”

盛乔撇了下嘴，又好像想起什么，赶紧摸摸自己的脸：“我还肿着吗？”

霍希说：“肿过了。”

房间里很安静，没有摄像机，导演组在将她送到医院后就停止了拍摄，霍希坐到对面的椅子上，问她：“饿了吗？”

他这么一问，她才反应过来胃空空的，上午吐得厉害，这时候又饿又难受。

“乐笑和陆一寒在家给你煲汤，应该很快就会过来。冯微去宠物店还没回来，钟深下午替你去工地了。”

所以霍希才留下来照顾自己吗？

这是什么三世修来的福分啊？！偶像居然亲自来医院照顾她！

此时此刻，只有一首歌能表达她的心情——《我不配》。

液体已经见底，霍希按了呼叫铃叫护士过来拔针。几名护士处理完，你推我、我推你，扭扭捏捏地走向霍希：“请问，可以给我们签个名吗？”

霍希点头说“好”。

得到签名，小护士们欢天喜地地要离开，盛乔叫住她们：“护士小妹妹，笔借我用下。”

得到笔，等护士离开，她被子一掀跳下床，从架子上取下自己的外套，又从外套内的兜里掏出一个零钱包，又从零钱包里摸出了一张照片。

霍希正疑惑她要做什么，就看见她两三步蹭过来，觍着脸道：“给我签个名吧。”

霍希：“？？？”盛乔递过来的是一张他的照片，是前不久演唱会的舞台照，他穿一身白衣站在灯光下，双手握着话筒，微微偏着头。

这一次的演唱会，盛乔最喜欢的就是这一套造型，他就像与世无争的小王子，比月色还纯粹。

上次回老家看盛母，她挑了张最喜欢的在小镇的照相馆打印出来，贴身带。

霍希神情复杂地看了她半天。

盛乔还催促："快点，别一会儿导演组来了。"

霍希接过照片，"唰唰"两下，签上名字，盛乔又说："再在这儿画个心。"

霍希："？？？"

霍希还没下笔，门外突然传来门把手拧动的声音，盛乔反应飞快，一把抢过照片转身飞扑上床，将签名照塞到枕头下面，仰面躺好，一脸我刚醒，什么都没发生的神情。

霍希："……"

钟深先进来，身后是乐笑和陆一寒，提着保温桶，里面装着给盛乔熬的鱼汤。见她已经醒了，几个人又是一番慰问。

这时候导演组也跟进来了，直播继续。

钟深正坐在床边杵她的头："你这个人怎么回事？连自己对茄子过敏都不知道？上次去菜市场还买那么多茄子，还好没来得及吃！"

买那么多茄子，是因为霍希爱吃啊，谁知道原主对茄子过敏啊。

乔乔好委屈。

乐笑一把把钟深推开："你杵什么杵？你杵乔乔头干什么？"她把盛好的鱼汤端过来："乔乔，快把汤喝了。"

盛乔喝了一口："挺鲜的，你熬的吗？"

"我和小寒照着百度上的食谱做的，熬了四个多小时呢，快喝，都喝了，那儿还有。"

盛乔笑得不行："只是过敏而已，好了好了，又不是什么绝症。"

乐笑撇着嘴一副要哭的样子："真的吓死我了，还以为你在工地上被高空坠物砸了。"

这到底是什么好笑的脑回路。

盛乔摸摸她的空气刘海："我这不是好好的吗？没事儿的。"

网友们实在按捺不住了：

"我宣布，'搬砖组合'锁了！"

"'搬砖组合'什么鬼啊！哈哈哈……"

"'盛笑党'头顶青天！"

"'搬砖组合'有毒，我为盛笑投一票！"

"'乐乔党'不服。"

"盛笑不可逆！乐乔是什么邪教！"

"还是叫搬砖吧，搬砖多好听啊，给'搬砖组合'鼓掌！！！"

盛乔过敏不严重，毕竟吃得少、吐得快，医生检查过后确定可以出院，几个人又忙前忙后给她办了出院手续。临走前，盛乔偷偷摸摸把塞在枕头下的签名照拿出来，藏回零钱包里。

众人快到家时接到冯微打来的电话，她在节目组安排的宠物店给狗狗洗了一天的澡，现在打了一通电话才知道盛乔过敏住院的事。

下车的时候，冯微就等在院子外面，高高瘦瘦的身影被路灯拉得纤长，看见他们回来，不怎么爱笑的脸上也露出一个温暖的笑容来。

她走上前，打量盛乔半天，确定盛乔没事，长松一口气："吓死我了。"她又说，"我已经把家里的茄子全都扔了。"

盛乔："……"那是我给我偶像准备的爱心茄子啊！！！

看直播的网友感慨连连：

"感觉他们关系好好哦！"

"盛乔就像团宠，好羡慕她啊！"

"实名制羡慕了。"

"我以前真的好讨厌她，身边的人也都很讨厌她，她现在怎么这么讨喜啊！"

"再去看看以前的综艺节目，感觉跟换了个人似的。"

"以前被星耀那么压迫，过得很不顺吧。现在爆发出来，估计看开了很多。"

进屋之后，几个人把剩下的鱼汤当作晚饭喝了。昨天吃了火锅，几个人都要控制饮食清肠胃，只有钟深又单独煮了一碗面，他在工地搬了一下午砖，快要饿死了。

导演组顺道开口："鉴于盛乔目前的身体状况不适合再去工地，所以钟深和盛乔交换任务，由盛乔去邀请影帝来小屋做客，如果任务失败，还是由钟深在世贸广场唱《最炫小苹果》。"

正在吃面的钟深目瞪口呆，反应过来后，气得指尖都发抖："你们欺负人！"

盛乔拍腿笑："好了，现在我宣布放弃任务，钟深可以直接接受惩罚了。"

钟深"嗷"的一声就扑过来掐她，乐笑和冯微跟护犊子似的，再加上陆一寒，局势很快反转，钟深被按在沙发上嗷嗷直叫："我要退出这个节目！"

闹归闹，闹过之后，盛乔还是拿出手机点开通讯录，想看看原主是否认识影帝朋友。她看了一圈，好的，并没有。

乐笑拿着手机凑过来："乔乔，看，我唯一认识的影帝，孟星沉前辈。我去年有幸在他的剧里打了个酱油，他人可好了，在片场对每个人都很有耐心，也很好说话。最近他在芬兰休假，刚好没什么行程，可以找他试试。"说完，她顿了顿，又一拍大腿，"而且你以前也跟他合作过呀，有戏！"

是吗？原主跟这位影帝合作过吗？盛乔想了半天，骤然想起，是的，几年前一个古装历史正剧，孟星沉是男主角，而盛乔也参演了，只不过是女五号，基本没有对手戏。

乐笑说："我先把具体情况在微信上跟他说一下，探探他的口风，如果他没当场拒绝，你再打电话邀请他试试。"

话落，她就开始编辑信息。网友听她们说打算邀请孟星沉也很激动，毕竟孟影帝很少参加综艺节目。

孟星沉年少成名，以帅气的形象和炉火纯青的演技迅速蹿红，拿到白兰影帝之后就转战大银幕，今年凭借电影《默》还被提名了金马影帝。

他为人比较低调，甚少参加综艺节目，在圈内的名声也很好。

乐笑很快发了微信，看她那模样，倒是比盛乔还紧张，发完又担心："他不会已经睡了吧？"

盛乔算了算时差："不会，芬兰那边还是白天。"

"你怎么知道？"

"芬兰在东二区，我们在东八区，差了六个小时。"

乐笑不可思议地看着她："哇，乔乔，你的地理好好，我当初最讨厌地理了，时区、时差什么的一直搞不清楚。"

网友也被盛乔惊了一下，但一想到她初中毕业，"学霸"这个词就怎么也说不出口了，只能默默地想，可能她初中地理学得比较好吧。

半个小时后，乐笑终于收到孟星沉的回复："还挺有意思的。"

乐笑念出这句话，激动得直摇盛乔的胳膊："乔乔，有戏了！快，我给你他的电话，你诚心诚意地发出邀请！"

盛乔拿出手机存号码，等十一个数字全部输入，却发现这个号码已经在她的通讯录里，备注——月亮。

啥意思？

盛乔朝周围比了一个嘘的手势，拨通电话。三声之后，电话被接起，听筒里传来温润的男声："喂，你好。"

盛乔在乐笑捂着嘴的无声兴奋中淡定开口："孟前辈，您好，我是盛乔。"

"盛乔，你好。"

"我们正在拍摄一个室内综艺节目，想邀请您来做客，不知道前辈是否有时间呢？"

"刚才乐笑已经跟我解释过了，正好我明天要回国，不怕我叨扰的话，我倒想来尝尝你们自制的炸酱面和火锅。"

没想到居然这么容易，盛乔都觉得有点不可思议，立即道："不叨扰，能邀请到您是我们的荣幸，那我们就静候您的到来了。"

"好，明天见。"

挂了电话，乐笑的尖叫终于得以释放："我就说，孟前辈人超好的！"她转头拍了钟深一下："你不用去世贸广场唱《最炫小苹果》啦！"

盛乔却有些发愣，盯着通讯录里"月亮"那两个字，眉头都不自觉地皱起来。

原主为什么会存这么个名字？看通话记录，他们之前也没联系过，连微信都没有，根本就不认识。

"月亮"这个词的含义，太引人遐想了。

难不成他们之间有过什么？盛乔被这个想法吓了一跳。

正纠结着，面前投下一道暗影，她抬头一看，霍希面无表情地站在她面前，用只有她能听到的声音说："怎么？跟影帝通个电话，高兴成这样？"

他把提来的医药箱“啪”的一下扔到她怀里：“手上的水泡，自己处理。”

话落，他转头走了。被砸蒙的盛乔：“？？？”

发生了什么？为什么她偶像好像很生气的样子？

一直到大家上楼睡觉，霍希都没跟盛乔说一句话。

他性格本来就淡漠，其他人也没察觉有什么不对。但盛乔作为他的资深粉丝，对他的情绪变化以及细微表情可谓很了解了。

她拿不准为什么霍希突然生气，甚至猜想他是不是跟孟星沉有过节。但追了霍希这么多年，她没听说他跟孟星沉有什么交集啊。

盛乔真是头都要秃了，在房间里翻来覆去睡不着，想发短信问问吧，又怕招偶像烦，就这么来来回回，都凌晨一点多了，突然听到对面开门的声音，紧接着脚步声往下，下了楼梯。

盛乔飞快地爬起来，披了外套，揉乱头发，打着哈欠假模假式地打开门，自言自语道：“好渴啊，烧点热水喝。”

下楼，客厅和厨房的灯都亮着，冰箱前站了个人。霍希听见脚步声回过头来，看见是她，脸上的表情也没什么变化。

盛乔一脸“吃惊”，两三步蹭过去：“哎呀，霍希，你怎么在这儿？”

霍希从冰箱里拿了块三明治出来：“有点儿饿。”

他作势要撕开，盛乔一把把三明治夺过来：“太晚了，别吃冷的。”她麻溜地打开冰箱，拿了两个西红柿和鸡蛋出来，“刚好我也饿了，做西红柿鸡蛋面给你吃，很快的。”

说完，不等霍希回答，她小跑进了厨房。

霍希在原地站了会儿，面无表情地跟了过去。

她已经烧了水，打蛋搅拌，番茄切丁，下锅之后熬出汁儿，煮好的细面捞出来在冷水里过一下，放进碗里，浇上番茄鸡蛋，一碗热气腾腾的西红柿鸡蛋面就出锅了。

霍希在她对面坐下，拿筷子拌匀了，埋头开吃。

她就咬着筷子，笑吟吟地看着，眼里的温柔和喜欢几乎要溢出来。

眼前这个人是她喜欢了六年的人。她看着他从练习生出道，一步一步地走向如今的辉煌。六年过去，她对他的喜欢却仍如当年，炽热、浓郁，半分也不曾消退。他就是有这样的魅力，让人越来越爱。

这个人，她真是喜欢得不得了了。

霍希冷不丁抬头，对上那抹灼热视线。她一愣，飞快埋下头，夹了一筷子面塞进嘴里，耳根却悄悄泛红。

跟偶像同桌吃饭什么的，就算变成日常，她也还是会害羞呢。

霍希看了她几眼，收回目光，继续吃面，眼底的冷意却渐渐散去。

好在之前大家已经洗漱睡觉，观众都走了，直播间几乎没人察觉这一幕。吃完饭，盛乔麻溜地把碗端走洗了，还催促他上楼睡觉，霍希打量她几眼："不怕鬼了？"

盛乔想到那张签名照："不怕了，我有护身符。"

回到房间之后，她把签名照拿出来放在枕头下面，被守护的感觉终于又回来了，这一晚睡得比往常都要好。

第二天起床就开始为迎接影帝做准备。

这跟其他嘉宾不一样，像师萱这种是给了演出费的。但孟星沉，那真是友情邀请，半毛钱出场费都没有，也亏得影帝不在乎这些。

家里只有乐笑和盛乔在，她俩完成了任务，准备工作也就落在她俩头上，其他人都还在为各自的任务奔波。吃午饭时霍希才回来，今天很冷，外面还下着小雨，他双手冻得通红，进屋之后睫毛都凝了层水汽。

给盛乔心疼的，赶紧舀了碗热汤端给他，问："任务怎么样？"

"还没找到。"

他要找到一个姓乔的人拿到签名，但乔姓毕竟不常见，这附近又人迹罕至，任务期限是到今晚十二点，吃了饭他打算去一趟市里。

盛乔咬着筷子垂眸不语。

吃完饭，乐笑洗碗，她钻进厕所给乔羽打电话。

那头倒是很惊讶："正要找你，你就来电话了。"

"这么巧呀？"

“嗯，有份文件要你签字。”

“我在拍一个综艺直播节目，走不开，你能给我送过来吗？”

乔羽倒是没拒绝，问清地址答应下午就来。这地儿太偏远，开车也要三四个小时，盛乔又说：“尽量早一点吧，下午这边有嘉宾，拍摄有点儿忙。”

乔羽想想：“行，那我现在就出发。”

下楼的时候，霍希正换鞋准备出门，盛乔赶紧叫住他：“霍希，你是要去市里完成任务吗？”

他点了下头。

她一副神态自若的样子：“刚才我的律师给我打电话，要送一份文件过来让我签字，很巧，他姓乔。”

霍希系鞋带的手一顿，偏头看她。

盛乔假笑：“你运气真的太好了。”

他看了她半天，脱下运动鞋，换上拖鞋，走回来，抬头冲她淡淡一笑：“是不错。”

孟星沉要参加直播综艺节目的消息一上午就传遍网络，各大媒体都在争相报道，路人也好奇到底是什么样的综艺节目能邀请到影帝，直播的观看人数瞬间大幅上涨。

之前的观众还是各位嘉宾的粉丝居多，其他人都等着周六晚上的剪辑版，此刻来了不少“路人”，于是大家就发现，以前在综艺节目里讨人厌的盛乔像换了个人似的。

她落落大方、勤劳精致，会煮火锅，还会插花，不管做什么都井井有条，关键是素颜还这么好看，这到底是什么闪闪发光的“宝藏女孩”啊。

“转粉”！

“转粉”！

“转粉”！

“盛乔重生”这个话题很快上了热门。

网友们一不小心就“真相”了。

不过大家也都是开玩笑，将盛乔这种由内而外的巨大转变理解为解约事件的影响，为此星耀又上了一轮热搜，解约事件再次被提及，大家纷纷关心盛乔解约进度。

此时正在星耀办公楼里的高美玲拿着手机看到这一幕，气得差点又摔了手机。

一开始她根本就不想让盛乔去这个轻松的室内综艺节目。按照她的想法，不仅要压榨，还要让盛乔吃够苦头。室内综艺节目根本就不在她的计划内。

但节目组点名要盛乔的时候，开的价格很高，高美玲忍不住心动了。

她打听到参加的嘉宾都是三、四线的，甚至还有个完全没听说过的模特，这么“糊”的节目，盛乔去了也翻不出什么水花。

何况，以直播的形式，盛乔的“黑点”就会被无限放大。那些声援她的网友，很快就会再次发现她的讨厌之处。

冰冻三尺，非一日之寒，盛乔的性格，高美玲再了解不过。就算盛乔奋起反抗，成长环境决定的小家子气和懦弱也是不会消失的。这不是一个讨喜的人，就算不进入娱乐圈，在社会上也会栽很多跟头。盛乔的情商和智商都太低了。

可先是半路杀出个霍希，后面盛乔的表现也完全出乎她的意料。原以为的低劣节目如今收视率节节高升，她只能眼睁睁地看着盛乔直播“圈粉”，气到肝疼也毫无办法。房门被敲响，她压下狰狞的神情，冷声道：“进来。”

方白拿着一份文件走进来，看高美玲脸色不太好的样子，也估计是因为盛乔上热搜的事，其实他心里挺高兴的，但面上不表露，只说：“高姐，机票订好了。”

“行，你现在就出发去接盛乔。”

方白顿了顿：“高姐，乔乔姐现在正在拍直播综艺节目，又给她安排其他的工作，会不会不太好？导演组那边也不好交代。”

高美玲冷冷地扫了他一眼：“管得这么多，要不你去当她经纪人？”

方白闭嘴了。

她厌恶地挥挥手：“赶紧去，节目组那边是早就打了招呼的，耽误一两天而已。”

方白点了下头，出去之后叹着气给盛乔打电话。

盛乔正在洗菜，手机搁在餐桌上，腾不开手，让乐笑帮她开了免提，接通之后笑眯眯地问："小白，是不是想我啦？"

方白："……乔乔姐，在干吗呢？"

"直播啊，还能干吗？我在准备晚上煮火锅的菜，你看节目了吗？晚上孟影帝要来。"

方白叹气："快别准备了，去收拾下行李，我现在过来接你，晚上八点飞爱尔兰。"

盛乔手一顿："什么情况？"

乐笑也瞪大了眼看着手机。

"《环游挑战》节目组邀请你去当嘉宾，这一期的拍摄地在爱尔兰，拍摄周期是两天。"

盛乔还没说话，乐笑已经在旁边叫起来："《环游挑战》那个魔鬼节目为什么要邀请乔乔？"

方白只能道："公司的安排，我也不清楚。乔乔姐，你准备一下吧。"

挂了电话，盛乔若有所思地取下围裙，乐笑拽着她的胳膊："乔乔，那节目真的超级可怕，不把嘉宾当人的！跟他们比，我们节目组简直是天使！"

导演组在那边"哧哧"地笑。

乐笑又偷偷贴到她耳边："而且那个节目很烂的，根本没人看。"

不烂就不会让她去了，盛乔笑笑示意自己没事，上楼去收拾行李。想了想，她又给孟星沉发了条短信，告知对方，自己临时有工作要出国，今晚无法亲自接待，希望他谅解。

没多会儿，盛乔听见乐笑在下面喊："乔乔，你的律师来了。"

盛乔飞奔下楼。

乔羽穿着一身西装，身姿挺拔，站在门口正四下打量。他模样生得好，着正装办公事时，收起平日的吊儿郎当，气场强大，一眼就能令人信服。

看直播的网友纷纷问：

"这个漂亮的小哥哥是谁？"

“制服诱惑啊同志们！这身西装绝了。”

“盛乔找的律师居然这么帅！”

“你们不认识他？乔羽啊，上了八百遍《时代》，律界名人啊。”

“乔羽经手的案子从没输过，盛乔这官司稳了。”

“乔羽价格不菲吧？盛乔为了请他估计倾家荡产了。”

“呜呜呜……想给乔乔打钱。”

盛乔也有段时间没见过乔羽了，看到他很开心，下意识一声“哥”就要叫出口，转瞬又咽了回去。乔羽看见四周的摄像机有点儿不自在，从公文包掏出文件：“这里，这里，需要签字。”

盛乔接过看也没看，两下把字签了。

乔羽收好文件：“那我先走了。”

“等下。”盛乔给他倒了杯热水，“来之前吃饭了吗？饿不饿？”

乔羽说：“没事，一会儿回家吃。”

盛乔转身去厨房的蒸锅里拿了三个刚做的饭团，装好之后递给他：“路上吃，开车别开太快了，你来得这么快，是不是又飙车了？”

乔羽瞪了下眼。盛乔意识到自己话说多了，抿了下唇，赶紧转移话题：“对了，你帮我们做个任务吧。”

把霍希的任务说了，乔羽倒是答应得很爽快，看到霍希的时候打招呼：“又见面了。”

霍希点头笑了笑，看了眼旁边的盛乔。

没记错的话，他第一次在小区看到她，她就在乔羽身边……又哭又闹要上吊？

盛乔没注意霍希探究的眼神，帮偶像完成了任务，又把乔羽送到院子外，不放心地叮嘱：“开车小心点啊。”

乔羽一上高速就爱飙车，为这事儿没少被她骂。

他挥挥手示意知道了，很快上车离开，盛乔一直看着车子消失在视线才转身回屋。

网友们的火眼金睛很快发现端倪：

“总感觉盛乔跟那个律师之间有问题。”

“对话的语气太亲密了。”

“难不成两个人在交往？”

“乔羽毕业于伦敦大学，律界精英，家世也好，看得上她？”

“看不上她，看得上你，行了吧？”

“感觉是盛乔一厢情愿。”

“你又知道了，你咋这么牛呢！”

“重点难道不是乔乔有新综艺节目了吗？！”

“《环游挑战》这档节目居然还在录，我还以为停播了。”

“这一季录完就要停了吧，上一季其实就很烂了，嘉宾也没哏。”

“主要是节目组玩得太大，很多嘉宾受不了，都不愿意去。”

“盛乔的公司给她接《环游挑战》，估计抱着整死她的心。”

“呜呜呜……好心疼我乔，跪求快点解约吧！”

“弹幕”还在吵吵闹闹，没多会儿，方白也到了，提着盛乔收拾好的箱子下楼，乐笑戴着围裙、拿着菜刀站在厨房门口，一脸幽怨地对他说：“乔乔昨天刚进了医院，好好照顾她，别让节目组欺负她。”

方白：“？？？”妈呀，“国民初恋”拿菜刀威胁我。

盛乔又不放心地交代了几句，最后看了眼霍希，轻声说：“那我走啦。”

他点了下头，淡淡道：“一路平安。”

盛乔走到门口，换鞋，又不露痕迹地偷偷看他。待了这几天，突然要离开，她心里好舍不得啊。

乔乔，你怎么变得这么贪心了？于所爱不生贪心，你不能这样。

她收回视线，起身拍拍手，冲方白笑：“走吧！”

上车之后，盛乔用手机搜了搜《环游挑战》这个节目。这是一个野外竞技挑战类的综艺节目，第一季收视率其实很不错，节目组利用高危挑战这些噱头吸引了不少观众。

但很快“高危”这个点就被各个嘉宾的粉丝抵制了，谁也不希望自己的偶像去参加这么危险的节目，毕竟意外是无法避免的。

于是节目组降低任务危险度，开始以折腾嘉宾为乐，没饭吃、没觉睡是常事，也不知道这个节目的策划是什么脑回路，以为把光鲜亮丽的明星折磨得人不人、鬼不鬼的就是有哏，硬是在这条歪道上一路狂奔，观众拉都拉不回来。

折腾到第三季，彻底“糊”了。没嘉宾愿意去，观众也视觉疲劳，第一季的常驻嘉宾还是二三线的“小花”“小生”，到了这一季，都沦落到请“网红”了。

一个半小时后，车子到达机场。

盛乔戴好口罩下车，方白拖着行李跟在旁边，她还在埋头看手机，耳边突然传来兴奋的喊声：“乔乔！”

盛乔抬头一看，七八个女生拿着应援手幅站在候机厅，看到她时，既热情又紧张地围过来。

盛乔看着应援手幅上自己的照片和“乔乔加油”四个闪闪发光的银字，愣了愣。

是她的粉丝吗？她有送机的粉丝了？

第五章 魔鬼行程

艺人的公开行程一般都会有粉丝接机、送机，人越多代表人气越旺。虽然粉丝接机、送机常常导致候机厅拥堵混乱，但屡禁不止，毕竟这是粉丝最容易近距离接触偶像的机会。

盛乔没想到自己有一天也会有粉丝来送机。

她们脸上的光芒和笑容她都太熟悉了，拿着手机边走边拍的姿势，当偶像看过来时无法压抑的激动……

她们亦是自己。盛乔取下口罩："你们怎么来了？"

"我们都在看直播！听说你是晚上八点的飞机，来送送你！"

"是呀是呀，我饭都没吃就赶紧来蹲机场了！"

"乔乔，你什么时候解约成功啊？我们好担心你的。"

"《环游挑战》那个节目录制很辛苦的，乔乔你一定要照顾好自己！"

几个人你一言我一语，盛乔边走边听，微微侧着头，回应着她们每一个人。在方白取登机牌、办托运手续的时候，有个粉丝递给她一个粉色的小袋子："乔乔，我查了爱尔兰那边的天气，早晚比较冷，这是给你准备的暖宝宝，你随身带，冷的话就贴一贴，千万别感冒了。"

盛乔接过来，看着她的眼睛温柔笑道："谢谢你呀，我会用的。"

小粉丝被盛乔笑得脸红，不好意思地退到一边去了。

方白很快办好了托运手续，盛乔准备过安检，粉丝不能再跟，站在护栏拉带外面看着她。盛乔转身冲她们挥手："快回去吧，路上小心点。"

"乔乔拜拜，一路顺风！"

"我们等你回来！"

座位在经济舱，盛乔戴着帽子、口罩，也没人认出她来。她坐在靠窗的位置，方白坐她旁边，低声抱怨：“要飞十四个小时，中途还要转机。这么累的行程让你坐经济舱，简直太不要脸了。”

抱怨了半天，没有收到回应，他转头一看，盛乔捧着几张暖宝宝在那儿傻笑。

我的姐，你可长点心吧。

航班准点起飞，盛乔找空姐要了条小毯子，调整好坐姿，准备睡觉。方白看了她半天，叹气问：“乔乔姐，你真不生气啊？”

“意料之中的事，有什么可气的？他们要真给你安排头等舱，你敢坐吗？”

方白：“……”

盛乔拍拍他的肩：“早点睡吧，估计到了就得录制，没时间休息。”

方白看着这狭窄的空间，腿都伸不开，内心重重地叹了口气，终于没再说什么。

这头飞机平稳飞行中，那头的室内综艺节目也终于迎来了重磅嘉宾孟星沉。然后网友们就发现，没有盛乔在，几个人接待得那叫一个手忙脚乱。

最后孟星沉主动提出要去看一下房间，乐笑一拍脑门儿，哭丧着脸：“萱萱走了之后，那个房间还没打扫。”

于是几个人赶紧又上楼去整理，推开门一看，新被套、新床单，地板干净得连一根头发都没有，床头还摆了一枝新鲜的蔷薇。

盛乔到底是什么闪闪发光的小仙女啊？

网友们纷纷哭着要转“粉”，去微博上一搜盛乔，出现今天傍晚她在机场的“路透”。她缓步走在送机的粉丝旁边，微微侧着身子，神色认真又温柔，耐心地回应着每一个人。

这批第一次送机的粉丝幸福得嗷嗷直叫：

“她真的好温柔，说话的时候会看着你的眼睛对你笑，呜呜呜……我好爱她。”

“今天太冷，我本来不想出门的，还好我去了，她真的好好啊。”

“我以前是瞎了吗？我以前是瞎了吧！妈妈，我要‘粉’她一辈子！”

“她收了我送的暖宝宝，还跟我说谢谢，语气好真挚、好温柔，我要死了！啊啊啊……”

“你们送机为什么不告诉我！啊啊啊……乔乔什么时候回国？我要去接机！”

……

十四个小时的长途飞行，中途还转了一趟机，他们下飞机的时候是当地时间凌晨两点。方白已经累到头晕眼花，走路跟踩在棉花上似的，头重脚轻。

盛乔也好不到哪里去，小腿肿得像两根水萝卜，太阳穴突突地疼。《环游挑战》的节目组已经派车等在外面，来接他们的负责人是个秃顶的中年男人，方白往车上搬行李的时候他也不帮一把手，双手插兜站在旁边。看到盛乔，中年男人脸上堆出一个官方假笑：“你辛苦了。”

盛乔配合着笑了一下：“不辛苦，请问拍摄计划是什么？”

“先送你们去酒店，这是台本和流程，你看一下。”

上车之后，两人瘫在后座，盛乔一边揉腿一边看台本，大概了解之后，看向窗外夜景：都柏林，爱尔兰的首都。上学的时候喜欢看王尔德，她一直很想来这个城市走走，没想到最后是以这样的身份完成梦想。

一个小时后到达酒店，方白已经靠在背垫上睡着了。盛乔把他叫醒，跟着负责人去了十九楼的房间。

方白被安排跟其他艺人的助理共用双人间，把盛乔的行李拿进去就走了。房间装修陈设很简单，盛乔快速冲了个澡，虚脱般躺上了床。

结果睡了还不到两个小时，她感觉才闭上眼，就被导演组的人叫醒了。

凌晨五点半，天蒙蒙亮，跟拍摄像师已经扛着摄像机站在床边，镜头恨不得撑到睡眼惺忪的盛乔脸上。

扎着马尾的年轻女生有意将床头灯光调亮，假模假样道：“小乔，起床啦，大家都在等你。”

屋内静悄悄的，所有人都在等她发脾气。

上头有交代，这次的飞行嘉宾是重点“照顾”对象，最好照顾到她破口大骂，她所有发脾气、甩脸色的镜头都是重点素材。

任谁在坐了十几个小时飞机、睡了不到两个小时被叫醒的时候都会发火的。

没想到床上的女生只是抬手覆在眼睑上挡了挡光，嗓音沙哑道：“好的，你们出去等我吧，我换衣服。”

年轻女生和摄像师对视一眼，默不作声地退了出去。

十五分钟后，盛乔穿戴整齐打开房门。

她穿了件白色的中长款羽绒服，扎着松垮的丸子头，巴掌大的小脸缩在衣领里，只化了细细的长眉和淡粉色口红，整个人氤氲在晨起的寒意中，肌肤都晶莹剔透。

看向镜头时，她微微笑起来：“已经在拍了吗？”

被她的美貌惊到的年轻女生终于反应过来：“是的，节目已经开始录制，我们现在去贵宾室和大家会合。”

等电梯的时候，方白也匆匆下来了，没睡好，整个眼圈都是青的，隔老远盛乔都能看到他眼中燃烧着的两团愤怒火苗。

盛乔冲他眨了下眼：“睡得怎么样？”

方白一副“你在逗我”的神情，但想到盛乔一个女生，比自己更累，也只能压下气愤，担忧道：“你身体还吃得消吗？”

盛乔冲他比了个OK的手势，上电梯，下降到一楼贵宾室，其他五个嘉宾都已经到了。这五个人是常驻嘉宾，加上每一期的飞行嘉宾，一共六个人。

看到盛乔进来，说说笑笑的房间蓦地安静下来。

虽是冬季，但大家为了上镜形象，都穿得单薄，各自的造型也是专门的化妆师做的。可此时进来的女孩，穿着臃肿的羽绒服，头发一看就是随手扎的，一张脸又白又小，除了眉毛和嘴唇稍加修饰，其余地方素净不染，瞬间就把在场精心打扮过的几人比下去了。

这一季节目力捧的“网红”裴钰搁在桌下的手都快捏变形了。

这个节目虽然收视率低，但对于裴钰这种“网红”来说，已经是极其珍贵的资源了。她身材高挑、五官精致，走的又是妩媚路线，录制期间后期给打上门面担当的标签，队友们也给面子地吹捧，她对自己的定位可谓很满意了。

但“网红”就是“网红”，来了个真正以颜值行走娱乐圈的明星，那对比，简直太强烈了。

盛乔看了一圈，在唯一的空位置落座，笑吟吟地打招呼：“怎么看到我都不说话了？”

除了裴钰，另外几个嘉宾，一个是女主持人，一个是男模特，还有两个是“十八线”的男演员，这一季的《环游挑战》就没请过盛乔这么“大咖”的明星。

还是主持人控场能力不错，率先开口：“我们都没想到这一期的嘉宾是你，被震惊到啦。”

裴钰紧接着开口：“小乔，我上学的时候最喜欢看你的剧了，我好喜欢你的。”

她虽然笑容满面，但那眼神怎么看都让人不舒服。盛乔看了她一眼，报以同样的微笑：“喜欢看我的剧，那你眼光还是蛮独特的。”

裴钰一下子没法接话。

这个人怎么回事啊？怎么撑人的时候连自己都“黑”啊？

男模特坐得离盛乔最近，此时终于压下了眼里的惊艳，笑道：“小乔，我们这个节目很恐怖的，你怕什么他们专门让你做什么，你可千万不要暴露你的弱点。”

“嗯，我会注意的，谢谢提醒。”

她没有架子，笑容可掬，跟每个人对话时都礼貌真挚，但你想进一步靠近，又觉得她若即若离，难以亲近。

几个人聊了一会儿，热了场，导演组终于开始发布节目流程，先用抽签的方式分了组，两人一组，盛乔和男模特抽到了一组，三女三男分别搭配，简直一点新意都没有。

男模特的名字拗口，盛乔半天都记不住，最后干脆亲切地称呼他“大长腿”。

分好组后，盛乔早饭都来不及吃，出门时只喝了盒方白不知道从哪儿找来的热牛奶就开始跟着“大长腿”朝着任务点狂奔。

节目组设置的通关环节和任务障碍毫无新意，难怪没收视率。盛乔感觉自己跟个超级玛丽似的，跳过一关又一关，偶尔触发一个隐藏奖励，能让他们这一组的任务稍微轻松点。

做完前置任务，三组来到了第二个场景——游乐园。在云霄飞车下面集合时，裴钰和女主持人都惊声尖叫起来。

“天哪！我最怕过山车了！我恐高！”

“自从看过《死神来了》，我就发誓再也不碰这些东西了！”

导演看了看在旁边一直没说话的盛乔，突然问：“小乔，你呢？”

盛乔又累又饿又困，看着撑过来的镜头，谨记“大长腿”早上跟她说的话，打起精神应付道：“嘤，我也好怕哦，超级可怕呢。”

……

姐妹，戏过了。

三组需要各自挑战一个游乐项目，在挑战期间寻找下一个任务的线索指引。盛乔估计那种高空项目的线索应该在地面，以俯瞰的方式就能找到。

几个人通过玩游戏的方式抽到了各自需要挑战的项目，盛乔打开任务卡一看——垂直降落，完美。一会儿升空了让她好好找找节目组没有新意的小把戏。

裴钰抽到了鬼屋，女主持人抽到了摩天轮，但裴钰上午做任务时获得过一张交换卡，可以选择跟另外两组交换。

她刚才就一直嚷嚷着恐高，大家都以为她抽到鬼屋应该挺满意的，没想到她突然说：“我要使用交换卡，和盛乔交换任务。”

盛乔：“？？？”

盛乔决定跟她讲讲道理：“你怎么这么想不开呢？鬼屋多好，又安全又暖和，垂直降落很可怕的，你不是恐高吗？还是别为难自己了。”

结果裴钰说：“我们这个节目叫《环游挑战》，就是因为怕，所以我才要去挑战。”

盛乔：“？？？”打！这种人只有打！讲道理是没有用的！

盛乔克制住打人的冲动：“那要不你跟另一组交换吧？不瞒你说，我也想挑战自己。”

裴钰突然露出娇羞的神情来：“我以前说过，摩天轮只能和男朋友一起坐。就算是在拍节目，也不能违背本心呀。”

那她还能说什么呢？盛乔面无表情地跟裴钰交换了任务卡。

大长腿模特也恐高，抽到垂直降落时就开始给自己打气，做了半天的心理工作，临到头儿不用去了，别提多开心了，转头跟盛乔说：“我们运气真好。”

盛乔：“呵呵。”这下轮到她做心理工作了。

也不知道国外的鬼跟国内的鬼比，谁更可怕一点。

几个人很快来到了鬼屋前。大门是一个骷髅头，两只空洞的眼睛亮着绿色的光，入口就是骷髅张开的嘴，一排排牙齿上还有血滴落。

盛乔骨子里是好强的，向来不愿意在外人面前流露脆弱，何况怕鬼这个弱点，传出去，总觉得显得她很幼稚……

她咬咬牙，深吸一口气，默默在心中背诵《金刚经》，目不斜视地走了进去。

“大长腿”还是很绅士的，自觉地走到前面，他有些紧张，但是也很兴奋，还在心里幻想了一下盛乔被吓得哇哇大叫扑到他怀里的画面。

摄像师一前一后地跟着，行进速度非常慢，走不了几步就有鬼跳出来吓人，盛乔真是要被逼疯了，催促：“能走快点吗？”

“大长腿”说：“太黑了，而且还要找任务线索呢。”

盛乔埋着头只看脚下，也不管什么任务不任务了，只想快点离开这里。

转过弯，两人眼前出现一条走廊，两边的砖墙上有不规则排列的空格，有些摆着婴儿头，有些摆着血淋淋的人体器官，“大长腿”也觉得挺恐怖的，突然瞟到上方有个格子摆了个卷轴，兴奋地指过去：“你看那是不是任务？”

盛乔下意识抬头，头顶突然“啪嗒”一声，一个脸色惨白的红衣女鬼从天而降，以一种吊死鬼的姿势挂在空中，高度刚刚和盛乔持平，两人面对面，只差那么几厘米就可以来一个法式热吻。

女鬼伸着舌头，朝眼前的漂亮女孩笑了一下。

这笑还没散去，身子已经被猛地撞开，盛乔拔腿就跑，“大长腿”刚刚取下卷轴，她已经犹如一阵风狂奔而去，摄像师扛着机器，追都追不上，这一路只听见盛乔铿锵有力的叫声。

冲出鬼屋后的第一件事就是摸出手机，打开相册翻出霍希的照片，紧紧贴在胸口。

呜呜呜……吓死她了，太可怕了，她差点就哭了。

臭“网红”，这个仇她记在小本本上了！

“大长腿”过了一会儿才走出来，手里拿着金色的任务卷轴，打趣道：“原来你怕鬼啊？”

“盛·面不改色·乔”：“谁怕鬼？我？开什么玩笑，我最喜欢鬼了。”

摄像师：“……”

拿到下午的线索指引，吃个午饭就可以继续出发。没想到这坑爹的节目组吃饭都不消停，搞了个美食攀岩，食物卡分别挂在三米、五米、十米处。

盛乔从凌晨到现在就喝了一盒牛奶，虚脱得手都抬不起来了，方白在一边气得不行，忍住愤怒去跟导演交涉。

结果导演理直气壮：“这就是我们节目的宗旨，你家艺人既然来参加，就要服从。何况其他几个人也一样没吃东西，哪儿能区别对待。”

原来你们节目的宗旨就是把明星累死？活该你“糊”。

方白还想说什么，已经穿好装备的盛乔喊他：“小白，算了。”她冲他摆摆手，“我没事。”

拍摄继续。

盛乔的目标很清晰，就那个最低的，管它是什么，能吃就行。

等教练做了基本的教学和演示后，六个人开始攀岩。几个人其实都很累了，但是为了节目效果都在努力坚持，盛乔爬了几步，发现旁边的裴钰和自己是相同目标。

不能忍！

她深吸一口气，紧咬住牙关，开挂了似的，“噌噌噌”几步就爬上去，一把拽住了食物卡。

裴钰：“……”那么能爬，你继续啊！

盛乔第一个被放下去，瘫坐在地，打开食物卡，看到上面写的是荞麦面包。

等几个人各自抢到食物卡，节目组终于开饭了。“大长腿”爬到了最高点，拿到了当地的特色套餐，等美食端上桌，几个人都一脸羡慕。

盛乔正趴在桌子上啃面包，“大长腿”把盘子推到她面前：“美食要和队友分享。”

盛乔还没来得及感动呢，就听见导演说：“不能分享，各吃各的。”

把盛乔气得趁他们还没反应过来，端起面前的海鲜粥几口喝了下去，然后在导演组目瞪口呆的神情中擦嘴微笑：“要我吐出来吗？”

算你狠。

下午的拍摄内容照样不轻松，又蹦又跳又跑，反正节目组就是冲着搞死你去的。盛乔在心里问候了高美玲祖宗十八代。

但你想让我在节目上丢脸招“黑”，我偏偏就不让你如愿，再苦再累也绝对不甩脸色、不发脾气，以至于当后期开始剪辑，想要“黑”一轮盛乔时，却发现一个“黑点”素材都找不到……

当天拍摄结束，盛乔整个人已经不行了，累到话都不想说，被方白带回房间休息。

这还不算完，回国的飞机是凌晨一点的，她小睡了一会儿，吃了点东西就出门赶往机场，又是十几个小时的长途飞行。

折腾下来，他们落地的时候已经是半夜十一点多，方白早就通知了公司派车来接人。结果两人在机场等了半个小时，车子都不见踪影，方白气到破口大骂：“乔乔姐，等你解约我就辞职，这垃圾公司，太恶心人了。”

盛乔昏昏欲睡，靠着柱子站着，说话声音有气无力：“打个车吧，直接去小屋，不然明天又要跑一趟。”

方白忍着火气去打车，盛乔揉了揉太阳穴，偏头的瞬间，有几道白光闪过。

不知道是藏在哪里的记者在偷拍，她现在这副模样上镜，照片传出去不知道“黑子”又要怎么挖苦。想了想，她拿出手机登录后援会官方微博，发了条微博：

“@盛乔官方后援会：乔乔已于今夜十一点半回国。一整天拍摄，来回28个小时长途飞行。辛苦了，我们的宝贝。”

方白叫的车很快来了，两人上车离开。藏在暗处的狗仔看看相机里盛乔浮肿苍白、黑眼圈深重的脸，迫不及待地给主编打电话：“明天的新闻有了！”

一个小时后，车子到达综艺节目小屋。

往常这个时候，大家都已经各自回房休息了，方白提着行李送盛乔进屋，客厅里的灯却还亮着。

陆一寒蹲在茶几前写作业，一看见她回来，丢下卷子激动地冲过去："小乔姐姐！你终于回来啦！"

盛乔摸摸他的头，对方白说："你回去吧。"

方白不放心地看了她几眼，又跟陆一寒说："乔乔这几天都没怎么睡觉，明天让她好好休息下，哪里不对劲儿及时上医院。"

一进小屋，直播就继续了。刚才还在"哈哈"嘲笑陆一寒半夜赶寒假作业的网友们第一时间就发现了盛乔的不对劲。

她看上去实在太累了，整张脸浮肿得厉害，眼眶青黑，尤显得脸色惨白，整个人都摇摇欲坠，就连颜值都有些崩坏，透出疲劳的干涩来。

"我的天哪！她这是去干什么了？好像一下老了十岁。"

"我看到她后援会发的微博了，28个小时的长途飞行，太可怕了。"

"我刚算了一下飞行时间和时差，她这几天基本是连轴转，估计休息时间不超过五个小时。"

"而且拍的还是《环游挑战》那个魔鬼节目，可以想象她有多累了。"

"我心疼哭了，星耀做个人吧！"

方白交代几句终于走了，盛乔瘫在沙发上，有一种活过来的感觉。

陆一寒给她倒了热水，得知她不想吃东西，继续蹲回茶几前写作业。他玩得太"嗨"，作业一点都没动，今天接到陆母的电话被教训了才开始写。

盛乔缓了缓，准备上楼洗漱睡觉，看他咬着笔愁眉苦脸的模样，顺手拿起一张卷子看了看。是张数学卷子，陆一寒只写了选择题，大题全都空着。

她看了几眼，敲敲他的头："第二道和第六道选择题错了，第二道选A，第六道选C，你重新算一下。"

陆一寒拿过试卷一看，说："这两道题我不会，蒙的。"

盛乔哭笑不得，拿过他的笔和草稿纸："这一道求函数，我们设f（x）

=xa，$\sqrt{2}$等于$\sqrt{2}a/2$，那么a就等于1，f（x）=1/x，定域内有两个减区间，所以答案是奇函数。这么简单都不会，你数学课都干吗去了？”

陆一寒瞪大眼睛看了她一会儿，扑过去抱住她，嗷嗷直叫：“小乔姐姐！我的数学作业就靠你了！呜呜呜……太难了，数学太难了。”

盛乔：“……先放我去睡觉，明天再说。”

网友们上一秒还在心疼，下一秒就惊得说不出话来。

什么情况？她不是初中毕业吗？对于高中数学这么信手拈来的吗？

网友怀疑人生中，盛乔已经拖着疲惫的身子上楼了。这一觉睡得天昏地暗，做了无数个梦，醒来的时候全身肌肉酸疼，胳膊都抬不起来。

她摸出手机，先看了时间，下午五点，然后就看见首页弹出的新闻头条——盛乔整容后遗症暴露，半夜现身机场惊吓路人。

她点开一看，热门是昨晚在机场偷拍她的照片，还专门用了她的红毯图做对比。但出人意料的是，评论清一色都是骂偷拍媒体的。

点赞数最高的第一条热门评论罗列了她的行程表：

“13日晚上八点飞爱尔兰，飞行时间14个小时，到达时是当地时间凌晨两点。根据《环游挑战》常驻嘉宾沈飞扬发的微博，当天录制时间为凌晨五点半。也就是说，盛乔睡了不到三个小时就开始录制。这档节目有多辛苦我想你们也清楚。昨天半夜十一点半回国，可推算是15日凌晨一点左右的飞机，因为时差关系，她基本上三天连轴转，没有好好休息过。是你你能做到吗？”

“这是机场出发照。说整容的是瞎吗？三天时间你给我整一个试试？附图。”

“根据同航班路人爆料，小乔的位置在经济舱。这二十多个小时她全程是坐着的啊，星耀真不是人。”

……

盛乔打了个哈欠，关了手机，慢慢爬起来。

简单洗漱一下，她换好衣服下楼。客厅静悄悄的，陆一寒在写作业，钟深在玩手机，另外三个人都在餐厅，偶尔交流也放低了嗓音。

看见她下来，钟深顿时大嗓门嚷嚷开：“乔乔，你醒啦！快让我看看，我的天哪，这才几天，你尖下巴都瘦出来了，累坏了吧？”

乐笑和冯微听见声音也赶紧从厨房出来，看见她都是一副又高兴又心疼的神情。新闻他们一早就看见了，再加上陆一寒的描述，知道盛乔这一趟吃了不少苦，为了让她睡个好觉，这一整天说话声都不敢大了。

“乔乔，我们给你煲了汤，每个人都做了一道菜！”乐笑拉着她去厨房，盛乔这才看见霍希。

他穿了件黑色的薄卫衣，正站在水槽旁边洗碗，整个人被厨房的灯光笼罩，连头发丝儿都好像在发光。

呜呜呜……宝贝，请你停止对我散发魅力，我早已在坑底躺平，这辈子都不打算出坑了。

霍希抬头看到她，还是那副淡然的样子，声音却多了丝柔和：“准备吃饭了。”

盛乔兴高采烈地“嗯”了一声。

吃饭的时候，盛乔想起接待孟星沉的事，那天她发了要出国工作的短信后，孟星沉只回复了她一个“好的”，也不知道他们有没有招待好这位影帝。

乐笑一听她问起，顿时激动：“孟前辈人可好了！虽然一开始我们有些招待不周，但他都没放在心上，后来还帮着我们一起干活，走的时候还给了我们一个五星好评！”

听上去像没什么异常。通讯录里备忘的那个“月亮”，应该是自己想多了吧。

吃完饭，盛乔给大家分发这次去爱尔兰的出国礼物，她没时间去买，都是让方白挑的。不是什么贵重物品，大多是些当地的特色小玩意儿，最后递给霍希的是一本《王尔德作品选》。

他翻了翻，抬头朝她笑了笑：“我挺喜欢他的，谢谢。”

盛乔差点被这个笑帅晕过去。

观众也没想到，盛乔在区区两天的密集行程中还能记着给大家带礼物，之前传言她情商低到底是有什么误会？

然后就看见陆一寒抱着数学卷子一头扎到盛乔怀里：“小乔姐姐，救命啊！数学是把刀，刀刀逼我死啊！”

盛乔哭笑不得，一张张检查了，发现他不会做的题基本都跟函数有关，拿过演算纸和笔，一道道解析给他听。

网友："？？？"

盛乔低情商、低智商的言论到底是谁传出来的？乱棍打死！

乐笑抱着水果盘走过来一看："乔乔，你是学霸啊？毕业这么多年居然还记得这些题怎么做，我早忘了。"

盛乔撒了个小谎："我私下一直在补习，打算自考个大学。"

乐笑这才反应过来盛乔是初中学历。

她握拳："加油！你这么厉害，北大、清华不在话下！"

盛乔："……不敢当。"

在同居小屋里养了两天，盛乔的精气神儿总算养回来了，美貌恢复如初，又吸了一拨颜值粉。她的微博粉丝数量每天都成倍上涨，很快突破了800万。

茶茶给她发消息："会长，能不能让乔乔发个800万粉丝福利呀，这种事业上升期，'固粉'是很重要的！"

盛乔一想觉得也是，答应了。

没多久，盛乔微博就更新了：

"@盛乔：800万福利，给大家表演一个'五连绝世'。"

下附一段《王者荣耀》的游戏视频，盛乔操作的角色阿珂犹如鬼魅，红影闪过之处皆不留活口，一顿操作猛如虎，轻轻松松拿下五杀。

网友：牛！

粉丝：呜呜呜……人家偶像的粉丝福利都是自拍，我们却只能看冷冰冰的杀人游戏。

……

直播综艺节目轻松又吸粉，这样的好事高美玲怎么看得下去？于是没过两天，方白一脸沉重地来到了综艺节目小屋。

"《明星运动会》？"盛乔觉得现在的综艺节目真是花样百出，"给我报的什么项目？"

“八百米长跑。”

盛乔：“……”她算是看出来了，高美玲这是不整死她不罢休。

几个人脸上都有些愤愤不平，连带看方白的眼神都不友好，方白委屈极了，只能说：“这次不用出国，就在本地的体育馆，除了比赛项目，其他还是比较轻松的。”

盛乔冲几个人摆摆手：“就我这体格，初赛肯定就淘汰了，就是走一趟，没事。”

稍微收拾一下，盛乔跟着方白出门了。

在车上的时候，她登录后援会微博账号，宣布了《明星运动会》的行程。观看直播的粉丝还能不知道？纷纷在下面留言：

“我们的目标是倒数第一！”

“争取第一时间淘汰！”

“这个官方微博不是星耀那垃圾团队的人在管吧？可以骂吗？”

“友军友军，别骂别骂。官方微博‘皮’下是乔乔的资深粉，和星耀没有关系。”

“话说，乔乔的应援是不是该搞起来了？各家粉丝都去现场加油了，乔乔要是没看到我们该多难过啊。”

“‘乔粉’太散了，都是最近才‘入坑’的，还是看‘官博君’的安排吧。”

……

盛乔刷了刷官方微博下的留言，还是挺感动的。但就像粉丝说的，“乔粉”都是新“入坑”的，太散不集中，没有凝聚力。如今还是“路人粉”居多，“死忠粉”得慢慢培养，不能急。

管理群也在讨论这次的行程，她迅速建了一个“盛乔明星运动会活动”QQ群，把茶茶和荞麦拉进群。好在她俩都是本市人，比较方便。

“我一会儿会在官博上公布活动群，等‘乔粉’进群了，你们负责组织。这次行程太突然，应该只有当地的粉丝能参加，茶茶，上次让你定做的手幅和透扇做好了吗？”

“500份，都做好了！”

“行，我一会儿把行程表发给你，明天等大家到了，你找一个醒目的地标，组织一下，把应援物分发出去。还有，统计好要参加活动的人数，让大家别自己买票，我这边联系主办方团票，座位集中，应援方便一些。”

“嗯嗯！”

“荞麦，你做一份机场和高铁站到活动体育馆的路线图，地铁几号线和公交路线都帮他们规划好，以防有外地的粉丝找不到路。”

“知道啦！我这就去！”

“再顺带做一份当地特色小吃和景点攻略，有些‘乔粉’参加完活动想玩一玩的，有攻略比较方便。”

“嗯！”

盛乔想了想，加了一句：“最近粉丝量飞涨，我处理后援会的事情渐渐有些吃力，找个时间重新规划一下吧。”

两人纷纷应了，从会长平淡的一句话里竟然感受到了一股热血澎湃的力量。

处理完后援会的事，盛乔又给上次拍红毯图的代拍“站姐”发消息，问她有没有时间跟这次的行程。

“站姐”爽快地答应了，她以为跟她联系的人是盛乔的后援会会长，还说：“你家偶像人真的挺好的，我都成‘路人粉’了。”

小乔要努力变强：“真的吗？那这次也麻烦你把我家乔乔拍得美美的哦。”

“放心吧！”

……

这头盛乔的官方微博宣布了行程，那边《明星运动会》的官方微博也赶紧表示欢迎。节目组早在两个月前就在准备了，拟邀艺人名单里根本就没盛乔，直到前天上头才通知要加一个盛乔进来。

这档节目本来就是为刚出道的新人策划的，新人没有名气，需要曝光度，能露一次脸也不容易。上头硬塞一个盛乔进来，导演组只能撤掉原定参加八百米长跑的新人。

听说那新人接到通知后，在经纪人办公室哭了一个小时。

盛乔不知道这些事，要是知道了她也得哭。

录制是明天，盛乔赶到体育馆附近，节目组已经安排好房间，稍作休息之后，晚上去场馆彩排。

新人虽新，却已经有相对成熟的粉丝圈，大数据造星时代，各个圈子的发展都很迅速。盛乔从酒店出来的时候，门口守着一群粉丝，各自拿着自家的应援手幅，其中蓝色最多，盛乔看了一眼，手幅上的名字叫岳书彦。

她对这个名字有印象，是一个没什么人气的偶像团体的成员，前段时间团队解散，岳书彦单飞签约了新公司。

门口大片蓝色灯牌，把其他家的应援色都压了下去。

盛乔刚一出去，就有粉丝迫不及待地问她："小乔，你有看见我们家书彦吗？他走没走啊？"

"不知道，我没看到他。"盛乔顿了顿脚步，停下来跟她们说，"不早了，外面又冷，你们还是回去吧。"

寒冬腊月，风过都刺骨，每个人都冻得哆嗦，粉丝摇摇头："我们要等他出来。"

那种固执又期待的眼神，盛乔比谁都明白，她不再劝，只是道："我一会儿去场馆帮你们看看。"

粉丝们纷纷跟她道谢。

进入场馆之后，灯光大亮。盛乔很少来体育竞技场地，看着四周还觉得挺新鲜的。其他艺人基本都到场了，盛乔看到了对面正跟人聊天的岳书彦，低头跟方白说："你回酒店一趟，跟岳书彦的粉丝说他已经走了。"

方白起身应了，盛乔一个人坐在位置上，也没人过来跟她攀谈。四周都是"萌新"，只有她一根"老油条"，显得有些格格不入。

好在彩排很快开始，盛乔认真听完导演的安排，不出差错地完成了自己那部分。结束的时候，节目组安排了统一回酒店的车子，盛乔上车之后，发现岳书彦上了另一辆商务车。

到酒店时，粉丝居然还等着，蓝色的光在夜色里静静地闪烁，直到车里最后一个人下来，没有出现自己的偶像，眼里的期盼又转为失落。

盛乔走在最后，跟她们说："岳书彦上另一辆车走了。"

粉丝问："那他还回来吗？"

"我也不知道。"已经是晚上十点多了，盛乔真是又心疼她们又感同身受，"快回去吧，明天在场馆就可以见到他了。"

"我们说好要接他上下班的，这是跟他的约定。"

"对呀对呀，错过了上班，不能再错过下班了。"

粉丝圈里把艺人录制节目称作"上班"。

"他应该是有事耽搁了，一会儿肯定就回来了。"

"对，我们再等等！"

盛乔不好再说什么，进酒店之后询问前台的经理："能给门口的粉丝送点热水吗？"

经理点头说"好"。

上了电梯，方白把她送回房间就离开了，盛乔洗完澡，打开QQ时发现上午创建的活动群已经有一百多人了。

这档节目的嘉宾都是新人，粉丝基数小，门票倒是不用抢。茶茶已经确认了明天要来参加活动的人数，收好了票钱，一起转给了盛乔。盛乔直接发给方白，让他今晚把门票搞定。

她做完这一切，又登录后援会官方微博，发了今日份的晚安微博。看着"乔粉"在下面活跃留言，又想起酒店门口那群冻得瑟瑟发抖的粉丝。

盛乔看看时间，已经十一点多了，推开一扇窗户往下看，那群蓝光还微微闪烁着。她叹了声气，起身穿好外套，拉开房门。

刚出门，她就看见走廊迎面而来的岳书彦。

两人打了个照面，都是一愣。他当然认识盛乔，解约事件闹得那么大，圈里没几个人不知道，他们私下也议论过，对于拍裸照的传闻，既有几分好奇又觉得刺激。都是些刚出道的血气方刚的毛头小子，多少有些看不起盛乔。

不过他还是谨遵圈子的规矩，礼貌地打招呼："盛乔前辈，你好。"

盛乔却皱起眉，问他："你从哪儿进来的？"

岳书彦说："消防通道。"

腕儿不大，派头倒是足，盛乔冷笑："你知道你的粉丝现在还在门口等你吗？”

岳书彦脸上闪过一抹尴尬，转而又被她的冷笑搞出几分恼怒，也不管什么前辈不前辈了，淡声道：“不知道，没什么事我就先回房间了。”

他抬腿要走，盛乔拽住他胳膊，力道很大，疼得他一抖。

岳书彦没好气地回头，正要骂人，对上一双冷冰冰的目光。她没化妆，头发洗过之后很柔顺，轻飘飘散在胸前，白白净净的一张脸，目光却如冰霜，刺得人哆嗦。

岳书彦要骂人的话就卡在了嗓子眼儿。

盛乔一字一句地说：“现在下去，跟你的粉丝打招呼，让她们早点回家，注意安全。”

岳书彦从她这带命令的口吻里挣扎出来，猛地甩开她的手：“你有病吧！我的粉丝关你什么事？她们爱等就等，又不是我让她们等的。”

盛乔看了他一眼，突然笑起来：“岳书彦，你信不信我明天就让你上热搜，让你粉丝好好看看你这副嘴脸？”

岳书彦脸色一下子就白了。他刚才有个局，喝了点酒，酒气上头，被盛乔一刺激，这才反应过来说了不该说的话。

要是盛乔把他说的话捅出去，别管粉丝信不信，公关起来都麻烦。

他满心怒气，觉得今晚真是倒霉，遇到个疯婆子，但又无可奈何，狠狠地盯了她一眼，声音从牙缝里挤出来：“我知道了，这就去。”

他转身匆匆上了电梯。

盛乔掸掸手指，进屋关门，走到窗户边往下看。没多会儿楼下便有欢呼声传出来，蓝光暗下去，渐渐散了。

她安心躺上床，关了灯，黑暗降下来。

她想起以前的自己，那些在寒风中等待、在烈日下奔跑的时光。

还好，她爱的那个人，温柔又善良，用最简单的方式回应了她们全部的喜欢和心意。

第二天下午一点，节目开始录制。

先是开幕式，接着还有各个参赛选手的唱跳表演，盛乔穿了件羽绒服，捧着保温杯，跟个养生大妈一样坐在那儿看表演。

方白早上已经联系了茶茶，把门票送了过去，此时一百多个“乔粉”坐在左上方的位置，银色手幅、灯牌一打开，显出几分气势来。

盛乔找到属于自己的“银海”，抬手冲那边招招手，“乔粉”兴奋得嗷嗷直叫。

岳书彦看了看被“银海”比下去的“蓝海”，脸色越发难看。本来在这档节目里，所有新人中就他人气最旺，“蓝海”压轴那是必然之势，怎么也没想到会被盛乔抢去风头。

他印象中的盛乔还是那个没有粉丝、全网“黑嘲”，靠着绯闻炒热度的“二线小花”，跟公司开始打官司之后，所有资源也都没了，被扔来这个新人综艺节目，也是公司的压榨之举。

她哪儿来的这么多粉丝？别是请的托儿吧？

旁边的新人苏珊珊跟他同一家经纪公司，都是唱跳型的偶像，此时从口袋里摸出一个小本本，说：“你让一下，我要过去。”

岳书彦问：“你过那边去做什么？盛乔在那边。”

他也是出于好意，同一家经纪公司，同为新人，还是要提醒苏珊珊不要被那个疯女人缠上了。

结果苏珊珊说：“我去找乔乔要签名！”

岳书彦：“？？？”什么情况啊？

岳书彦拉着她：“不是，你找她要什么签名啊？你喜欢她啊？”

苏珊珊看盛乔快要起身准备入场了，急得不行：“你快让开！我偶像要走了！我昨晚没敢去，今天不能再错过了！”

说完不等岳书彦反应过来，她一抬腿从他双腿前跨过去，小跑到盛乔面前。

岳书彦感觉自己气得肋骨疼。

很快轮到盛乔上场。

这是第一轮初赛，一共有五名选手，盛乔在第二跑道，其他四名新人她都不认识。她并不打算参加下一轮复赛，慢悠悠地做了下拉伸，还朝看台的“银海”挥了挥手。

“乔粉”又激动得一阵乱叫。

哨声一响，四名选手冲了出去，盛乔保持不紧不慢的速度，跑在最后。其他几名艺人的粉丝都扯着嗓子开始为各自的偶像加油，现场气氛一时火爆。

“乔粉”一看，这哪儿行，输什么也不能输气势啊！

于是“乔粉”在茶茶的带领下开始喊：“乔乔！加油！乔乔！加油！乔乔！加油！”

一声盖过一声，很快就把其他家的应援声压下去了。整个场子都回荡着“乔乔加油”的喊声。

本来慢悠悠跑着的盛乔一听，“乔粉”喊得这么卖力，自己却没把比赛放在心上，辜负了他们的期望，心里顿时有点儿过意不去。

她想了想，开始提速。说什么也不能拿倒数第一，不能给“乔粉”丢脸，让他们失望。

然后观众就看见盛乔的跑速慢慢提了上去，渐渐超过了前面两个人。

茶茶一看，这不对呀！再这么跑下去，乔乔要是拿了前三，不是就要进入复赛，又要跑一场吗？

他们的初衷可是让她早点淘汰呀！

茶茶大手一挥，重新组织“乔粉”喊口号：“乔乔！不加油！乔乔！不加油！乔乔！不加油！”

正在狂奔的盛乔心想：你们搞死我算了。

最后盛乔跑了个倒数第二，刚刚好，既没有丢脸，又踩着线淘汰。虽然跑得慢，但她体力不行，八百米还是累得够呛，刚过终点就不顾形象地往地上一躺。

方白赶紧跑过去把她扶起来，披了外套又递上热水，盛乔问他：“这档节目没我什么事儿了吧？”

方白点点头，她松了口气，换了衣服之后坐回自己的位置，等这一天的录制结束就可以离开了。

其他新人可不像她，要是被淘汰就只有这一期镜头，可太惨了。于是每个人都化身运动员，为争第一而拼命。

岳书彦参加了两个项目，男子跳高和五十米短跑，他是练习生出身，身体锻炼是日常，对于自己的实力还是很有信心的，目标就是拿第一。

但是不知道是不是被盛乔气到了，比赛时两个项目都出现失误，有惊无险地过了预赛线，风头全被另一个拿第一的新人抢了。

岳书彦气得不行，扭头看见盛乔撑着脑袋笑吟吟看戏的模样，真是恨不得冲过去踹她两脚。

到了晚上，录制终于结束，粉丝离场，艺人也从安全通道离开，盛乔看向渐渐散去的“银海”，双手举到头顶，微微侧腰朝“乔粉”比了一个心。

代拍“站姐”恰好捕捉到这一幕，上车就忍不住给她以为的“会长”发消息：“拍到乔乔比心的照片了，超级可爱，今晚最佳，我一会儿回去就发给你！”

盛乔瘫在商务车后座，看到这条消息，深感这位代拍很快就要从“路人粉”变“乔粉”了。

回到综艺节目小屋的时候，几个人正围在客厅下飞行棋，唯独不见霍希，她一问才知道，他去忙巡演的事了。距离下一场巡演还有半个月，盛乔想起自己压箱底的那张门票，暗暗地高兴，又可以去偶像的演唱会上“嗨”啦！

没多会儿，收到代拍发来的照片，盛乔把钱结了，回房间遮住摄像头打开电脑修图。

照片很多，包括她比赛时跑步的照片，就像代拍说的那样，比心那张图的确是全场最佳。她微微侧着身、偏着头，头顶的爱心又乖又萌，目光看向镜头的方向，温柔又可爱。

盛乔感叹了一会儿自己的美貌，登录“盛乔星空站”上传了两组图，一组比赛时的动态，一组静态。比心图被放在最中间，真应了那句“静如处子，动如脱兔”。

“乔粉”被这个颜值惊得只会“啊啊啊啊啊啊啊啊啊”了。

“盛乔比心”很快就上了热搜。自从解约事件之后，她就像绑定了热搜体质。

“黑粉”很快冒出来，说她是热搜包年户，要演技没演技，要能力没能力，就知道靠一张脸买热搜洗白。

“乔粉”回复：“无脑‘黑’之前先查一查买热搜要多少钱。就盛乔那点工资，买得起热搜吗？没看她护肤品用的都是自然堂吗？”

“黑粉”：“……”匿了匿了，穷鬼惹不起。

临睡前，盛乔登录自己的大号微博，发了一张今天在体育馆用手机拍的“银海”照片：

“@盛乔：‘银海’很美，你们很棒，晚安。”

荞麦和茶茶在群里@她：“会长，乔乔真的好好，现场一直在跟我们互动，下次活动你一定要抽出时间跟我们一起去啊！”

小乔要努力变强：“嗯嗯嗯，下次一定去。”

在小屋相安无事地过了两天，盛乔还以为高美玲终于停止作妖了，没想到这坏事儿就是不能想，一想它就登门。

方白在电话里无奈道：“给你接了一个剧，客串角色，没几场戏，就去两天。”

他打电话前就被高美玲警告过，盛乔在直播，以后有什么工作计划要私下传达，她估计也知道自己压榨过分，怕网友骂她。

所以这次都没让他直接去小屋接人，先电话通知，让盛乔收拾一下，自己出门。

盛乔把单机游戏手柄交给乐笑，起身拍了拍衣角：“你现在就来接我吗？”

“嗯，下午四点飞横店。”

挂了电话，钟深咬牙切齿：“不要脸的星耀是不是又给你安排了其他工作？”

盛乔点头：“嗯，说是一个古装剧的客串角色，两三天就回来。”

钟深想骂脏话，顾虑在直播，只能忍了，转头阴阳怪气地撑导演组：“那你们请小乔请得不划算啊，这三天两头地往外跑，出场费怎么跟星耀谈的啊？”

导演组只能尴尬地笑。

当初他们确实是为了盛乔的解约热度和之前跟霍希的传闻，才会跟星耀要人，所以星耀提出中途外出拍摄的条件他们也就一口应了。

盛乔拍了拍钟深，示意他别说了，钟深一脸怒其不争：“你就是太‘佛’了，才会被他们随便欺负！”

盛乔笑了一下，那笑并不算温和，像玫瑰带刺，既美又逼人：“巧者劳而智者忧，无能者无所求，我谢谢他们看得起我。”

那些还在为她愤愤不平的观众，突然就因她话里大气的超脱平静下来了。

合约在身，反抗无效，不如把每一次针对都变作机会。

两个小时后，来接盛乔的车就到了。几个人把盛乔送到门外，看到方白都威胁似的扬扬拳头。

方白：“……”白白好委屈，不是白白的错。

上车之后，方白把剧本递给盛乔。她翻了翻，突然觉得这剧情有点儿眼熟，想了半天，恍然大悟。上一部剧杀青那会儿，高美玲给过她两个古装剧本让她选，其中一个就是她现在手上这部古装仙侠剧《长安醉梦》。

那会儿给她定的是女一号，提起解约后工作暂停，这部剧也就推了，没想到兜兜转转，最后还是回到了她手上。

她客串的这个角色是男主角的师父，剧本里用了“风华绝代”“仙姿昳貌”“艳绝千秋”等美到天上仅有、地下绝无的词语来形容。

只可惜，这么美的角色只出现在男主角的回忆里，盛乔仅有的四场戏都是男主角的回忆剧情，台词不算多，为了展现师父的美，场场都要飞来飞去。

师父又美又仙，那总不能穿个羽绒服飞，盛乔一想到这么冷的天，穿一身轻纱薄裙，吊着威亚，在寒风中飞过去、飞过来，就忍不住打了个哆嗦。

这次行程没有公布，“乔粉”倒是没来送机，只不过不少路人认出她，一路拿着手机跟拍，引起了不小的骚动。

座位依旧在经济舱，短途飞行只要两个多小时，盛乔戴着墨镜睡了一觉，很快就到了。

第六章

宠粉

下飞机之后天色刚暗，剧组派了车来接，从机场到横店还要一个小时。车窗外不知何时飘起小雪，落地即化，到处都湿漉漉的。

车子将她送到剧组统一安排的酒店。她的拍摄计划是两天，第一场戏明天一早就要拍，到房间之后她让方白随便点了份外卖，就开始看剧本背台词。

这是她第二次进组，上一次有傅子清手把手教，算是对表演技巧掌握了个皮毛。如果今后还要在影视圈发展下去，等解约之后，得好好为将来计划一下。

好在这次的师父“人设”是冰美人，台词也不多，“面瘫”是最好演的。

第二天一早，盛乔按时来到片场。这部剧开机已经有半个多月，男女主角是跟盛乔差不多“咖位”的二线艺人。

女主角叫林尹彤，是中戏毕业的科班演员，演技不错，人也漂亮，但这些年一直不温不火。男主角叫尤畅，属于典型的戏红人不红，差点机遇。

特别是林尹彤，盛乔有点儿模糊的印象，以前她们合作过一部剧，那时候以盛乔的“咖位”还只能给她当配角。没过两年，盛乔已经开始接主角了，林尹彤还和当年一样，人气毫无攀升。

盛乔一一打了招呼，将那些有色目光自动屏蔽了。

林尹彤穿了件长款的黑色羽绒服，从脖子裹到脚，妆发已经定型，坐在椅子上抱着暖水袋，旁边还摆了个小太阳电暖炉，看见盛乔时，毫不掩藏眼里的讥讽：“小乔，好久不见呀。”

盛乔还赶着去化妆，懒得计较她的恶意，冲她甜甜一笑：“好久不见，前辈还跟以前一样，一点都没变呢。”

林尹彤顿时就变了脸色，认为她在反讽自己的人气，还想说什么，盛乔已经快步进了化妆间。

古装剧的造型向来要麻烦很多，盛乔坐在镜子前任由化妆师折腾，戴了发套之后脑袋有些重，她不适应地晃了晃。

化妆师按住她不安分的脑袋，开始化妆，最后服装师拿了套红色的轻纱长裙让她换上。等造型全部搞定，盛乔抬头看镜子，一个惊艳绝尘的古代美人形象跃然而出。

她本身的长相和气质是偏清纯甜美的，化妆师加深了她的眼妆，又在左眼下方点了一颗泪痣，将整体气质往成熟魅惑上拉了不少。

方白在旁边都看呆了，这还是他第一次亲眼看见盛乔的古装扮相，觉得她这模样简直就是古代祸国殃民的红颜祸水。

盛乔冷得牙齿都打战："小白，你傻啦？快给我拍照。"

方白反应过来，赶紧掏出手机。客串角色，剧组也不会专门给她拍定妆照，相关的宣传只能自己来做。拍完之后，盛乔立刻裹上外套，还没缓过来，导演已经叫人来催了。

天还在飘雪。

导演把盛乔和男主角尤畅叫到一起，拿着剧本讲戏，这一场戏拍的是男主被仇人围攻，盛乔从天而降救了他。

盛乔就一句台词，主要还是吊威亚戏和打戏。

外套一脱，盛乔感觉五脏六腑都冻僵了，四肢不听使唤，整个人抖得厉害。穿好威亚，导演说："你别抖，一抖气质都没了。"

你只穿一条裙子不抖试试看。

盛乔深吸一口气，竭力维持镇定，随着威亚上升，第一场戏开拍。

她憋着一口气，说什么也不想再来一遍，发挥竟然超常，一袭红衣从天而降时，仿佛剧本里那个冷冰冰的红衣美人活了过来。

雪越下越大，落在她泼墨般的长发上，像点缀的零星珠花。

浑身是伤的少年趴在她脚边，抱住她脚踝，仰起一张布满血垢的脸："求你……收我为徒……"

女子皱了下眉，居高临下地看着他，冷淡的目光仿佛在打量一件没有生命的器物，半晌，她突地朝他笑了一下，那笑从嘴边延至眼角，像攀着冰凌开出的妖异带血的花："你想拜我为师？你可知，当我的徒儿要付出什么样的代价？"

几秒之后，导演喊"咔"。

上一秒出尘艳绝的美人，下一秒跟个筛子似的抖起来。

"小……小白……冷……热水……"

方白抱着羽绒服冲过去，盛乔感觉全身血液都冻僵了，几杯热水下肚才终于缓过来一些。她哆嗦着跟方白说："去找剧务拿一个小太阳，我得烤烤。"

方白咬牙道："我刚才就去要了，他们说没有。"

盛乔一愣，低头喝了两口热水："算了算了，也不是很冷。"

那头，导演正在检查刚才的拍摄画面，执行副导演看了眼在里面喝水的盛乔，凑过去低声道："杨导，高姐那边有交代，我们要不要让盛乔再补拍几次？"

视频画面定格在盛乔骤然一笑的脸上。

杨导没说话，抬头吩咐助理布置下一场戏，执行副导演有些发愣，杨导起身，拍拍他肩："适可而止，莫欺少年穷啊。"

整个剧组上上下下，或多或少都受到过星耀的暗示。

大资本公司，有的是人看人下菜碟，欺负一个毫无背景的盛乔，换来星耀的好感，是再划算不过的事了。

包括男主角尤畅，他也被提醒过对戏的时候可以多重拍几次，折腾折腾盛乔。他自有一副傲骨，对这些小手段很是看不上，这也是他这么多年一直不火的原因。

他没打算故意折腾盛乔，而她的表现也出乎他的意料。此时看着角落冻得脸色发青的女孩，他开口喊她："盛乔，到我这边来烤烤火吧。"

盛乔抬头，对上那抹清朗视线，飞快绽出一个笑："嗯，谢谢！"

她坐到尤畅身边，小太阳不遗余力地散发着温暖，终于驱散了绕骨的寒意。

尤畅拿起剧本："对对戏吧，争取接下来的几场都一次过。"

盛乔点头，心里感叹，还是好人多啊。

一上午时间很快过去，下午的戏份在室内，剧组转移场地，先到拍摄的宫殿里吃饭，再布置下午要用到的场景。

上午还只是飘雪，这会儿已经演变为雨夹雪，要多冷有多冷。剧组统一分发盒饭，盛乔蹲在炉子旁边掀开盖子一看，傻眼了，鱼香茄子，茄子烧肉，连汤都是茄沫蛋汤。

盛乔拉住剧务："全是茄子？没有其他的吗？"

剧务不耐烦地说："都是这个。"

尤畅说："尹彤爱吃茄子，昨天专门交代剧务要全茄宴。"

盛乔："？？？"她是茄子精变的吧？

尤畅看她表情，关心地问："你不爱吃茄子？"

方白在旁边早就忍不住了，一把拽住剧务，没好气道："我们乔乔对茄子过敏，吃了要出人命的你知道吗？"

剧务说："我不可能每次准备餐饭前都问一遍谁对什么过敏吧？今天就只准备了这个，吃不了你们自己叫外卖呗。"

这么一闹，周围的注意力都被吸引过来，林尹彤捧着盒饭笑吟吟道："呦，小乔，这么娇贵呀，连茄子都吃不得。"

盛乔勾了下唇角："生就一副娇贵命，让您见笑了。"她转头吩咐方白："点外卖吧。"

方白捧着手机看了一圈，气道："天气不好，周围餐馆都闭店了，最近的也要一个多小时之后才能送到。"

那时候他们早就开机了。

盛乔垂下眼眸，再抬头时云淡风轻地笑了笑，把菜都给了方白，自己端了那盒白米饭："我吃点米饭就可以了，也不是很饿。"

她转头看向林尹彤，唇角还勾着，语气也笑吟吟的，目光却如冰刀："前辈既然这么爱吃茄子，我祝你吃一辈子。"

四周一下子静下来，连雨雪滴在房檐上的响声都听得一清二楚。

林尹彤气得就差扑过来跟她掐架了，盛乔朝四周友好一笑，埋头吃饭。

下午开拍之前，盛乔用手机搜了一下，发现原主之前传出在剧组吃盒饭吃吐，单独开小灶的剧，就是跟林尹彤合作的那部剧。

看来那个时候林尹彤就知道她对茄子过敏，大概用了相同的把戏故意刁难。

盛乔收起手机，看向围坐在火炉前玩手机的林尹彤，很好，记仇小本本又添一笔。

下午的戏继续吊威亚，盛乔心中有气，表情更冷，越发适合这个“人设”，基本上都一场过，本来需要两天才能拍完的戏份，今天一天就搞定了。

杨导等在门外，盛乔换好衣服出来时递给她一张名片：“小姑娘有潜力，进步的空间很大，以后有机会合作。”

盛乔对导演圈并不了解，也不存在看不上没名气的小导演，礼貌地接过名片，道了谢。杨导笑了笑：“好事多磨，磨过去了，就是另一番天地。”

盛乔点点头：“我知道，谢谢前辈教导。”

虽然只待了一天，她还是一一跟众人打招呼告了别，有几个幕后员工还来找她要了签名和合照。传言归传言，至少这一天相处下来，盛乔给他们的感觉很亲切可爱。

车子等在外面，上了车，本来要回酒店，盛乔半躺在后排，低声说：“去医院。”

方白一惊：“乔乔姐，你怎么了？”

“发烧。”

下午就开始发低烧，她一直扛着，到现在已经有些烧晕了。这段时间，她的行程太密集，由于身体素质太弱，接二连三的重压已经扛不住了。

方白立刻让司机转道，到医院的时候，盛乔迷迷糊糊睡了过去。

她最后是被人用担架从车上抬下来的，方白太着急，到底只是个入职不到半年的助理，也没顾得上艺人形象，盛乔从医院门口到急救室这一路，不知道被多少人拍了照。

“盛乔昏迷就医”的新闻很快就上了热搜。

粉丝知道她去拍剧了，但没想到最后拍成这样，那些热门上的“路人”照片作不了假。

茶茶给会长发消息一直等不到回应，她以前是混“韩圈”的，组织能力不在话下，立刻以此热搜为根据，组织“乔粉”在网络上声讨星耀，罗列了盛乔近段时间的“杀人”行程，要求星耀停止压榨，立刻解约。

霍希看到新闻时，刚从录音室出来。

在这一次的演唱会上，他有一首新歌首唱，刚刚给新歌录了和音，坐上车时，首页弹出了盛乔昏迷的新闻。

拨了电话过去，是方白接的，他这才知道盛乔在横店拍戏。

他问司机：“去横店要多久？”

他们现在在杭州，这次新歌作曲人的音乐室就在这里。

司机说：“不堵车的话，两个小时吧。”

霍希收起手机：“去横店，开快一点。”

小蛋想说什么，看他冷冰冰的脸色，只能把话咽下去。车子一路疾驰，扬起漫天的尘土。

他们到横店的医院时，天色已经很暗。医院周围没几个人，住院楼在夜色里透出冷冰冰的森然。小蛋拉住要下车的霍希：“你去干吗啊？你真要去看她啊？”

霍希看了他一眼，小蛋“唰”的一下收回手，他淡淡道：“你在车里等我。”

话落，他戴好帽子、口罩，低头进了住院大楼。

盛乔在十三楼，单人间，方白垂头丧气地坐在病床旁边，看见他进来，惊得手机都摔落在地。

霍希取下口罩：“她怎么样？”

“下午醒了一次，又睡过去了，烧已经退了。”

他点了下头，低声说：“我还没吃饭，麻烦给我买点夜宵上来吧。”

方白应了，推门离开。

房间里空调呼呼运作，但空气仍然冰冷，他看了会儿病床上脸色潮红的女孩，走到门外摸出手机，拨通了宝哥的电话。

“星耀那边想干什么？想把人逼死吗？”

虽然已经解约，但他跟宝哥之间仍有合作关系，不是谁都跟高美玲一样，解约不是你死就是我亡。

宝哥正在跟朋友涮羊肉，在闹哄哄的声音中压低嗓音："什么意思？"

"盛乔的事。"

"……就解约那事儿，公司吃了这么大的亏，不可能让她讨了好。现在这些都是小意思，你别管了。"

"帮我转告星耀，行事别太过分，别最后搬起石头砸自己的脚。"

宝哥看了眼手机屏幕，深吸一口气，走到门外："你怎么回事啊？你怎么还护起盛乔了？"

好半天，电话里传来冷冰冰的声音："我的粉丝，我不护谁护。"

进房间，盛乔搁在床头的手机正无声闪烁。

霍希拿起来一看，来电显示上是钟深，他接起来，那头急哄哄地说："乔乔，你怎么了？你没事吧？"

"我是霍希，她没事。"

钟深见鬼一样看了眼手机，他这边还在直播，说话不敢放肆，支支吾吾地说："哦哦，没事就好。"

霍希把情况大概说了，让他宽心，钟深挂了电话。

把手机重新放回床头，霍希的目光扫到手机屏保，愣了一下，又拿起来，手指轻轻点了一下屏幕。

屏保上是他的照片。

这张照片用得巧妙，不是他的高清照。是一张舞台远景，他双手捧着话筒看向远方，台上没有追光，只有他笔直的黑色剪影，四周却有大片微光闪烁。那是他粉丝应援的光芒，像夜幕垂落的点点星光，将他围绕。

一般人不会知道这是他。

他看向病床上的女孩，而她似乎亦有所感，眉眼皱了皱，将要醒来。霍希将手机放回去，往后退了两步。

盛乔睁开眼，揉了揉脑袋，哑声说："小白，我想喝水。"

霍希走到旁边倒好水，走回来放在床头柜上，淡声说："有点烫，晾会儿再喝。"

正挣扎着从床上坐起来的盛乔一抖，摔了回去。

好半天，咧着嘴转头，看到霍希抄手站在床边，她眨了下眼，又眨了下，脸上浮现出十分复杂的神情。

《我不配》已经不足以表达她的心情了，只能用《我有罪》了。

她坐起来，理了理头发，小声问："霍希，你怎么来了啊？"

"刚好在这边办点事，顺道过来看看你。"

她点点头，捧着水杯吹了吹，小小抿了一口，才又说："我已经没事了，但是要明天才能出院。你早点回去吧，医院不好，你别在这里待久了。"

她恨不得他一辈子健康无忧，一辈子也不用进医院才好。

霍希淡淡看着她："以后生病了要及时就医，别硬扛。"

盛乔狂点头。

他转身，盛乔眼巴巴地望着他的背影，有些不舍，但也高兴，她挥挥手："霍希，拜……"

第二个"拜"字还没说出来，她就看见他走到椅子跟前，坐下了。

盛乔："……你不走啊？"

霍希看了她一眼："你好像很迫切地赶我走？"

盛乔又是一阵狂摇头，支吾着小声说："医院不吉利呀……"

霍希拿出手机，给小蛋发消息，让他带司机先去吃顿夜宵，边发消息边道："我还没吃饭，方白给我买饭去了。"

霍希抬头："听方白说，你今天一天只吃了点白米饭？"

盛乔："……我在减肥。"

他也不拆穿她："待会儿一起吃吧。"

方白很快就回来了。收到霍希的消息，他又在三菜一汤的基础上给盛乔买了一碗粥，霍希把椅子搬到床头柜旁边，摆好碗筷，把清淡的菜放到靠她那一边，淡声说："吃饭吧。"

呜呜呜……这该死的温柔，让她的心疯狂动、泪疯狂流！

上天啊，你造他的时候到底加了什么迷人剂啊？

他怎么能这么好啊？呜呜呜……她要爱霍希一辈子！为他疯，为他狂，为他"哐哐"撞大墙！

吃完饭，方白把外卖盒收拾了准备下楼去丢，霍希接过他手上的垃圾袋：“我明早还有个会，今晚麻烦你照顾她了。”

方白赶紧说：“应该的，应该的。”

霍希戴好帽子和口罩，转头对盛乔说：“好好养病，我走了。”

盛乔点点头，忍着眼里的感动和不舍：“霍希，谢谢你来看我。”

他已经拉开门，提着垃圾走了出去。盛乔重新躺回床上，好半天，抬手覆在自己心脏处。那里，跳得好快、好快、好快。

方白在旁边拿着手机说：“乔乔姐，你的粉丝又跟星耀打起来了。”

盛乔从花痴中回神，赶紧打开手机。

茶茶发了很多消息过来，将目前的“战况”跟她说了。盛乔如今已经不是刚解约时任人抹黑的“小无助”了，这段时间吸收的粉丝终于在这一刻有了集中的爆发。

热搜前十有三条都跟她有关，点进去一看，“杀人行程”的红字图片触目惊心，“乔粉”声嘶力竭、痛哭流涕地斥责星耀压榨艺人，寻求法律援助，要求立即解约。

之前没有凝聚力的“散粉”第一次拧成一股绳，众志成城、团结一致，势要为他们心爱的人讨一个公道。

这把火既然已经烧起来了，就没有让它停的道理。

盛乔回复了茶茶的消息，在管理群里开完会，重新确定了更加完善的声讨方针，形势可谓一片大好。

霍希坐回车里，在小蛋幽怨的目光下淡定地拿出手机，翻了翻热搜，偏头问他：“我记得你手里养了不少营销号？”

小蛋：“哥，你又想干吗？”

“联系他们，给星耀施压。”

小蛋实在忍不住了：“你管她做什么啊？她害你害得不够多吗？那种人就让她……”

霍希扫了他一眼：“你是打算当我老板吗？”

小蛋：“……不敢。”小蛋愤然埋头去联系营销号了。

好半天，靠后仰在背垫的少年低声道：“她不是你们想的那种人，以后不要说那些话了。”

势单力薄的“乔粉”很快发现，大批营销号上场了。

“乔粉”还以为又跟以前一样，是冲着盛乔来的，却没想到这次他们都统一将枪口对准了星耀。营销号一上场，热度又成倍递增，这事儿很快就出圈了。

星耀刚在接洽的几个有潜力的新人，本来打算签约，经过一晚上的发酵，第二天都纷纷打消了签约意向。

心术不正的经纪公司，以后要是稍微有些不如意，不得像盛乔这样被整死啊？连外媒都报道了这条新闻，直言国内娱乐圈杀人不见血。

因为盛乔这事儿，星耀不知道上了多少次热搜，今天早上股票更是跌了几个点，老总在办公室把文件摔得满地都是：“这事儿有完没完？一个小艺人你们还搞不定了是吗？”

秘书说：“昨晚事发突然，公关部都下班了，后来又冒出不少营销号……”

“别跟我说这些！拿出实际的解决方案！”

办公室门被敲响，宝哥走进来。

老总敛了敛神色，问：“怎么了？”

宝哥脸上带有无奈的笑意，将几份文件递过来：“这是我们跟霍希最后的几份代言，年后就到期了。”

“这件事你自己处理不就行了？”

“刚才霍希打电话，说可以再续约一年。”

老总一下子坐直身子。

霍希这座金山跑了，他不知道心碎了多久，但人红钱多，绑不住，也没办法。如今眼见跟星耀的最后一丝牵连即将断裂，霍希怎么会自动送上门来？

老总拿眼询问，宝哥叹了声气：“条件是跟盛乔和平解约。”

办完出院手续，盛乔准备回首都。星耀准备的机票是明天的，盛乔没吝啬这个钱，自己重新买了机票，从杭州飞。

到机场的时候，她正要下车，看到出发口人头攒动，约莫是接机、送机的粉丝。

这么大的阵仗，估计人气很高。盛乔扒着车窗看了几眼，突然觉得她们手上的灯牌很眼熟。

金色的，霍希的灯牌。

盛乔一把拉住要下车的方白：“等会儿再下车！”

方白：“怎么了？”

“外面全是‘希光’！”

方白：“……”

来的路上堵车，离登机时间已经很近了，送机的粉丝久久不散，盛乔只能让方白先去取登机牌，两人一会儿直接在安检口会合。

过了会儿，盛乔接到方白的电话：“乔乔姐，我已经在安检口了，你小心潜伏过来！要是被‘希光’认出来了，什么也别想，赶紧跑！”

盛乔戴好墨镜、帽子、口罩，深吸一口气，拉开了车门。

双手插兜，全程低头，我就是这个机场最不引人注目的妞。

霍希大概已经登机了，送机的粉丝从安检口离开，三五成群往外走，盛乔跟她们擦肩而过，还能听见她们兴奋讨论的声音。

快到安检口时，看见方白冲她招手，盛乔加快脚步，突然听到后面有人喊：“前面的，喂，你等等！”

盛乔：“？？？”是在叫我吗？赶紧跑！

后面传来急促的跑步声，盛乔拔腿就跑，眼见离胜利的曙光越来越近，胳膊被人从后拽住了。

那声音大口喘气：“我说，你跑什么啊？”

盛乔认命地转身，身后拉住她的是一个女生，背着金色的双肩包，拽着她胳膊的那只手手背上还贴着霍希的应援标志。

完了完了完了，“掉马”了。

女生累得不行，说话都喘，从口袋里摸出一个零钱包：“你东西掉了，这是你的吧？”

盛乔一愣。

女生放开她，一只手撑着膝盖，弓着身子喘气：“我看到是从你口袋里掉出来的，叫你你也不理，我追了一路。你跑什么呀？”

盛乔接过零钱包，低声说：“我飞机快赶不上了。”

“哦哦，那你赶紧进去吧，拜拜！”

女生转头就走。

盛乔叫住她：“等一下！”

女生回头，疑惑地望着她。

盛乔从零钱包里掏出那张霍希的签名照：“我也是‘希光’，谢谢你，这个送给你。”

女生看到签名照，眼睛都亮了，想接，又犹豫地看着她：“这么宝贝的照片，你舍得给我啊？”

“我有朋友在霍希工作室上班，下次再找他要一张就是了。”

女生高兴极了，接过照片捂在心口，连着跟她说了好几声谢谢：“我们加个微信吧？以后一起追活动！”

盛乔：“……不了不了，我工作太忙，只追演唱会，啊，我走了，飞机快赶不上了！”

话落转头就走，过安检之后，她回头看，那女生还站在原地，傻笑着看看照片，又抬头看看她。见她回头，女生飞快地招了招手。

盛乔也朝她挥了挥手，口罩下的嘴角微微弯起来。

其实“希光”也是一群很可爱的人啊。

盛乔和霍希同一班飞机。只不过她在经济舱，霍希在头等舱。

方白说：“一会儿落地了，我们先不急着走，来接机的‘希光’肯定已经把首都机场包围了，乔乔姐，我建议你有时间练一下防身术。”

盛乔：“……”你滚吧，“黑”我“希光”。

不过落地之后她还是在里面拖沓了半个小时才出去，霍希走的贵宾通道，外面的“希光”也都散了，方白叫了车，将她送回综艺节目小屋。

几个人见她回来都很高兴，这综艺节目没几天就要结束了，到时候大家各自行程繁忙，还不知道什么时候能像现在这样再聚。

霍希还没回来，几个人插科打诨，房间里一片欢声笑语，连直播人数都涨了不少。没多会儿，钟深把她拉到角落，避开摄像头，低声问：“你跟霍希怎么回事儿？”

“啥？”

“昨晚我给你打电话，怎么是他接的？他怎么会在医院？”

“他刚好在那边工作，顺道去看看我。我偶像是不是人特好，特善良？”

钟深看到她这副花痴的样子就气，用手指杵她脑袋：“你总有一天要死霍希手上！”

盛乔打掉他的手：“不准说我偶像！”

钟深恨铁不成钢：“我在说你偶像吗？我说的明明是你！”

他这模样、这语气，突然让盛乔想起了乔羽。以前乔羽总反感她追星，每次不管因为什么骂她，最后都要顺带再把霍希骂一遍。

乔乔委屈。你骂我就行了，你骂霍希做什么？被我喜欢不是他的错啊！

盛乔抬手摸摸钟深的脑袋，给他顺毛：“你放心，我知道避嫌。”

钟深嫌弃地推开她：“别摸我头！”

两人正闹，盛乔手机响了，拿起来一看，居然是乔羽打来的。哪怕换了具身体，哥哥跟她还是心有灵犀啊！

接通之后，乔羽的声音透着隐隐的兴奋：“盛乔，星耀那边的律师刚才突然松口了，我们不用再跟他们打拉锯战了。只不过年底案子多，等过完年，法院那边的判决书应该就能下来。”

盛乔被这个惊喜砸蒙了。

乔羽喊了她好几声，又问：“我刚看到新闻，你还好吗？身体怎么样了？”

“我没事，我很好！”她突然有点想哭，“谢谢你啊……乔羽。”

“职责所在，那你好好养病，别操心。”

挂了电话，盛乔还有些没反应过来，好像想到了什么，又赶紧拿手机搜了搜，果然，星耀官方微博一分钟前发布了一则声明：

“@星耀传媒：近期关于本公司女艺人盛乔行程不合理一事，公司已连夜召开会议。对于此等工作失误对盛乔造成的伤害，我司在此表示深深的歉意。经调查，有关盛乔行程安排皆由其经纪人高某负责，经商议，本公司对于高某失职一事做出开除决定。除目前在身的行程外，本公司将不会给盛乔安排任何其他工作，对盛乔造成的伤害再次深表歉意，解约愉快。”

不仅答应和平解约，不再给她安排工作，高美玲还被开除了？这是什么从天而降的超级大惊喜？

钟深见她神情复杂，拿过她手机一看，顿时蹦起来：“星耀终于决定做个人了？”

他这一叫，乐笑几个人也被吸引过来，问清楚发生了什么，都开心得不行。

乐笑抱住她胳膊直晃：“乔乔，你终于解脱了，你自由了！今天是个好日子，我们一定要好好庆祝！”

陆一寒说：“订个蛋糕！买瓶香槟！”

冯微笑着拍他的头：“小孩子不准喝酒。”

几个人热烈地讨论今天该怎么庆祝，网上也因为星耀发出的这则声明而沸腾了。

虽然开除经纪人很有点卸磨杀驴、推卸责任的味道，但还是很爽啊！“乔粉”普天同庆，纷纷转发抽奖。这是他们“入坑”后打的第一仗，打得相当漂亮。每个粉丝心里都不约而同产生了荣耀感和使命感。

原来守护一个人，看到她脸上露出释然的笑容，会这么开心满足。

同居综艺节目没几天就要结束了，这之后她就可以给自己放一个长假，好好计划一下将来的人生该怎么过，然后坐等年后解约。

她突然有一种无所适从的轻松。

到傍晚的时候，霍希也回到了小屋。这个节目终于在快要结束之前又聚齐了嘉宾。之前不被看好的综艺节目自播放以来收视率一路攀升，节目里几个人的人气都增长了很多。

等直播结束，节目组每周六还会正常播放两小时的剪辑版，保持热度。

几天时间很快过去，到了分别那一天，观众和嘉宾都依依不舍，相看泪眼。大家拍了结尾部分，直播结束，算是跟这个综艺节目彻底告别了。

陆一寒年纪小，倒没有那么多愁善感，收拾行李的时候拿着一张演唱会门票在那儿晃呀晃："过几天我又可以见到霍希哥哥了。"

乐笑："哪儿来的？"

"霍希哥哥送我的！"

其他几个人："……我们也要！"

霍希："……"

盛乔："……"不，你们不想要。

霍希给小蛋打了电话。小蛋来同居小屋接他的时候，带来了三张连座的巡演门票。乐笑看看盛乔空荡荡的手，问："乔乔不去吗？"

霍希说："她有。"

乐笑："？？？"

她拉着盛乔撒娇："乔乔，我们到时候一起去啊，我来接你，我们坐一起。我还没去过谁的演唱会呢。"

"……"不，我不想跟你坐在一起。

那我还怎么应援？我不要面子的吗？

拖着行李箱走出小屋的时候，盛乔想起刚来的那一天，很是唏嘘。她拿出手机在小屋门口合了个影，院外，方白已经在朝她招手。

一上车，方白就兴奋地跟她说起这两天公司的气氛，还转述高美玲走的那一天，不少同事都出来看她笑话。她这些年作威作福久了，大家明面上敬她怕她，私底下不知有多厌恶。

不过星耀高层也真够狠的，为了维护公司形象，高美玲这样的老牌经纪人，说开除就开除。高美玲估计也没想到，自己最后会被当成弃子，落得这么个下场。

这一次闹得这么大，圈子里都知道她手段下作阴狠，还有谁敢请她当经纪人？她在这个圈子的职业生涯算是到头了。

盛乔乐于见到恶人受到这样的惩罚，但不乐于议论，打断了方白的滔滔不绝：“你是怎么打算的？”

“我？我等过完年就辞职，乔乔姐，你去哪儿，我就去哪儿！”

盛乔愣了一会儿。她去哪儿？她能去哪儿？

她连自己今后的路该怎么走都还不明确。

盛乔迟疑着：“要不你还是先别辞职，等我这边落实了再说。”

方白摇头：“我不想再在那个垃圾公司待下去了。乔乔姐，你是不是嫌弃我啊？”

“不是。”盛乔看向窗外，“我只是不知道我还会不会留在这个圈子。”

方白差点一个急刹车，急声道：“当然要啊！你现在势头这么好，解约之后不知道多少经纪公司抢着签你！乔乔姐，你千万不要想不开退圈啊，你的粉丝会哭死的！”

是啊，她亲手组建起来的后援会，她一点一点做的数据，她领着自己的粉丝追自己，要是到最后自己跑路了，那也太说不过去了。“嗯，我知道，我会找时间好好规划的。”

听到她的郑重保证，方白总算松了一口气。

将盛乔送回家后方白就走了，家里落了一层灰，盛乔稍作休息就开始打扫。打扫到一半的时候，她的手机响了，是个陌生号码。

接通之后，听筒里的声音语气友善又礼貌：“你好，请问是盛乔小姐吗？”

“我是。”

“盛乔小姐，你好，我是和氏传媒的艺人经纪，我叫刘平涛。我得知你和前公司即将解约，想跟你了解一下接下来的工作计划，请问你有时间吗？”

盛乔顿了顿，直接问：“你们公司想签我吗？”

“是的，公司目前有这个意向，我们很看好你的潜力。你可以定个时间，我们当面谈。”

盛乔想了想：“这周六下午，地点你们定吧。”

“好的，稍后我会把时间安排和地址发给你，期待和你见面。”

“好的，谢谢。”

挂了电话，盛乔发了会儿愣，继续埋头打扫。没多会儿，手机又响了，依旧是陌生电话，接通之后对方自称是钱唐文化传媒公司的艺人经纪，说的内容跟刚才的一样。

这些经纪人都是在等她综艺节目拍摄结束就上门挖人吗？

盛乔礼貌地跟钱唐文化约了周日下午。

没多会儿，手机又响了，她心想，不是吧，自己现在这么抢手？结果是傅子清打来的。

很久没跟他通话，盛乔倒是很想念他，傅子清问："你和钟深的那个节目今天结束了吧？"

"嗯，我已经在家了，有时间可以约！"

傅子清说"好"，顿了顿才说："小乔，我的经纪人想签你，让我问问你的意向。"

盛乔："？？？"突然变得这么抢手，她有点不知所措。

盛乔把之前有两家经纪公司联系她的事跟傅子清说了。

傅子清回忆了一下她说的那两个名字，沉吟道："和氏传媒是家族企业，和家是做矿脉的，几代传承的豪门，近两年才开始涉足娱乐圈。他们的实力还是很雄厚的，也舍得给艺人花钱，但造星手段一般，没捧出几个人来。

"钱唐是老牌经纪公司了，捧出过好几个红人，他们主要是做影视这块的，但这两年有些式微。你自己是怎么考虑的？"

盛乔说："我也不知道，我好迷茫。"

傅子清笑起来："没关系，这事儿不急，你慢慢考虑，多方比对。我一会儿把三家公司的情况整理一下发给你，你先看看。接下来应该还会有其他公司跟你联系，你现在没有经纪人，做决定之前自己考虑好，需要帮忙的地方要跟我讲。"

"嗯，我知道了。"

挂了电话，她把房间打扫完毕，收到了傅子清发来的文档。文档里不仅对比了三家公司的资源实力和目前旗下艺人，还把圈内其他靠谱的经纪公司罗列了一个名单。

盛乔看了好几遍，心里总算有了些谱。天色渐渐暗下来，她吃了晚饭，洗漱之后爬到床上，摊开自己的小本本。

人生规划总是要做的，不能等签了公司又被经纪人牵着鼻子走。

规划了半天，她发现自己没有演技，不会唱歌，不会跳舞，艺术创作更是一片空白。简而言之，作为艺人，她什么都不会。

艺术天分这种东西强求不来，她年纪也不小了，走不了唱跳偶像的路线，唯一可以通过努力而“攻破”的，只有演技。

她现在已经没办法上那几所电影学院了，总不能再去高考一次，只能自己摸索，多看多练多演，最好找个老师教一教，先把表演基础练扎实。

她确定了目标，大脑里的茫然散去一半，又搜了搜目前还能提升学历的办法，之前在直播里撒下的考大学的谎总得圆。

在家里认认真真地规划了两天，时间也到了周末，盛乔化了个淡妆，穿着得体地去跟那两家经纪公司见面。

两家约的地点都很隐蔽，盛乔跟他们各自聊完，拿到了他们为她量身定做的艺人企划书以及签约条件。

傅子清公司的那份也传了过来，其实三家开的条件都差不多，不占她便宜，也不让她占便宜。

这几天她陆陆续续接到了七八个电话，都是约她见面详谈的经纪公司，还有些是她听都没听过的小公司，傅子清给她的文档里罗列的几家大牌经纪公司，只有一个联系了她——中夏传媒。

这家大牌公司实力雄厚，造星手段强硬，推一个红一个。如今活跃在娱乐圈的高人气艺人有三分之一是他家的。

但中夏传媒造星有个毛病，强制立设定。有些艺人情商和智商高，将设定立住了，自然一炮而红。可有些艺人立不住，设定崩了之后很快就被新人顶替。

想签中夏的艺人有很多，但真正能熬出来的都是狠角儿。毕竟机遇多的地方，竞争也大。

盛乔把中夏联系她的事跟傅子清说了，那头倒是很吃惊：“中夏传媒？这倒是个机会，只是……他们跟星耀一样，行事风格都太强硬了。”

“我再看看吧，反正要到年后才能真正解约。”

没过两天，就是霍希的演唱会。

这一次地点在上海，乐笑一早就打电话，说可以早点过去，顺便逛一逛。盛乔看了眼窗外的东方明珠，淡定撒谎：“我有点事去不了。微微不是刚好在上海有个‘秀’吗？你找她去。”

其实她昨晚就到上海了，偷偷坐飞机、订酒店，没跟任何人说。要不是担心暴露，她恐怕还得溜去体育馆偷看彩排。

到了晚上临近开场，她跟上次一样，包得严严实实，轻车熟路地摸了进去。

第十场演唱，她还在，真好。

演唱会气氛持续高涨，盛乔早已投入其中，手里的荧光棒都快被甩飞了。她没看手机，不知道有一条视频已经在网络上飞速传开。

一段无声的监控视频。

视频里是她和岳书彦，两人站在酒店走廊上，这个角度恰好将两人的面貌、身形都拍得清清楚楚。视频不算长，两人在对话，之后是盛乔伸手拉住了岳书彦，而岳书彦将她狠狠甩开，有些气愤地下电梯走了。

标题是“盛乔示爱小鲜肉，狂追举动遭拒绝”。

很多人根本就不认识视频里那个“小鲜肉”，直到营销号扒出来，那是刚刚单飞的唱跳偶像岳书彦，两人在前不久一起录制了《明星运动会》。

盛乔如今正热度在身，视频里她主动伸手拉岳书彦却被甩开的动作一清二楚，被路人一围观，营销号一爆料，上热搜的速度那叫一个快。

八卦网友们查了一下，发现盛乔比岳书彦大七岁。

原来她好这口啊？

每个人都有追求爱的权利，其实这也没什么，但是当面被甩还是很尴尬啊。还以为她被解约折腾得精疲力竭，原来还有精力做这些。

“黑粉”被这个送上门的“爆料”高兴坏了，说盛乔是老牛妄图吃嫩草，各种讥讽嘲笑。也有人觉得盛乔这是什么眼光啊？这个叫岳书彦的看上去除了年轻也没多好看、多能耐啊。

“乔粉”当然拒不承认视频里的盛乔是在示爱，光凭画面没有声音，谁知道他们说了什么啊。但大多数人都抱着“吃瓜”的心态，自动无视了“乔粉”的解释。

岳书彦的粉丝：“……”

新人瑟瑟发抖，不参与、不说话。有人追求自己偶像，那你也总不能去骂她吧。我们书彦就是很好啊，所以才会被人追求，哼！

这事上了热搜，大家也就是吃个“瓜”，可能几个小时也就散了。没想到没过多久，岳书彦发了条微博：

“@岳书彦：我不是随便什么人都看得上的。”

“吃瓜”网友：“？？？”少年，你牛啊。

他这条微博坐实了视频传言，表明了厌恶态度，嘲讽盛乔的势头一路嚣张跋扈，袭遍全网。

茶茶在管理群里直接开语音嘶吼：“弄死他！弄死这个叫岳书彦的！弄死他！啊啊啊……”

旺仔带领“反黑组”迅速出动，开始大规模的“反黑”、举报、控评，但架不住“吃瓜”网友们的八卦热情。

演唱会结束的时候，盛乔照常提前离场，坐上出租车，还在美滋滋地翻看单反里的照片，手机差点要被管理群的消息弹爆了。

快到家时，她才知道这件事。

第一反应跟茶茶一样，老娘要弄死岳书彦。

第二反应，没证据。

空口无凭，现在嘲讽已成全网之势，她就算站出来辟谣，也不会有人信。那些岳书彦的粉丝难道会相信自己的偶像会说出那种话吗？肯定会认定是她污蔑自己的偶像，反倒冲上来“撕”她。

有些人你越是回应，他越是咬着你不放。一来二去，热度就会像滚雪球一样越滚越大。不如一开始就无视，他狂吠一段时间，无人搭理，自己也就无趣地散了。

冷静下来，盛乔在管理群交代大家不要再给这件事热度，“反黑”继续，控评停止，让那些营销号自“嗨”。

正在一一安抚愤愤不平的管理人员时，荞麦突然发了十几个感叹号。

荞麦：“！！！同志们！看微博！岳书彦大粉宣布‘脱粉’！！！写了很长一段文字，还附了视频，我还没看！！！我把链接发给你们！一起看！”

盛乔点开荞麦发在群里的链接，页面跳转到微博，是一个黄V认证用户，ID叫“书彦与月光”：

“@书彦与月光：本来想默默地走，给彼此都留下最后一点尊严。可今晚事情发展到这个地步，已经对盛乔小姐姐的名誉造成了严重的损害，我不能再沉默了。

我是岳书彦的粉丝，从他第一次参加选秀开始就追随着他的脚步。我心中的岳书彦，单纯耿直，脾气不算好，可笑起来很暖，会体贴地问我们饿不饿。我一直以为是这样的，直到《明星运动会》录制的那一天。

那一天岳书彦在微博上跟我们约定，要接他上下班，‘月光’们一早就去酒店门口等着，可一直等到彩排开始他都没有出来，是盛乔小姐姐让她的助理回酒店来告诉我们，岳书彦已经进场了。

我们错过了‘上班’，不想再错过‘下班’，于是又继续等。那天很冷，还下了雨，每个‘月光’都冷得发抖，可一个人也没离开，因为这是我们跟他的约定啊。后来，彩排的艺人们都回来了，岳书彦还是没有出现，盛乔小姐姐跟我们说，他坐另一辆车走了，让我们早点回家。

可我们坚信他会回来，坚持要等，盛乔小姐姐进去之后，让酒店服务员给我们送了热水，当时真的特别感动。一直等到11点多，我上厕所的时候遇到了酒店的清洁员工，她跟我说她刚才看见岳书彦已经上电梯了。

我不相信他会在明知我们在等他的情况下不出现。我做了一个错误的示范，在这里先跟大家道歉，希望大家以我为戒，不要学我。

我上了酒店的电梯，我当时也不知道自己在做什么，就是又冷又饿又累，又不敢相信他真的不管我们，我随便按了一层楼，可能真的是老天爷都看不下去了，走出电梯的时候，我看到了岳书彦和盛乔小姐姐。

他们站在走廊上，我听见盛乔小姐姐问：‘你从哪儿进来的？’岳书彦说：‘消防通道。’

接下来的那一幕真的是我这辈子都没想过的画面，我没想过表面上视‘月光’为家人的岳书彦竟然会说出这样的话。我很庆幸我当时打开手机，录下了这一幕。

下附视频，大家自己听听吧。

我是哭着回家的，我的一腔真心喂了狗，所有美好的记忆都是假的。我不会再追任何一个明星，但我永远感谢盛乔小姐姐在寒冬里赠予我们的善意与温暖。

这样美好的人，不该被岳书彦这种人玷污。

以上，再见。”

下附的视频画面并不算清晰，但结合流露出的那段监控视频里两人的着装，还是能确认就是盛乔和岳书彦两个人。

画面不清晰，声音开到最大，倒听得十分清楚：

“你知道你的粉丝现在还在门口等你吗？”

“不知道，没什么事我就先回房间了。”

“现在下去，跟你的粉丝打招呼，让她们早点回家，注意安全。”

“你有病吧！我的粉丝关你什么事？她们爱等就等，又不是我让她们等的。”

“岳书彦，你信不信我明天就让你上热搜，让你的粉丝好好看看你这副嘴脸？”

“我知道了，这就去。”

每一个字都听得清清楚楚。

“书彦与月光”是大粉，微博粉丝有5万，属于“饭圈”里的权重人物，很有影响力。她这条微博一出，岳书彦的粉丝犹如被人当头打了一棒，直接捶蒙了。

这个反转转得“吃瓜”网友们的“瓜”都碎了。

反应过来后，网友纷纷怒捶岳书彦：“你要不要脸？要是没有这个视频，你还想把黑的说成白的？”

岳书彦删了那条微博，没再上线。

盛乔的管理群一片沉默，然后茶茶问了一句：“我应该先‘呜呜呜’还是先‘哈哈哈’？”

荞麦：“呜呜呜……我爱乔乔一辈子！！！”

旺仔：“乔乔是这个世界上最棒的小仙女！！！”

十分钟之后，岳书彦各大“个站”宣布“脱粉”。

十五分钟后，岳书彦网投组、战斗组宣布解散。

二十分钟后，岳书彦全员“脱粉”，其中一批粉丝转“粉”盛乔。

看了个演唱会并不清楚事情是如何发生又飞快结束的盛乔，连上数据线，打开图库，开始修图。

呜呜呜……霍希真好看。

“福所倚”这个账号又上传了几组霍希演唱会的高清美图，依旧是位置绝佳，拍图技术专业，修图技术精湛，一下就把许多滥竽充数的站子发的图比下去了。

“希光”们纷纷转发“舔屏”：

“这个博主又来了！上次的图就数她的最好看！”

“她为什么每场都在最前排的中间！羡慕嫉妒恨！”

“博主是只追演唱会吗？之前的微博还是上一场演唱会的精修图。”

“是‘希光’，还是路人，还是专业代拍啊？”

“应该是‘路人粉’吧，ID是‘福所倚’呢，祸兮（霍希）福所倚呀。”

“这个博主不打榜，不投票，超话不签到，连哥哥的微博都没转发过，搞不懂属性。”

“反正不是‘黑’，‘黑子’是不可能买内场票还把宝贝拍得这么好看的！”

盛乔修完图，把各套演出服都发了一组精修图，刷了刷评论，看到大家竟然都在质疑她的粉丝属性，赶紧发了条微博：

“@福所倚：我是‘希光’。只是平时工作太忙，只能抽出时间追演唱会，以后会争取多上微博给宝贝投票打榜的。”

立刻就有粉丝回复她：“也别以后了，现在就打吧，‘十佳live现场’，我哥都掉到第三了！”

什么？第三？不能忍！

盛乔立刻点开粉丝发给她的链接，霍希的头像果然排在第三，第一是娱乐圈另一座“流量大山”沈隽意，第二是唱跳女神赵虞。这两人的人气跟霍希不相上下，每次打榜遇到都是你死我活。

这个榜很重要，关系到明年的人气奖，只能人工打榜，无法投钱刷票。在投票页面待机两分钟就会获得十票，所以很多粉丝一整天都耗在了这上面。

恰好霍希今天开演唱会，“希光”都去现场了，大家被演唱会分了心，票数很快就被前两家拉开。

盛乔二话不说，立刻加入到投票大部队中去。

一投就是一整夜。真的，你没办法停，心里想着投完这一轮我就去睡觉，等两分钟过去，获得了十票，投完之后又想，不过两分钟而已，我再等个两分钟吧……

而且投票数据一直在刷新，眼见着渐渐追上上家的票数，她总担心如果自己不投就追不上了。

天快亮的时候，霍希的票数终于超过前两家，登顶第一。“希光”们开心得不行，纷纷截图鼓舞士气，让大家再接再厉，拉开差距。

盛乔爬起来吃了个早餐，补了几个小时的觉，睡到中午拿起手机一看，又被沈隽意超了。他家已经连续两年在这个奖上输给霍希，事不过三，这次真是铆足了劲儿。

可“希光”已经连续赢了两年，也想给霍希赢来一个三连冠，怎么会让步？两家各自憋着一股劲儿，票数涨得飞快，渐渐被拉开差距的赵虞粉丝说：“你俩打吧，我们走了。”

盛乔抱着手机杵杵杵，吃外卖的时候，把链接分享给钟深：“宝宝，帮我给霍希投个票吧。”

钟深言简意赅地回了两个字：“没空。”

盛乔："投一下嘛，点开这个链接，用你的微信或者微博小号登录就可以了，很简单的呀，不信你试试看。"

钟深不理她。

盛乔又给傅子清发："傅傅呀，你在做什么呀？有没有时间帮我投个票呀？"

傅子清："……你发来。"

盛乔赶紧把链接分享给他，又说："每两分钟就有十票，你不忙的时候，吃饭的时候，上厕所的时候，都可以点进去投。"

傅子清："……好的。"点开链接，看见是霍希的投票。

傅子清："……"

盛乔又在朋友圈逛了一圈，看到前几分钟乐笑发的吃日料的照片，迅速发消息："笑笑，在干吗？"

乐笑："我发现了一家超好吃的日料！下次带你来吃。"

盛乔："好呀好呀，对了，我刚才刷微博无意中看到有个投票，霍希居然排第二呀！"

乐笑："哇！谁那么牛，竟然打败了霍希！"

盛乔："沈隽意。我给霍希投了几票，你有空也帮他投投吧，也不容易。"

乐笑："嗯嗯，你把链接发给我。"

在家养了两天嗓子，投了两天票，等霍希的票数稳居第一后，盛乔也开始准备跟剩余的几家经纪公司见面了。

每天见一个，将他们各自的包装计划拿回家进行多方对比研究，淘汰完全无意向的，留下可供选择的，到时候再问问傅子清他们的意见，等过完年就可以给出答复了。

最后一个见的是中夏传媒。

来跟她对接的居然是一个穿着古驰"高定"、喷着香水的精致帅哥，年龄不算小，但保养得当，一看就是那种有品位、有洁癖的高雅人士。

他朝盛乔伸出手，小手指戴着一枚蛇环戒指："自我介绍一下，我叫贝明凡，是中夏传媒的艺人经纪。"

盛乔礼貌地跟他打了声招呼，落座之后，贝明凡似笑非笑地打量着她，笑说：“盛小姐果然跟传言中不一样，看来他的眼光没出差错。”

盛乔皱了下眉，想问“什么”，贝明凡已经将一份文件推过来：“这是合约条件和包装计划，你可以先看。我知道最近有很多家公司已经跟你接触过，但我可以保证，没有任何一家能给你我能给到你的资源。”

中夏行事，果然强硬。

盛乔翻开文件仔细看了看，强硬归强硬，的确有实力，给她的待遇明显比之前那几家高。

贝明凡又说话了：“如果你觉得没问题，解约那边我们可以帮你推进，等过完年就可以签约，启动你的包装计划。”

盛乔合上文件：“好的，我会好好考虑的，年后给您答复。”

贝明凡愣了一下，对上她坦然目光，笑了：“盛小姐，很少有人会拒绝中夏。你也知道，以你的资历和年龄，在这个圈子是不占优势的，说句难听的话，中夏愿意签你，已经算破例了。”

“谢谢你们的抬举。”她神色不变，“只是，刚从一个火坑跳出来，我需要慎重。谢谢您抽时间和我见面，这份合约和企划书我会带回去好好看的。”

贝明凡蛮有意思地笑了一下：“也行，那我就等你的答复了。”他站起身，扣好西装纽扣，“盛小姐，起点会决定最后的高度，既然要选择重新开始，不如选择最好的平台，你说是吗？”

盛乔点点头，笑得自然：“您说得对。”

两人走到门外，贝明凡问她：“盛小姐，我送你一程吧？”

“谢谢，不用了，我想自己走走。”

贝明凡不强求，笑着点了下头，转身走了。盛乔看看湛蓝的天空，摸出帽子和口罩戴上，朝着回家的方向慢悠悠逛起来。

冬天街上人少，来去匆匆，没有谁会特别注意街边那个闲逛的女孩。经过一家服装店橱窗时，盛乔看了几眼，推门而入。

导购立即迎上来，盛乔摆摆手示意自己看，来来去去，挑了两件羽绒服。她摸出手机打电话，那头很快接听了，她笑得开心：“妈，你喜欢灰色还是蓝色啊？”

“做什么呀？”

“帮你买件羽绒服。”

“哎呀，花那个钱干什么？我又不是没衣服穿，城里的衣服贵，你别乱买，妈妈不用。”

“过年当然要穿新衣服啦，我过几天就回来了。”

“你回来就行，可不许买什么衣服。”

“好好好，知道了。”

挂了电话，她把两件衣服递给导购：“一起包了吧。”

算算时间，还有一周就要过年了。

趁着公务员还没放假，盛乔又跟着乔羽跑了几趟法院，把该签的字签了，该办的手续办了，便只等年后的判决书了。

盛乔找出尺寸最大的行李箱，打包好行李，订了第二天一早的机票。收拾好之后，她看看搁在床上包装精美的礼品盒，抿了抿唇，终于还是拨通乔羽的电话。

一接通，乔羽别提多惊讶了：“正要找你，你就打电话来了。”

兄妹之间的默契今天也产生了呢。

盛乔心情都好了不少：“找我什么事啊？”

“有个东西要给你，你一会儿方便来找我吗？”

“方便方便。嗯……我也有东西要给你。”

“行，那一会儿你来我律所。”

“我……我可以晚点直接去你家吗？我下午……还有点事。”

“那也行，我六点下班。”

“嗯嗯，晚上见。”

打了一下午腹稿，又在镜子前练习了很久自然微笑，快到傍晚的时候，盛乔拎着礼品盒出门了。

到小区的时候，天色已经暗下来，乔家的灯亮着。她咬着唇，一步一步走近，压下心中翻涌的情绪，在门口站定，深吸一口气，终于按了门铃。

她已经做好面对爸妈的表情了，结果开门的是乔羽。

“你来啦，进来坐。”看见她手上的礼品袋，惊讶道，“你还带礼物了？”

房间灯火通明，电视闹哄哄地响着，却只有乔羽一个人在，盛乔有些失落，扬起笑脸道：“这是给你爸妈的新年礼物，谢谢你帮我解决了那么大的麻烦。”

“不是都说了吗？职责所在。我爸妈出去散步了，一会儿就回来。”

乔羽接过她手上的礼品袋，搁在茶几上，给她倒了杯水，看她有些局促不安的样子，心里莫名有些难受，问她：“吃水果吗？”

“不吃了。你说有东西要给我，是什么？”

乔羽冲她挤了下眼，起身从壁柜里拿出了一份文件，用黄皮袋子装着，解开缠绕的线团，里面装的是最终判决书。

盛乔看着那几个字，愣了好半天，猛地抬头看乔羽。

他还是嘻嘻哈哈的样子：“不用等年后了，过个好年。”

盛乔眨了下眼，眼泪夺眶而出，下一瞬间，一个飞扑，抱住乔羽。

乔羽被她吓得踉跄两步，抬着手抱也不是，不抱也不是，正想安慰她别哭了，房门“咔嚓”一声打开，乔父推着乔母走进来。

目光齐刷刷落在他怀里的女孩身上。

乔羽：“……”爸，妈，你们听我解释。

他推盛乔：“那个，我爸妈回来了……”

然后他就听见盛乔哭得更厉害了。

爸，真的，我没有，你别用那种眼神看我，儿子什么都没做……

乔羽生无可恋：“盛乔，你再不放手解释一下，我爸就要拿棍子过来揍我了。”

怀里的女孩终于抽泣着放开他，她低着头，用手背一点一点地揩眼泪，低声说：“我就是看到判决书太激动了，一时没控制住，对不起。”

乔父觉得“盛乔”这个名字有点耳熟。

他拿出手机搜了搜——嚯，还是个明星。

乔母还记得盛乔。上一次她来家里，怯生生地站在楼下，虽然隔得远没看清样貌，但让乔母有种莫名的亲切感。此刻离得近了，乔母看清她雪白的一张小脸，一双眼睛通红，委屈得要命。

乔母心里顿时难受得不行，那种莫名其妙的亲切感让她摇着轮椅走近，伸手握住盛乔的手，温声道：“是叫乔乔吧？怎么啦？跟阿姨说说，受什么委屈啦？”

盛乔好不容易忍下去的眼泪又要出来了。

她死死咬着舌尖，痛感逼回了眼泪，唇角牵起一抹笑，在乔母面前蹲下来：“没有受委屈，就是看到判决书终于下来了，特别高兴，喜极而泣。”

乔母看她强颜欢笑更加心疼，安慰道：“这是好事呀。快别哭了。过来的时候吃饭了吗？”

盛乔本来想说吃了，但她太贪恋妈妈的温柔，忍不住轻声撒娇：“还没有。”

“怎么这么晚还没吃饭呀？这样对胃不好。小羽，让张妈做点饭来。”

乔羽在一旁无奈道：“妈，张妈放假了啊。”

乔母反应过来，拍拍盛乔的手，笑道：“那阿姨给你做，乔乔想吃什么？”

盛乔吸吸鼻子：“我吃碗面就可以了。”

乔羽：“……还是我去吧。妈，盛乔给你们带了新年礼物，你们先聊着。”话落，他转身去了厨房。

盛乔跟乔母聊完，又起身跟乔父打招呼：“叔……叔好。”

乔父笑呵呵地说：“好好好，上次，在外面门口的人是你吧？”

商人心思敏捷，看着这张有些眼熟的面孔，终于想起来几个月前的那个夜晚，在门口又哭又闹的女孩儿。看来那时候，自家那小子就跟这姑娘有问题了啊。

盛乔特别不好意思：“那天是我走错地方了。”她赶紧转移话题，把准备的礼物拿过来，“这是给你们的新年礼物。这个是给叔叔的，是我托朋友买的正宗的本地雪蛤。这个是给阿姨的，是腿部艾灸仪，冬天腿寒，这个可以让你暖和一些。”

雪蛤是托钟深帮忙在他老家那边买的，艾灸仪是她去商场自己选的。

“丫头真有心。”乔父爱吃雪蛤，虽不是什么贵重礼物，但两样都贴合他们的心意，看盛乔的眼神越发喜欢。

盛乔把乔母推到沙发旁边，三个人坐下来

乔父说：“丫头那官司是怎么回事啊？小羽都帮你解决了吧？”

“都解决了。”她想了想，把解约事件简单地说了一遍，没隐瞒裸照的事。乔母历来心软，听她如此坦然的语气，想想她口中说的那些什么高利贷、爸爸自杀、裸照、二十年霸王合约，真是眼泪都要听出来了。

乔父也是气得不行：“这种公司简直是欺人太甚！我看迟早自取灭亡！”

乔羽端着碗面从厨房走出来：“你还是关心你自己的公司吧，最近那个项目还没拿下来？”

乔父摆摆手，示意他别提这事儿。

面是家常面，乔羽也只会做这个，盛乔道了谢，坐在茶几前的小凳子上开吃。她以前就爱蹲坐在这儿吃饭，边吃边看电视，不知被乔母说了多少次。

一家人其乐融融，她吃着哥哥亲手做的面，听着爸爸妈妈聊天的声音，有那么片刻，以为自己还是乔瞧，几个月前那场车祸带来的意外人生，仿佛只是一场梦。

盛乔吃完了面，端着碗去厨房，乔父说：“放着吧，让小羽洗。”

盛乔：“不用，爸，我自己来。”

乔羽：“？？？”

乔父：“？？？”

乔母：“？？？”

后知后觉的盛乔：“……”对不起，嘴瓢了。

乔父拿眼神询问乔羽：这都叫上爸啦？

乔羽：“……”不是我，我没有，我什么都没做。

盛乔觉得自己作为一个即将成为演员的艺人，这种时候演技是要有的。她吸吸鼻子，撇了撇嘴角，怎么看怎么可怜：“对不起叔叔……你们对我太好了，就像我自己的爸爸妈妈一样，我很久都没有喊过爸爸了，刚才一时慌神儿……”

本来是装的，但她越说越难受，眼泪一下就掉出来了。

乔羽又手忙脚乱地给她递纸。

盛乔压抑住难过：“对不起啊，叔叔姨姨，我今晚情绪波动太大了。时间不早了，我就先走了，下次再来看你们，提前祝你们新年快乐，身体健康。”

三个人把她送到门口。

又嘱咐了几句，盛乔转身要走，实在忍不住，蹲下身子抱了抱乔母。她将头埋在乔母颈窝，闻着属于妈妈的熟悉味道，轻声道："阿姨，你跟我妈妈好像，她也坐着轮椅。"

乔母从她声音里听出颤抖的哭腔，心揪似的疼，轻轻拍她的背："那以后常来家里玩，阿姨给你做好吃的。"

"嗯！"

三个人看着她在夜色里渐行渐远，乔父说："你以后要对人家丫头好点儿。"

乔羽："？？？"

不是，我为什么要对她好点儿？她只是我客户啊！！！

盛乔边走边哭，趁着夜里没人，哭得肆无忌惮。她很久很久没有这么哭过了。能哭给谁听呢？

走出小区的时候，有车迎面而来，远光灯笔直打在她脸上，盛乔抬手挡了挡。下一刻，远光灯暗下去，换了近光，盛乔微微点头，向车主道谢。

车子在她旁边停下来，车窗缓缓而下，露出霍希眉眼微皱的脸。

那眼泪就跟水龙头一样，说收就收，她飞快地抬手抹了一把脸上的泪，眼角都还红着，笑容却又大又明艳："霍希！好巧呀，又遇到你了！"

霍希眉头皱得更深，他看了眼前方乔家的方向，似乎她每一次情绪的激烈波动都跟那家人有关。

他按开车锁："先上车。"

盛乔赶紧摇头："不了不了，我已经叫了车，还有一公里就到啦！你快回去吧！"

霍希淡声说："晚上一个人打车不安全，上来。"

来自偶像执着的善意，令人完全无法抗拒。盛乔取消叫车的订单，拉开车门坐了上去。

车内很暖和，导航仪里还有她家地址的记录，输入之后，霍希掉转车头。盛乔还是坐在后排，把那份起诉书拿出来，开心地说："霍希你看，我解约啦。"

他偏头看了一眼："恭喜你。"

盛乔美滋滋地将双手搁在膝盖上，乖乖捧着脸，靠他近一些："这几天已经有很多家经纪公司来联系我啦，等过完年我就要签新的公司了。"

霍希透过后视镜看了她一眼："都有哪些公司？"

盛乔掰着指头跟他数了一遍。

霍希安静地听完："你是怎么考虑的？"

"我比较倾向于和氏和钱唐，虽然这两家的资源不是最好的，但风格比较适合我。"

霍希好半天没说话，车子疾驰在冬夜的街道，车内的气氛一时沉默。盛乔往后靠了靠，好半天，听见霍希说："你知道我开了工作室吧？"

"当然知道呀。"

"我的工作室也可以签人。"

"……"

他不急不缓："所以，考虑一下我的工作室吗？"

盛乔："……"不，不考虑。

盛乔不说话，霍希也不急，就这么一路沉默开回她家。霍希在车库停车，盛乔抱着起诉书："那我走了，谢谢你送我回来，新年快乐！拜拜！"

盛乔去拉车门，发现拉不开。

霍希没解锁。他转过身来，身子微微倾斜，车内空间小，盛乔一下就被他逼到紧贴靠垫不敢乱动。

霍希笑了笑："你还没给我答复呢。"

盛乔嘴巴都哆嗦："我……我觉得，不太好……"

"哦？你觉得哪里不太好？是我工作室的资源不太好，还是工作室的老板不太好？"

"……"

呼吸交错，光影黯淡。

好半天，听见盛乔低声说："是我不好。"

霍希静静地看着她。

她鼓起勇气对上他的视线：“霍希，你知道的。如果我去了你的工作室，会给你带去多少非议和困扰。那些喜欢你的人会对你失望，说不定还会‘脱粉’。圈子里的其他人不能理解你的善良，也都会用有色眼光打量你，会在私底下议论你。”

她的少年，如山涧清雪，夜下明月。

她舍不得他身上落下一丁点儿污秽目光。

她抿抿唇角，朝他轻轻笑了一下：“所以，还是不要啦。谢谢你愿意帮我，我真的特别开心。”

霍希看了她一会儿，转身，按开车锁。

“咔嗒”一声，他没有再回头。盛乔拉开车门，冷空气蹿进来，她轻轻地说：“霍希，提前祝你新年快乐呀。”

她走下车，关上车门，一路小跑着进了电梯。

霍希看着缓缓合上的电梯门，声控灯暗下来，车库寂静无声。

她说了那么一大段理由，会给他带去非议，会让他的粉丝失望，他会被别人议论，句句在理，字字都在为他考虑。

她一次也没有想过，签了他的工作室会给她自己带去什么样的困扰。

她拒绝他，不是怕自己惹上麻烦，而是担心他受到伤害。

霍希发动车子，轰鸣作响，将车库的声控灯全部惊亮。

轰鸣声中，传出他低低的嗓音：“新年快乐。”

第七章 彩虹屁

第二天一早，盛乔拖着硕大的行李箱去机场坐飞机。

在出租车里，司机认出她，还找她要了个签名，盛乔写上“新年快乐”四个字。还有几天就是大年三十了，尽管冷，可天寒地冻间仍透出热闹喜庆的气氛。

私人行程没有粉丝送机，每个人都脚步匆匆地奔赴他们温暖的家。盛乔一路奔波，到家已经是下午了。

盛乔提前跟盛母说了要回来，一进门就闻到扑鼻的饭菜香味。盛母虽然坐着轮椅，但这么多年早已适应，家里的一应设置都是专门定制的，以适合她的高度。

盛乔扑过来给了她一个大大的拥抱，嘴甜笑也甜地喊：“妈妈，我回来啦，想不想我呀？”

盛母摸摸她的头，又亲亲她的脸，指了指电视：“天天都可以看到你呢。”

电视柜下面是老式的影碟机，现在已经有很多地方不卖这种了，但盛母一直在用。她在镇上的音像店买了女儿所有电视剧的碟片，每天在家重复播放了不知多少遍。

镇上的人都知道，那个坐着轮椅卖鞋垫的妇女，最爱看电视剧了。

房间里的被套都已经换了新的，一尘不染，盛乔摊开行李箱收拾衣服：“说了等我回来自己打扫，你偏弄。”

她从行李箱把那两件羽绒服拿出来，一只手提一件：“好看吗？”

盛母一看就知道她是给自己买的。女儿穿这个款式，有些老气了。

“都说了不让你买，你这丫头。”话是这么说，盛母眼里的欣喜却掩不住。盛乔帮她试了衣服，都挺合适，保暖是最重要的。

盛母对着镜子左看右看，又问她："贵不贵呀？"

"不贵，打折买的。"

盛母这才放心了。

翌日一早，盛乔裹得跟只企鹅一样出门去买菜。大家都是一副帽子加口罩的打扮，看她也不觉得稀奇。过年要储备的菜多，她还剁了饺子馅儿，买了三斤饺子皮，吃过早饭就坐在客厅一边包饺子一边看剧。

电视上播的居然是霍希的戏。

是前两年拍的古装剧，刚播的时候粉丝为了收视率那真是电脑、手机、平板电脑三连播，她也翻来覆去看了好多遍。

霍希的演技算不上炉火纯青，但每年都在进步，在一众"流量"里已经算演技好的了。

哪怕看了百八十遍，连下一句台词都记得，也不耽误她此刻看得津津有味。

然后盛母就看见自家女儿包着饺子念念有词："你算哪门子的大侠？偷鸡摸狗的侠吗？"

接台词接得比主角还快："我不与你为难，不过是念昔日师门情分，你却只当我不敢执剑？"

连语气都要学一学："哈哈哈……痛快！今日一别，各自珍重！"

盛母："……"别是拍戏拍傻了？

包完一轮，放到冰箱，盛乔指着画面上的翩翩公子："妈，他好看不？"

盛母说："好看。明星都好看。"

"他不一样，他最好看！"

盛母又仔仔细细地瞧了一会儿："嗯，是要比旁边那几个好看些。"抬头看了眼女儿花痴的眼神，"你喜欢他啊？"

"嗯！他人特别好，性格好，三观正，什么都好。"

盛母白了她一眼："这才多久，就又换了？"

盛乔："？？？"啥意思？

盛母犹自在包饺子："我看还是之前那个更好，这个看着太年轻了。他跟你差不多大吧？"

“他比我大三岁，他都二十八岁啦。”

“哦哦，那是长得好，看着年轻。”

盛乔凑过去，拿起一张饺子皮，斟酌着问：“之前那个，我是怎么跟你说的来着？”

盛母笑着拍她：“你呀，就是小女孩心性，见一个忘一个，上次那个你还说人家是月亮，谁都比不上呢。”

盛乔：“……”月亮？？？孟星沉？？？

中午那顿饭，盛乔吃得心不在焉。吃完之后，她迅速拿出手机，仔仔细细地检查了通话记录、微信记录、微博记录。

没有，什么都没有。她与孟星沉的联系，仅仅止于通讯录里的那个“月亮”，连微信都没加。

她翻了翻影碟柜，里面除了盛乔自己，其他的全都是孟星沉的剧。从他刚出道的时候，到他拿白兰影帝，再到提名金马，每一部都不落。

盛乔坐在地板上，抱住了头。

月亮。他是她的月亮。

我的世界，太阳照不进来，寒冷黑暗，只有月亮给了唯一的光。

大年三十，家家爆竹迎新岁。偏远城镇，烟花鞭炮没有管制，临近十二点的时候四处炸响，搞得盛乔连最期待的小品都听不清。

最后她索性推着盛母出门去看烟花。

街道上小孩乱窜，各家灯火通明，盛乔被气氛感染，也跑去买了几箱烟花搁在门口放。秒针渐渐指向十二，她拿出手机点开霍希的微信，写下“新年快乐”。新年钟声响起的那一刻，那四个字带着她全部的真心与喜欢，飞向了她爱的那个人。

这是她离开父母和哥哥后过的第一个年。

也是她陪在新的妈妈身边，过的第一个年。

这一年她的世界发生了颠覆性的变化，而她只能一往无前。

回房之后，盛乔在管理群发了个大红包，大家都还没睡，抢红包、发红包，闹腾得不行，闹到后半夜她才睡觉，第二天她赖床不想起，盛母也没来叫她。

没多会儿，卷帘门被拍得砰砰作响，有人喊她："小乔！小乔！你妈出事了！"

盛乔一跟头翻起来，鞋都来不及穿，披了件外套披头散发地冲了出去。

盛母是在去倒垃圾的时候摔倒的。这几天一直在下雪，地面湿滑，她坐着轮椅使不上劲，车轮不知为何打滑，一路失控，撞在栏杆上侧翻了。

盛母已经被邻居送到镇上的医院去了，盛乔急急忙忙穿好衣服赶了过去。

她到的时候医生正在给盛母治疗，问题不大，冬天穿得厚，只是一些小擦伤，但断腿的地方本来一到冬天就疼，这一撞就更疼。

看着盛母坐在轮椅上做什么都不方便的样子，盛乔真是又心疼又自责。乔母好歹还有乔父和乔羽照顾着，平时家里也有保姆，可盛母只有一个人啊。

这么多年盛母是怎么习惯过来的啊！

治疗期间盛乔一直没说话，等医生走了，她跟上去，询问："我妈的腿能配假肢吗？"

"当然可以。"

"大概多少钱？"

"这个说不准，便宜的有，贵的也有，几万到几十万，看你自己的需求了。而且我们这里是配不了的，你得去市医院。"

几万到几十万……

盛乔想想自己卡里的余额，第一次感受到了缺钱是什么滋味。

她连给妈妈配个便宜的假肢都做不到。乔羽的诉讼费虽只是象征性地收了点钱，可对于她来讲也不便宜，首都各种开销大，年后房子到期她还要重新租房子。

她想把妈妈接到首都照顾，起码要租一个进出方便、环境安全、空间宽敞的房子。她经常外出拍戏、拍节目，还得找个保姆才放心，想要安定下来，还要买房，她也急需代步的车。

哪一样对于现在的她来讲不是天价？她怎么这么穷啊！

没多会儿盛母就自己摇着轮椅出来了，看她在走廊上眼眶红红地发愣，轻声喊她："乔乔，我们回家了。"

盛乔收起负面情绪，推着盛母回家。天上下起了小雪，镇医院距家不远，她缓步走在雪里，轮椅轧过地面细雪，留下长长的痕迹。

盛母想逗她开心，一路上都在故意说话，可盛乔还是沉默着，到家之后，她翻出那几份压在箱底的合同。

一份一份，重新去看，最后目光落在中夏那份合约上。

那个穿着古驰"高定"、喷着香水的精致男人说的话犹响在她耳边："起点决定高度。既然要重新开始，何不选择最好的平台。"

他们可以给她最好的资源、最高的条件、最多的钱。

是压力，也是机会。

她已经无法变回原来那个自己了。

既然决定要在这个圈子继续下去，就不要想着轻松安稳。没有哪个当红艺人是一路安稳走过来的，他们光鲜亮丽的背后是不为人知的辛酸和付出。

她要强大起来。

她必须强大起来。

只有这样，在她在乎的人需要帮助时，她才不至于束手无策。

盛乔撕了其他公司的合同文件，只留下中夏的，但她没有主动给中夏打电话。

新年继续。

到初五的时候，距春节法定假期结束还有一天，盛乔就开始接到各家经纪人的电话，她统一回复初七给他们答复。

初六下午，等来了中夏的电话。

那个叫贝明凡的男人先笑意盈盈地祝她新年快乐，然后才问："不知盛小姐考虑得怎么样？"

盛乔波澜不惊："不瞒您说，贵公司的确在我的意向之内。"

贝明凡也不打断，知道她接下来还有话。

"但合作是双方的，中夏以往的一些风格，不是很适合我，这让我有些迟疑。”

“不知盛小姐说的是哪些风格？”

“贝先生，我也不跟你绕圈子了。你们给出的条件的确最符合我的心意，很感谢你们对于我的信任和支持，但是我也有几个条件，如果贝先生能应承，我随时可以跟你们签约。”

“你说说看。”

“我并不是科班出身的演员，演技还需要磨炼，我希望公司能找一个演技过关的前辈老师指导我。”

“这个我就可以答应你。”

“我虽然是初中学历，但这些年一直在私下学习，不过对于国内学历提升这块儿我不是很了解，希望公司能帮我安排相应的考试。”

“盛小姐有一颗好学的心，这个是自然的。”

“签约之后，不利用炒作来提升人气。贝先生应该知道前几年星耀在我身上用的手段，我对这些实在有些怕了。”

“我们跟星耀不一样，不需要借助别人来提升人气，你放心。”

“最后一点，我不希望公司给我立设定。我是什么样，就是什么样。”

贝明凡笑起来：“盛小姐本身就已经很讨喜了，我们不会多此一举。”

不讨喜，也不会经由一个直播综艺节目绝地翻身，从全网“黑嘲”到现在路人观感调整，粉丝一条心。她没靠任何公司，一个人力挽狂澜。

这也是他看中盛乔的原因。

贝明凡出奇地好说话，这让盛乔有点惊讶。不过自己提的要求都在情理之中，他会答应也不在意料之外。

“盛小姐提的这几个条件我会加在合同里，不知道盛小姐什么时候回来？”

“我今天晚上的飞机。”

“那明天早上九点，我派车来接你，我们公司见。”

“好的。”

挂了电话，盛乔开始收拾行李，盛母什么也没说，做了一桌子好菜。吃完饭，盛乔就要出发去机场了。

盛母准备的那些东西，她都没要。

她半跪在轮椅前，抱着盛母，轻声说：“妈妈，你再等我一段时间，我很快就接你去北京。”

这句话，盛母已经等了六年。

回到首都已经是半夜，盛乔行李都没收拾，想着明天得有个好气色，随便洗漱一下就睡觉了。

第二天，她起床化妆，临近九点的时候，房门被敲响。

她拉开门，正要礼貌微笑，就看见方白穿着一件红色羽绒服，在门外笑得跟朵花儿一样：“Surprise（惊喜）！”

盛乔愣了两秒：“你去中夏了？”

“嗯！昨天贝哥联系我，说你要和中夏签约，问我愿不愿意继续跟你。那我当然愿意啦，连夜赶飞机回来了！”

盛乔一时感动得不知道说什么才好。

有方白在，本来有些紧张的情绪消散了不少。上车之后，后座放着方白给她准备的早餐，还是熟悉的味道。

这辆车是中夏给她配的高档商务车，车饰豪华，方白兴奋得跟这是他的车一样：“车子就是身份的象征！我从来没开过这么贵的车！”

连座椅都是真皮的，中夏在表示他们的诚意。

到达公司大楼后，贝明凡穿着一身西装出现在车库的电梯口，亲自来接她，打完招呼，领着盛乔去了十二楼办公室。

办公桌上已经摆好了一式三份签约合同，贝明凡给她泡了茶，盛乔仔细翻看，她提的那几个条件果然已经添加在附属条约里，确认无误，她落笔签字按手印。

贝明凡朝她伸手：“小乔，合作愉快。”

他打了个电话，告诉那边确认签约的事，转头跟她说：“公司官方微博已经发了签约消息，你登你自己的微博转发一下吧。”

盛乔拿出手机登录，先用大号转发，再换后援会的账号转发，还编辑了一段开启新世界，感恩你我他的心灵鸡汤。

贝明凡也在看手机，笑了笑说：“你这后援会倒是不错，还挺有模有样的。我联系一下会长，先把你的官方后援会收回来，这边交给专业的团队打理。毕竟粉丝不稳定，官方的东西还是我们自己掌握比较好。”

盛乔说：“不用了，会长是我。”

贝明凡以为自己听错了，茫然地问了句：“谁？”

盛乔：“我。”

贝明凡：“？？？”对不起，是我小看你了。

盛乔不希望所有的一切都由公司接管，像后援会这种直接代表明星立场的官方组织，她还是自己握着比较踏实，而且也舍不得群里那些小可爱。

“有方白在，我还有个后援管理群，里面都是真粉，做事也上道，绰绰有余了。”

“也行吧……”

贝明凡真是第一次遇到自己给自己当后援会会长的明星，简直哭笑不得。

盛乔签约中夏的消息很快在网络上传播开。大家不是没想过她会签新公司，但怎么也猜不到新东家竟然是中夏。

多少人挖空心思想进的地方啊。

签人那么挑剔的中夏，到底看中了盛乔哪点啊？

“乔粉”当然高兴了，新公司、新团队、新经纪人、新合同，一起都是新开始！“中夏”两个字就代表了资源，以后我们的“仙女乔”就要起飞啦！

她圈内为数不多的几个好朋友也纷纷发消息来贺喜，盛乔翻了一圈，没看到霍希的，有一点点小失落。

不过那天在车里，他已经对她说过恭喜了！

这么想想，也就满足了。

贝明凡又把给她安排的新的化妆师和助理叫进来互相认识。

化妆师是个身材高挑，把自己收拾得特别精致的男生，叫周侃。另一个助理是个短发女生，看上去很干脆利索，叫丁简。

贝明凡说：“方白刚毕业，当助理没多久，先让小简带带他。”

像上次进医院被人拍照传得满网飞这种事是万万不能再发生的。

交接了一上午，一起吃了个午饭，跟新的团队互相熟悉了下，吃完饭，贝明凡说："下午让方白和小简带你去看看房子。"

盛乔："什么房子？"

"你那边快到期了吧？不打算换房子吗？"

这经纪人真是事无巨细。盛乔感激地冲他笑笑："换！下午就去看。"

"看好之后跟我说，房租公司先给你报了，以后从你酬劳里扣。"他又交代丁简："多注意点记者，住址别暴露了。"

几个人上车出发。

丁简看着利索，人也爽快，在车上跟盛乔介绍了她以前跟过哪些艺人，听到"孟星沉"三个字的时候，盛乔眼皮狠狠跳了一下。

什么？孟星沉是中夏的？

她默不作声地拿出手机搜了搜。嘿，还真是。

孟星沉不仅是中夏的艺人，还是中夏的股东。

盛乔小心试探："我听说，孟影帝人挺好的？"

丁简："是的，人超好，从来不耍大牌，对每个人都很温和。"她笑眯眯地问，"你是他的粉丝吗？"

盛乔："我不是。"

车子很快开到第一套房子所在的小区。丁简早就从中介那儿拿了钥匙，盛乔戴好帽子、口罩，跟着他们下车。

几套房子都在繁华区，小区高档，装修精致，无论是绿化还是安保设施都做得很好，适合明星居住。

跟她之前那房子比起来，简直天差地别，当然价格也高。

看了一下午，盛乔选中了一套四室两厅、坐北朝南的房子，楼层在五楼，不算高，进出方便，附近配套设施也齐全。

她短时间内买不起房子接盛母过来，这里宽敞，住着应该很好。

丁简办事利落，当天就联系中介签了合同，垫付了一年房租。

房间里什么都有，拎包就能入住，方白兴奋地说："乔乔姐，明天就搬家吧！”

盛乔摸出手机，点开日历：“莫慌，让我看个黄道吉日。”

然后她发现明天宜上坟，忌搬迁。

她把自己还需要的一些物件写下来递给方白：“明天先把这些东西添置了吧。”她又跟丁简说：“我想把这间小卧室改成私人空间可以吗？”

丁简问：“什么叫私人空间？”

“类似小书房吧。有壁式书架、多功能书桌、柔软的小椅子。”

丁简大概明白她的意思了：“我明天就联系工人来改装。”她觉得盛乔其实挺小女生的，于是又问了句，“要给你的窗帘加上小星星吗？”

盛乔：“……不用了。”

接下来几天就是打包行李搬新家。

其实也没什么东西，旧房子里除了必要的生活用品和一些衣服首饰，其他都跟她无关。闲来无事，她还上淘宝买了些家装小物件，床单被套也换了新的，还让方白去花鸟市场买了不少花儿回来，摆在露天的大阳台上，红红绿绿的，很有生机。

正式搬家那天，傅子清和乐笑都来帮忙。钟深去国外看“秀”了，通过视频远程祝贺她乔迁。

几个人里里外外收拾布置，忙了一天，新家越看越合她意。

吃完饭两个人就走了，盛乔打电话给贝明凡道谢，他笑吟吟地说：“满意就好。我也正想跟你说，这几天你先好好休息下，下周就要开始工作了。”

“什么工作？”

“一个选秀综艺节目，叫《星光少年》，这种少年偶像的选秀节目流量大、热度高，对你人气的提升很有帮助。”

盛乔一边打开电脑搜索，一边道：“可我什么都不会啊，怎么指导别人？”

贝明凡说：“你负责美就行了。”

盛乔：“……好的。”

屏幕里蹦出很多页面，都是有关《星光少年》的消息。这是顶级视频平台乐艺的自制综艺节目，乐艺的用户量很大，流量在视频网站内一直是顶尖的。

这些年也推出了不少自制综艺节目，收视率一路领先，捧红了不少新人。

网上已经有爆料称某某练习生、某某新人、某某“网红”、某某大佬的儿子确定参加《星光少年》了。

只是导师一直没有公布，大家猜来猜去，无非也就是那几座“流量”大山，再加上一个专业音乐人，带一个“花瓶”。盛乔自己就是那个“花瓶”。

关了电脑躺上床，她打开手机，看着霍希的头像，翻来覆去，最终还是没有发消息过去，而是登录自己“福所倚”的账号，一看首页才知道，原来霍希去国外参加国际音乐盛典了。

自从变成盛乔，她忙得都没时间关注霍希的行程，不知道错过了多少绝佳现场，想想就想哭。

首页有不少前线“站姐”发来的现场视频，能从各个角度看霍希在舞台上唱新歌，要多帅有多帅。

盛乔捂着心口嗷嗷直叫，戳着手机转发刷屏。

“‘老公’真帅！呜呜呜……”

“我疯狂死亡！！！”

“啊啊啊……帅爆了！”

“霍希命给你啊！！！”

没过两天，《星光少年》官方宣布了三位导师、一位星动者。三位导师分别是一线“流量小生”黎尧、唱作歌手卫鹤冬和唱跳俱佳女艺人叶桐。

星动者：“盛·什么都不会·花瓶·乔”。

从名字就能看出来区别，另外三个叫导师，她叫星动者。

看了看规则，三位导师全票通过的选手可以直接晋级，星动者有一票否定权，被星动者否定的选手需要待定，再由现场观众投票决定是否晋级。

消息一出，三位导师的粉丝纷纷转发控评，“乔粉”当然也不甘落后，盛乔在群里交代：“控评不要太厉害，稳在三位导师下面就可以，毕竟乔乔什么都不会。”

茶茶生气地说：“会长！你怎么可以这么说乔乔！我们乔乔虽然什么都不

会，但她长得美啊！美即正义！”

网友们“吃瓜”的同时纷纷感叹，中夏就是不一样，一出手就给盛乔接了个高人气、高流量“网综”，看来她是真的时来运转了。

“黑粉”冷嘲热讽：“花瓶”而已，不会唱、不会跳，还去选秀综艺节目，到时候点评选手什么都说不出来，丢不丢脸啊?

“乔粉”：关你什么事?又不点评你。

《星光少年》的初赛是录播，进入复赛之后就是直播，一周录制一次，每周选手都要准备新的表演，赛制残酷，选秀不易。

节目的门票不通过官方发售，以防全场都是导师的粉丝，这样选手会很尴尬，节目组会把门票分成几批。

给各位导师的官方后援会一些，官方微博会以抽奖的方式送给粉丝，或者以应援打榜的贡献度来赠送。“黄牛”给一些，各自营利，各家粉丝都会抢着买。各大媒体“大V”给一些，增加热度和曝光率。

还有些选手并不是新人，他们已经出过道或有过作品，有一定的粉丝基础，这些选手的粉丝也需要给票。

盛乔也拿到了一部分门票，全权交给茶茶去处理了。

这是她签约新东家后参加的第一个综艺节目，也是新年的第一个综艺节目，应援方面不能弱。茶茶立即在官方微博呼吁要去现场的粉丝提前定做灯牌，后援群里的管理员也分别集资，定做灯牌、手幅，到时候免费发放给现场的“乔粉”，先到先得。

盛乔自己给自己集资了2000元……

很快到了节目第一次录制这天。

导师和选手都要提前到场，上午彩排，下午正式录制。盛乔到的时候，选手已经在彩排了，导师休息室有连接现场的大屏幕，唱作歌手卫鹤冬和唱跳艺人叶桐都已经到了，正坐在沙发上看选手的彩排表演，时而交谈点评。

盛乔进来之后跟他们一一打了招呼，都是圈内的前辈，礼数周到。叶桐是女团出身，长相妩媚，气场很强，笑着喊她：“小乔，你快来看看这些选手，留个初印象，提前琢磨下录制的时候怎么点评。”

盛乔应了，坐到叶桐旁边，屏幕上的选手正在唱一首抒情歌曲，卫鹤冬说：“气息不太稳，声线还不错。”说着，他埋头在手上的名单上写写画画。

节目组也给盛乔递来一份选手名单，一百个选手，各自的资料都罗列得明明白白，有些选手名字后面还标着星号。

盛乔问叶桐：“这些标星号的是什么意思？”

叶桐看了她一眼，似乎惊讶她连这个都不知道，不过还是耐心解释：“这些是已经签给乐艺的选手，实力都不错。”

她没明说，盛乔倒是听明白了。

这些选手是板上钉钉要晋级的，现场必须花式夸奖。

选手陆陆续续地彩排，初赛会淘汰一半的人，彩排也就是走个过场，主要还是看现场舞台音响的效果。

很快，观众也开始入场，各家拿着各家的灯牌，雄赳赳、气昂昂，气氛十分火爆。

临近开场，“一线流量”黎尧还没到。

导演组急得不停打电话，黎尧终于赶在最后一刻到了，一进门，浑身那火药味，隔老远都能感受到。

助理解释：“来的路上被‘私生饭’跟车，追尾了。”

黎尧一张脸漆黑，坐在旁边不说话，圈内都知道他脾气不好，容易动怒，有人称之为真性情，也有人称之为没教养。

叶桐跟他认识，都是同一类型的艺人，一起出席过很多场合，劝道：“马上就要录制了，别沉着一张脸，都不帅了。”

黎尧看了她一眼，脸上的怒气渐渐散去，但还是冷着，这才起身跟盛乔和卫鹤冬打了招呼。等主持人热场之后，三位导师和星动者就入场了。

一时间，欢呼声掀翻房顶。叫谁名字的都有，而且不集中，毕竟票是分散买的，这一堆绿色灯牌里坐着一个红色，那一堆银色灯牌里坐着一个紫色。

要说颜色，还是黎尧的紫色最多。

粉丝喊整齐之后，黎尧的名字也就渐渐盖过了其他几个人。盛乔后面刚好就坐着两个“乔粉”，两个个子矮矮的女生，拿着银色的“乔”字灯牌，趁着主持人在前面热场，在后面偷偷喊她：“乔乔，我们好喜欢你呀，你要加油啊。”

盛乔没回头，把手伸到背后，比了个心。

两个小姑娘激动得吱哇乱叫，引来旁边黎尧不满意的视线。

选手很快开始上台，录制正式开始。

盛乔虽然既不会唱又不会跳，但没吃过猪肉，还没见过猪跑吗？霍希从出道走到巅峰，都是一场场跳过来的。唱跳创作，他每一年都在进步，每一年都能让人眼前一亮。作为粉丝，盛乔追过一次又一次现场，耳朵和眼光早就被养刁了。

前几个选手根本就是被节目组选进来滥竽充数当炮灰的。

黎尧心情不好，恨不得见谁撑谁，全场都是他在撑天撑地撑空气。

“你刚才是在跳舞吗？我以为你在做广播体操。”

“你最后破音了吧？什么？你说那是黑嗓？那土拨鼠尖叫也是黑嗓了。”

“这是你自己作曲的歌？就用一个和弦写了一首歌？”

“床前有光，心上有你。这写的是歌词？李白会诈尸的我跟你说。”

盛乔在旁边憋笑憋得好辛苦啊。

到第九号的时候，才终于出现了一个白白净净的少年。现场粉丝被辣了半天眼睛，这下终于来了个养眼的，顿时欢呼起来。

盛乔低头看了看，果然是标了星号的选手。

表演完之后，三个导师轮流点评，黎尧这下倒是收敛了，毕竟还是要给节目组面子的，点评了几句舞不错，给了晋级。

叶桐和卫鹤冬也分别从自己的专业角度点评夸奖，给了晋级。

终于轮到盛乔，大家都在想，她啥都不会，她能说什么啊？

然后他们就听见盛乔说：“舞台追光落在你身上的时候，我还很疑惑，为什么这样的少年会出现在这里呀。直到我看见你的舞蹈，听见你的歌声，我才明白，原来天使降临，是为了洗礼人间。”

三位导师：“？？？”

观众："？？？"

选手："……谢……谢谢小乔老师……"

第一位晋级选手诞生。今天一共只有五十个晋级名额，要刷掉一半，节目组把炮灰选手安插在签约选手之中，以此衬托签约选手的出色。

黎尧不遗余力地撑辣眼睛的选手，盛乔不遗余力地夸晋级选手。

黎尧："来，眼睛看这边，你在冲着谁跳？导演组？导演组会让你晋级吗？"

盛乔："有人跟你说过你的眼睛很漂亮吗？像倒映了漫天星辰。"

黎尧："说唱不是朗诵，你干脆给我们表演个诗朗诵，晋级机会更大。"

盛乔："如果没有见过阳光，我本可以忍受黑暗。如果没有看到你的表演，我本可以心无波澜。"

黎尧："这是你的演出服吗？你自己做的？那你为什么不直接去参加服装设计比赛呢？"

盛乔："我们喜欢风，因为风让人清爽。我们喜欢阳光，因为阳光给人温暖。我们喜欢白雪，因为它美得纯粹。我们喜欢你，因为你如风，如光，如雪。"

卫鹤冬："？？？"

叶桐："？？？"

你俩什么毛病啊？

录制到傍晚的时候，节目组中场休息。这个时候导师和选手是可以离席去吃饭休息的，但观众不行，观众得一直坐着，坐到整场录制结束才能离开。

而且进来前她们的手机和录像设备都寄存了，此时坐在座位上又累又无聊。

盛乔和三名导师在后台吃节目组准备的餐饭，叶桐问她："小乔，你学什么专业的？怎么张口就是诗词散文啊？"

这不是专业，这是追星追出来的天赋技能。

盛乔"羞涩"一笑："我平时爱看散文集。"

大家都哈哈笑，几个小时录制下来相互熟悉了不少，不再像之前那么生疏了。只是黎尧还是不怎么说话，似乎要将高冷撑人设定保持到底。

吃完饭几个人各自坐着休息玩手机，盛乔喝了丁简买来的咖啡，起身去上厕所，准备一会儿进场了。

这一层楼的厕所不分什么艺人观众，盛乔去的时候，门口站着两个女孩子在交谈，她们手腕上戴着银色的手环，一闪一闪地发着光。

其中一个女孩一抬头，看见走近的盛乔，瞳孔顿时放大，似乎想要尖叫，又一下捂住嘴，连忙去扯另一个女生。

那女生胖嘟嘟的，特别可爱，扭头看见盛乔，也是同样的反应。

三个人就这么看着，没人说话。

最后还是盛乔忍不住笑出来："是'乔粉'吧？"

"是是是！乔乔！我们是！"

"天哪！我走了什么狗屎运，竟然在厕所遇见乔乔……"

盛乔问："坐得累吗？"

"不累不累！一点都不累！"

"乔乔，你的点评超级棒！"

盛乔跟她们聊了几句，方白过来催促她准备上场，她点点头，回头说："我要走了哦，你们一会儿离场的时候注意安全。"

两人齐刷刷点头，又说："乔乔，可以跟你合照吗？"话落，她又哭丧着脸，"手机被节目组没收了。"

盛乔想了想，俯身抱了抱两个小女孩，轻声说："那就用这个代替合照吧。"

方白喊她："乔乔姐，上场啦。"

盛乔冲她们挥挥手，转身走了。

两个粉丝愣在原地，过了好久好久，其中一个说："她好香啊。"

"好软好香好甜……"

"呜呜呜……乔乔主动抱了我……"

"我要哭了，我腿软了，你扶我一把。"

盛乔已经走到入场口，突然觉得自己好像忘了一件事，是什么呢？直到录制继续，选手上台，她终于被自己的膀胱提醒，她忘了上厕所。

录制一直持续到后半夜才终于结束，观众、艺人、选手、工作人员，都累得够呛。留下的五十名选手要准备新的作品，参加半个月之后的淘汰赛。

从淘汰赛开始，节目就是直播了。

今天的录制，节目组会剪成第一期，下周六开始在乐艺播出。

盛乔被方白送回家，冲了澡就滚进被窝睡觉了。刚刚签约，中夏似乎并不想给她压力，接下来的一周，贝明凡除了给她带来几本跟表演技巧有关的专业书，没再安排新的工作。

盛乔每天就在家看看书，养养花，追追剧，十分轻松。

到周六，《星光少年》第一期终于播出了。

乐艺预热了那么久，全网都只有这么个选秀综艺节目，除了粉丝，“路人”也抱着好奇的心态来看看有没有新鲜的漂亮小哥哥。

然后网友就发现，他们以为一无是处就是个“花瓶”的盛乔，在里面花式放“彩虹屁”。

什么星光啊，月色啊，白雪啊，阳光啊，清风啊，溪水啊，如玉如云如珠，只有你想不到的，没有她夸不出的。

她居然还用“美酒夜光杯”来形容选手，这玩意儿还能拿来形容人？

但转念一想，好像是可以，还挺有韵味的……

网友们齐声询问：请问盛乔是“彩虹屁”做的吗？！

有网友剪了一个盛乔花式夸人和黎尧花式撑人的“鬼畜”视频，中间配上选手发蒙的神情，看得人简直头都要笑掉。

还没看过节目的路人纷纷询问：这是什么节目？想看！

网友回复：“节目名《论‘彩虹屁’的修养》，不谢。”

“哈哈哈哈哈哈……神‘彩虹屁’还要修养。”

“楼主不要误导路人好吗？这档节目明明叫《我与‘彩虹屁’之间，只隔着一个黎尧》。”

“哈哈哈……黎尧撑人真的太好笑了，他们俩是分别进修了对立的专业吗？”

“盛乔真的没有提前做小抄吗？张口就来也太溜了吧。”

“我在现场我做证！真的没有啊！哈哈哈……”

因为这个视频，《星光少年》第一期的收视率一路暴涨，把同期的综艺节目远远甩在后面。大家看完之后笑归笑，对盛乔临场发挥的能力还是很肯定、很佩服的。

毕竟那些“彩虹屁”的遣词造句雅俗共赏，从这可以看出盛乔的文学素养并不低。而且之前她还在同居小屋里辅导陆一寒写数学作业，怎么看都不像一个初中毕业的“学渣”。

“乔粉”说：我们乔乔聪明着呢！只是以前过得苦，想上学上不了，如果能像普通孩子一样参加高考，一定会考出很好的成绩的！

不管怎么样，这一期节目让盛乔的人气又有了一个提升，进一步扩大了“路人”好感，当大家嚷着转“粉”，去关注她的后援会官方微博时……

嗯？？？

这扑面而来的熟悉的散文气息是怎么回事？

大家怀疑盛乔的宣传文案都是她自己写的。

贝明凡之前还准备了很多通稿，以防第一期节目盛乔无所作为被“黑”，没想到她的表现如此出乎意料。

他是真的小看了她，自己好像签了一座宝藏呢。

他给盛乔打电话：“这一期的节目你看了吗？网上评价不错，下一周直播继续保持就好。”

盛乔：“什么节目？哦哦，你说那个啊，好的。”

贝明凡奇怪：“你好像很忙？你在做什么？”

盛乔：“我……在忙事业。”

贝明凡：“……对了，给你找的表演老师下午会去你家，之前拿的那几本书你有看吗？”

“看了，好多都看不懂。”

“行，一会儿老师去了，你好好跟他学。我这边正在帮你谈一个职场剧，在这之前把演技磨炼好。”

“嗯嗯，好的！”

挂了电话，盛乔看着电脑屏幕上投票的涨幅：“啊啊啊……又被超了！沈隽意，我跟你拼了！”

关系到“开屏”资源的重要投票，沈隽意和霍希永远战斗在前线。

“开屏”不易，投票要珍惜，哥哥冲呀！！！

投到吃完午饭，盛乔终于恋恋不舍地关掉电脑，换了身正装，收拾了房间，准备好笔记本和专业书，乖乖等待表演老师的到来。

下午时分，房门被扣响。

咚咚咚，三声，不急不缓。

盛乔小跑着去开门，开门前已经摆好了礼貌又乖巧的微笑，露出标准的八颗白牙。房门由内而外推开，盛乔乖乖喊：“老师好……”

看清门外的人，盛乔的笑容僵在脸上。孟……孟星沉？？？

贝明凡给她找的表演老师是孟星沉？？？

不不不，乔乔，你要冷静！你千万要冷静！你已经是个成熟的乔乔了！

月亮代表暗恋，从他跟原主毫无联系的过去来看，他不可能知道盛乔暗恋他！反正暗恋他的又不是现在的我，该怎么样，就怎么样！

成熟的乔乔要做成熟的事情！

嗯！盛乔迅速恢复表情管理：“孟前辈，没想到竟然是您，快请进。”

孟星沉今年三十四岁，身上却看不出一丝老态，只有经历过岁月沉淀之后成熟的魅力和温润。

他眼睛长得很好，是标准的桃花眼，被观众评为最会演戏的一双眼睛，说他是“眼若桃花笑似月，似醉非醉亦朦胧”。

这种人老天爷赏饭吃，只有羡慕的份儿。

孟星沉微笑着：“小乔，好久不见。”

冷静，要冷静。

关上门，盛乔问：“孟老师，您喝茶还是喝咖啡？”

“茶吧。”

盛乔点点头，把煮茶的小工具拿出来，认认真真地开始煮茶。茶叶是她早就买好的蒙顶甘露，颜色醇正。

孟星沉坐在沙发上，看到露天大阳台上那些生机盎然的花花草草，阳光折射进来，房间通透明亮。

他笑着开口："这房子不错，是小凡给你找的吗？"

盛乔点头："嗯，贝哥一共找了四套房子，我选了这一处。"她将过滤网拿起来掸了掸，抬头笑，"这里光线最好，有大阳台，可以养花。"

初春阳光透过玻璃落在她的眉眼上，像新生过后含苞待放的蔷薇。

她将茶杯递给孟星沉，他端起来闻了闻："很香，茶叶选得不错。"

盛乔抿着唇笑，在他对面坐下来，想了想，略带歉意道："上一次邀请您去综艺节目做客，我因为临时出国工作，没能好好招待您，实在是不好意思。"

孟星沉喝了口茶，端着青瓷茶盏端详，似笑非笑道："后来看新闻才知道，原来你是真的有工作，而不是故意躲我。"

盛乔："？？？"

她讪笑："哈哈，我怎么会故意躲前辈呢？您真会开玩笑。"

孟星沉也笑了一下，终于没再继续这个话题，伸手拿起搁在茶几上的表演书，翻了翻，看到盛乔用红笔在上面做了不少记号。

他把书放下："还是要在实践中找技巧，这些书等你有了一定的表演基础后再看会更有用。"

盛乔立刻进入学生的状态，摊开自己的小本本，拧开笔帽，认认真真地准备听课做笔记。

孟星沉一抬头看到她乖乖坐着的模样，不由得笑出声："不用这么紧张。演戏是一件很好玩儿的事，你要是把它当作任务和工作，就会失去灵气。"

他语气轻松，笑容温和，盛乔不知不觉也放松下来。他没有一开始就跟她讲表演技巧、基础知识，这一整个下午，孟星沉都在跟她聊他以前上大学的时候，在课堂上、寝室里发生的趣事。

每一年那么多人考入表演系，可最后能走入观众视线的，也就那么一小部分。有些人靠天分，有些人靠勤奋，有些人靠机遇。

但无论他们今后走的是什么样的人生道路，爆红登顶也好，转行默默无闻也罢，他们永远会记得，当初在大学校园里，怀揣梦想的年少时光。

快到傍晚的时候，两人才结束了第一次的“授课”。盛乔面不改色地说：“孟前辈，谢谢您今天的指导，家里没什么东西，就不留您吃晚饭了。您助理到了吗？我送您。”

孟星沉看了看手机：“他已经在门外了。”

“好的！您慢走。”

孟星沉看了她一眼，那眼睛被灯光笼罩，果然如传言一样美得慑人。盛乔假装没看见他打量的目光，走到门口拉开门，朝着门外的助理微笑：“今天辛苦孟前辈和您了。”

孟星沉拿起外套走过来，先跟助理说：“你先去车库等我。”等助理走了，他才回头看她：“小凡让我每周至少来给你上三次课。”

盛乔：“……”

他笑笑：“你明天要睡懒觉吗？”

盛乔：“……不睡，早起。”

孟星沉：“那明天给家里买些东西，晚上就可以留我吃晚饭了。”

盛乔：“……我不会做饭。”

孟星沉：“嗯？是吗？你之前邀请我去参加综艺节目的时候，不是这么说的。”

盛乔：“……我厨艺不好，孟前辈可能吃不惯。”

孟星沉不跟她废话，穿好外套踏出门：“明天见。”

盛乔：“……”救命啊！！！

孟星沉一走，盛乔就迫不及待地给贝明凡打电话。

那头居然还以为她是来道谢的，说：“怎么样？星沉给你当老师，很惊喜吧？”

惊喜什么啊！盛乔忍住崩溃：“孟前辈是什么身份，怎么能纡尊降贵来教我呢？你看，要不还是给我换个老师吧！”

贝明凡：“换什么呀，我手下的艺人就星沉演技最好了。他教你我放心。”

盛乔：“？？？”什么？贝明凡是孟星沉的经纪人？

大意了。

贝明凡在电话里谆谆教诲："你可得好好跟星沉学啊，多少人求都求不来的事，把握住机会，下一个影后就是你！"

盛乔生无可恋地挂了电话。看着小本本上的笔记，她回想起孟星沉每次看着她时，眼睛里意味深长的笑。

原主真的没跟影帝发生过什么吧？

如果他们真的在一起过，或者在一起，影帝怎么会眼睁睁地看着原主受那么多压迫啊？而且她变成盛乔之后，一次也没接到过来自影帝的电话、消息啊。

可如果没发生过什么，影帝看她这眼神不对啊！

盛乔真是头都要秃了，裹着被子在床上哼哼唧唧，没多会儿，电话响了，是钟深打来的。

他大嗓门地嚷嚷："'彩虹乔'！我回国啦！我明天就来看看你的新家，我给你带了礼物！"

盛乔："等等，'彩虹乔'是什么意思？"

"吹'彩虹屁'的盛乔，简称'彩虹乔'。"

盛乔："？？？"我看你怕是皮又痒了。

盛乔懒得跟他掰扯，有气无力地说："明天不行，我的表演老师明天要来上课。"

"表演老师？谁啊？你请表演老师竟然不找我？你忘了我当初是怎么手把手教你演戏的吗？"

"……孟星沉。"

"……"钟深非常有自知之明，"哦，那是比不上，那你好好跟他学，争取拿个影后。"

盛乔："……我不想跟他学。"

"为什么啊？"

盛乔沉默了好半天："因为总感觉在背着霍希偷情。"

第二天起床，盛乔把需要买的菜写下来发给方白，让他买了拿过来。她现在人气逐渐提升，也不敢像以前那样肆无忌惮地出门了。

她决定无视掉孟星沉探究、富有深意的目光，把他当作前辈尊敬对待。不管你怎么话里有话，反正我就是听不明白。

下午时分，孟星沉准时到了。

盛乔恭敬地把他迎进屋，看她那目光，让孟星沉有种自己是爷爷辈的错觉……

今天授课的内容是最基本的细微表情。

盛乔听得很仔细，他说的这些不仅仅是专业的表演知识，更结合了他这么多年来自己的技巧与经验，盛乔边记边学，渐渐推开了那扇她从未涉及的领域的大门。

一下午时间很快就过去了。

孟星沉似乎坐得有些累了，偏头捶了捶脖颈："今天就先到这儿吧，说得太多你不好掌握。"

"好的，谢谢孟前辈，辛苦了。"

孟星沉看着她："所以，今天有晚饭吃吗？"

"……有，我这就去做。前辈喜欢吃什么？"

他笑了一下："上次你邀请我去吃炸酱面，我没吃到，今天补上吧。"

"好的，请您稍等。"

她收好笔记本，转身去了厨房。

孟星沉起身走了走。他已经不是小年轻了，以前拍戏留下的旧伤也开始对身体产生影响，坐了一下午，脖子疼，腰也疼。

他活动活动筋骨，在客厅四下走了走，又走到厨房门口问盛乔："不介意我四处看看吧？"

"不介意，您随意。"

孟星沉笑了笑，先去阳台看了看那些花儿，它们被照顾得很好，已经入春，细嫩枝头都争相发出新芽，过不了多久应该就会开花。他又在客厅转了转，研究了会儿那些壁柜、橱窗上的摆设和壁上的挂画。

盛乔的卧室门上挂着一个镶花边的小牌子，写着"乔乔的城堡"。那是丁简给她搞的，自从盛乔要求有个小书房，丁简就认定盛乔有一颗小公主心，要不是盛乔拦着，她还要在卧室里装饰粉色的蕾丝花边。

孟星沉没进她的卧室，只是拿着那个城堡小木牌看了会儿，又参观了另外两间空着的客房，最后一个房间靠近阳台，门关着，他猜测大抵是书房，打算进去参观一下，看她平时都爱看哪些书。

他拧了拧门把手，结果发现拧不开，门反锁着。

连卧室门都只是虚掩，这间屋子却要反锁？

孟星沉笑了一下，转身回客厅坐着了。

没多会儿，盛乔就端着两碗炸酱面出来了，摆上饭桌，还切了两片柠檬，泡了柠檬水，恭敬地喊他："孟前辈，面做好了，希望合您的口味。"

孟星沉走近，打量她几眼，拉开椅子坐下："小乔，跟你商量个事。"

"您说。"

"你可以不要一口一个'您'吗？你这样让我有种自己很老的感觉。"

"……"盛乔假笑，"您是前辈，也是老师，称呼'您'是应该的。"

孟星沉："我是前辈，也是老师，那前辈老师的话，你听不听？"

盛乔："……"她笑了笑，说，"知道了。"

孟星沉这才拿起筷子。

炸酱面她已经做过很多次，味道自然不差，孟星沉尝了几口，点头道："可以开餐厅了。"

"前辈过奖了。"她恭敬中带着疏离的态度，孟星沉不是感觉不出来。

她的变化太大了。不仅仅是他在新闻综艺节目里看到的那种破茧重生的变化，她对他的态度、看他的目光，和他相处时所有的一切，都跟以前不一样了。

他之前只是想帮助那个有些自卑压抑的姑娘，既然她愿意奋起反抗，他不介意锦上添花推她一把。不管是答应去直播综艺节目也好，还是跟公司推荐签她也罢。

可现在看来，她似乎完全不需要他的帮助，真是忍不住让他想一探究竟啊。

孟星沉开口说："小乔，你跟以前很不一样。"

正吃面的盛乔一愣，无可避免地想起了霍希。

霍希也跟她说过同样的话，在她刚刚成为盛乔的时候。

她爱的那个少年，现在在做什么呢？他有按时吃饭吗？是不是为了演出又熬夜了？她已经很久没有见过他了，她真的好想他啊。

盛乔抬头冲孟星沉笑了笑：“人总是会变的。”

那笑太过坦然，连目光都坦荡。

孟星沉愣了愣，笑起来：“也是。”

接下来的两天，孟星沉照常来授课，将基础的表演技巧教给她之后，就要出国忙自己的工作了，还给她留了作业。

一段大片独白的剧本，让她练习好之后用手机把表演拍下来发给他，他要检查。

盛乔一一应了，将做的笔记熟记于心，开始对着镜子练习。

很快又到了《星光少年》录制的那一天。

因为是直播，选手头一天下午就开始彩排，等第二天导师到了之后，现场的灯光、音响都已经调试完美。

第一期收视率飙高，看过节目的观众几乎都在守第二期的直播。

他们太想看看盛乔现场是怎么放“彩虹屁”的了。

直播很快开始。

这一次的淘汰赛依旧是刷一半的人下去，那些表现不错但没有签约乐艺或者背后没有资源支持的选手，这一次就会被淘汰了。

这个圈子竞争残忍，只有实力、没有后台，真的很难出头。

盛乔的化妆师周侃今天给她做了一个甜美可爱的造型，额前散下柔软的空气刘海，眼妆主桃花色，小裙子清纯可爱，给人扑面而来的少女感。

一登场，各家粉丝疯狂应援，因为第一期的播出，各位选手也有了粉丝，此刻满场是各色灯牌、各个名字，五颜六色的，显得气氛特别热闹。

热场之后，淘汰赛正式开始。

今天的上场序号是由星动者在箱子里随机抽取，第一个上场多少都有些压力，选手都在祈求千万不要抽到自己，然后就看见盛乔拿出一个球，拿着话筒念道：“9号。这位选手我有印象呢，唱歌唱得特别好，接下来也要加油呀。”

9号选手深吸一口气，走上舞台。

这位选手虽然没有签约乐艺，却是另一个大牌经纪公司签的新人，来这个综艺节目算是他的出道秀，实力是毋庸置疑的。

他唱了一首自己的原创歌曲，路线偏摇滚，很有自己的风格特色。他在台下有些羞涩紧张，真正表演起来却气场十足，很快带动了现场的气氛。

表演结束，三位导师纷纷点评，“弹幕”里观众都在刷：

“来了来了，马上到‘彩虹屁’了！”

“不知道今晚能听到什么样的‘彩虹屁’，好期待啊！”

……

终于到盛乔，不仅看直播的网友，连现场观众都屏气凝神，静待她的发挥。

盛乔笑吟吟地看着舞台上微微喘气的少年，毫不掩饰语气里的欣赏：“我想，上帝造你的时候，一定花了六天时间。第一天造你骨骼，第二天造你血肉，第三天造你皮相，第四天造你性格，第五天造你才华，最后一天，他吻了你的嗓子。”

导师：“？？？”

观众：“？？？”

网友：“？？？”

这是什么“彩虹屁”成精？！

万人血书跪求盛乔给我偶像放“彩虹屁”！！！

网友们的注意力已经完全不在选手身上了，要不是直播，他们恨不得快进，直接拉到盛乔点评那一段。

每出现一个三位导师都给予晋级资格的选手，盛乔就要吹一轮“彩虹屁”。就算是面对被淘汰的选手，她也会说一句类似“我在你身上看到了未来无限的可能”这种激励话语。

她一次都没使用过作为星动者的一票否定权，简直就是个长亮的绿灯，过过过，给你过，全部过！

节目才播到一半，盛乔新的“彩虹屁”语录就已经传遍全网，被刷上热门了，又吸引了一大批人来看直播，观看人数持续上涨。

导演组简直乐开了花，一直在耳麦里鼓励盛乔：“多说点，继续说，要是词穷了，我们派人给你递小抄！”

收视率一路高涨，现场气氛也持续火爆，轮到下一个选手上台，又是一个被标了星号、签了乐艺的选手。

他上台的时候抱着一把吉他，长得很帅，盛乔记得叶桐说过一句，他好像是某个导演的儿子，算是个星二代，长得好，才华也不错，出道之后有家里的支持，估计将来前途无量。

他唱了一首原创歌曲，唱功不错，曲子也好听。唱完之后卫鹤冬率先点评，大概是为了增加他的镜头，问他：“你为什么要来参加这个节目呢？竞争这么激烈，你其实不用这么辛苦。”

星二代谦虚地说：“我从小就很喜欢唱歌，我希望观众认识我，是通过我的歌声。其实个人的力量是很渺小的，除了唱，我什么也做不了，但也只有唱，才能给歌坛注入一点光芒，不至于让好的音乐淹没在靠人气支撑起来的假象中。”

很多观众一下就听明白他话里的意思。

他在嘲讽现在歌坛里那些人气偶像。因为有人气，所以无论什么歌都能上榜，那些不是好的音乐，是人气的假象。

这番话说得现场观众都在为他鼓掌，几位导师也毫不吝啬赞扬，纷纷给了晋级，轮到盛乔的时候，大家都在期待，她这次又会带给我们什么惊喜呢！

镜头给过去，观众却发现一直笑意盈盈的盛乔此刻是冷着脸的。

她没说话，面无表情地按了面前的红灯。

星动者使用一票否定权。

全场哗然。

几位导师还没说话，原本谦逊的星二代立刻坐不住了，似乎他从来没被否定过，拿起话筒就问：“我能请盛乔老师给我一个合理的解释吗？我无法接受一个丝毫不懂乐理的人否定我的创作！”

盛乔冷笑着看他：“我不懂乐理，但我听得出你这首歌是原创还是抄袭。你说不希望好的音乐淹没在靠人气支撑的假象里，却又抄袭一个‘流量’歌手的歌，你有什么资格标榜原创，又有什么资格站上这个舞台？”

星二代神色一僵，脸色涨得通红，气急败坏地说："我没有抄袭！你根本不懂创作！"

观众和导师都愣了。

抄袭？抄的什么？他们怎么都没听出来啊？

盛乔被他的不要脸气得腾地站起来："你这首歌，抄的是……"

话筒突然没声了！

她拍拍话筒，立刻反应过来是导演组给她关了，耳麦里导演组说："主持人上台救场，叶桐，卫鹤冬，你们把抄袭这件事否定下去。"然后他咬牙切齿道："盛乔，这是直播！台上的是签约选手，你别胡来！立刻道歉说你听错了！"

盛乔差点给气笑了，把耳麦一摘，"啪"地摔在地上，提着小裙子就冲上台了。

她今天明明是甜美的公主扮相，此刻却又凶又气，一把夺过没反应过来的星二代手上的话筒，语速极快道："抄的是霍希出道第一年的第一首原创单曲《风凉》，虽然没有收录在专辑中，但是……"

话筒又没声了，导演组又给她关了，盛乔真的要气疯了。

丁简和方白此刻也被节目组催着上台拉她下去，方白都快哭了："乔乔姐，这是直播啊！求你别闹了！"

"他抄袭！他抄霍希的歌！还敢看不起'流量'歌手！他一个抄袭者，有什么资格看不起霍希！"

她没话筒，吼出这番话，除了旁边几个人也无人听到，被方白和丁简硬拖着下台了。

直播事故发生得太突然，谁也没料到平时温和亲切，从来不发脾气，什么话都好说的盛乔会爆发得这么激烈。

现场一片混乱，观看直播的观众却都手速飞快地去搜了她说的那首歌。

霍希的第一首单曲——《风凉》。

点开一听，前奏和副歌的旋律果然太像了。

因为有盛乔在，"希光"几乎无人来看这个节目。霍希这首歌发行得太早，没有收录在专辑里，这几年新歌太多，他也再没唱过《风凉》，传唱度低，除了粉丝几乎没人听过。

要不是盛乔当场发飙，不知道多久之后才会有人知道这首歌是抄袭的。

而那个时候，星二代早已晋级出道。

一面看不起“流量”明星，一面抄袭“流量”明星的歌，这种不要脸的人，居然还好意思标榜原创！

“弹幕”一下就爆了，骂星二代的，骂节目组的，大多数都是说盛乔牛的。

她搞出这么大的直播事故，还不知道怎么收场呢。节目组怕是杀了她的心都有了。

然后“希光”们就发现，“盛乔霍希”的词条又热搜第三了！

这个狗皮膏药又在搞什么捆绑？她们以为她签了新公司就改过自新了，手段咋还这么下作？

点进去一看，她们看到盛乔发飙的视频，听到她掷地有声地说“抄的是霍希出道……”，看到她被节目组一而再、再而三地关麦，最后被拖下舞台。

“希光”再去听了听星二代所谓的原创，果然抄的是《风凉》。

抄到我们头上来了，还敢嘲讽我们？“希光”纷纷怒“撕”星二代和《星光少年》节目组，网络一片骂声，现场的情况也好不到哪里去。

盛乔在后台被冲过来的导演骂得狗血淋头，骂完后厉声道：“你这是要负全责的！”

盛乔面无表情：“抄袭还不让人说？”

“再说一遍！他是乐艺的签约艺人，他爸爸是陆平忠导演！”

“签约艺人就可以抄袭？他爸是导演他就能抄袭？”

导演组：“……”真的好想把她打死啊！

盛乔冷笑：“我建议你们现在宣布他抄袭无误，立刻淘汰，然后我回去继续录节目，给观众道个歉。这是最好的解决办法。”

闹成这样，网络疯传，想掩盖都掩盖不了。

导演组认命地去安排了。

盛乔很快重新回到现场，主持人先宣布星二代确认抄袭，立刻淘汰，盛乔也跟场内、场外的观众道歉，影响了他们的观看体验。

三位导师纷纷附和救场，现场气氛一片和谐，录制继续。

但有了这个插曲，谁还想看节目啊。

盛乔怒撑抄袭选手被导演组关麦的那段视频播放量都几个亿了。

这得是多耿直，有多大的勇气，才敢在直播上直接撑抄袭啊？不仅得罪了节目组，还得罪了那个导演，她以后还要在影视圈混啊！

贝明凡接到节目组电话的时候，真的以为自己听错了。

那个对谁都和和气气、一说一笑的盛乔会当众发飙，还抢话筒？

直到他看了视频……

这是座火山啊！

事到如今，还能怎么办呢？只能抓她怒撑抄袭、勇气可嘉这个点来公关形象了。

好在节目已经进行到后半段，没多久就结束了直播。导演组现在急着去处理这次的直播事故，一结束招呼都没打就匆匆走了。

方白和丁简看盛乔的眼神明显就是：你完了，你完蛋了。

盛乔冲他们吐了下舌头，身后渐渐散场的“乔粉”不知是谁喊了一句：“乔乔！我们永远支持你！别怕！”

支持声顿时此起彼伏，她转身看向观众席，甜甜微笑起来。

方白开车送她回家，看她在后排若无其事的样子，真是想骂又不知从何骂起，最后只能一声又一声地叹气。

车子一路开进车库，贝明凡搞完紧急公关，终于抽出时间来收拾她了。

盛乔朝方白挥挥手，一边下车一边接起电话。

“盛乔！你到底在给我搞什么？你是新人吗？不知道轻重缓急吗？”

盛乔一边走向电梯一边诚恳道歉：“对不起，是我冲动了，给你添麻烦了！”

道歉道得这么快，贝明凡都不知道该怎么骂了……

走到电梯口，一抬头，看到站在阴影里的人，她脚步一顿。那人走出来，戴着黑色的棒球帽，抬头时，目光如海。

盛乔“啪”地挂了电话，欣喜地上前两步：“霍希！你怎么在这儿？你什么时候回国的？”

他看着她，眸色深深，半晌，淡声说：“直播事故闹得那么大，不回来也得回来了。”

盛乔缩了下肩，低声道：“对不起，又给你惹麻烦了。”

头顶突然覆上一抹温热。

他的掌心，带着恰好的温度，轻轻摸了摸她的头，低声说：“傻不傻啊，你？”

第八章 死亡威胁

盛乔的大脑有片刻的宕机。

偶像在干吗？在摸她的头吗？为什么要摸她的头？她的头摸起来舒服吗？

她被偶像“摸头杀”了。

啊啊啊……嘴角疯狂上扬想尖叫！！！

呜呜呜……这辈子也没有什么遗憾了。

盛乔头顶一轻，是霍希收回了手，他低声说：“你手机一直在响。”

盛乔：“不管它！”

“……”他忍住笑意，“先接电话。”

盛乔怪不情愿地拿起手机，接通之后，贝明凡的声音透过听筒咆哮着回荡：“盛乔，你什么意思？你居然还挂我电话！”

“刚刚坐电梯，没信号。”

“……你明天一早立刻给我来公司，来了我再收拾你！”

“好的，你消消气，睡个好觉，明天才有精力收拾我，晚安！”

贝明凡把电话给她挂了。

她飞快地把手机塞回兜里，抬头看着霍希傻乎乎地笑。好久好久没看到他了，她真的想他都快想疯了。

霍希任由她看，帽檐在鼻梁处投下浅浅一道阴影，越发显得整张脸冷峻帅气。

盛乔内心花痴的小人儿已经被迷得晕头转向，看了半天轻声问：“霍希，你冷吗？”

有车进来，带进一阵风，虽已入春，但还是很冷，她被那阵风吹得一个哆嗦，脑子终于有些反应过来了。

霍希说：“冷。”

盛乔一下子冷静了：“那你快回车上去！下次出门要多穿点，千万别感冒了！”

霍希静静地看着她。

她还是急，左右看，往左边走了两步，挡住风口，又问：“现在呢？好些了吗？”

霍希说：“有点渴，想喝热水。”

盛乔脑子飞快地转了转，今早她出门的时候，有收拾房间吗？有倒垃圾吗？沙发上应该没有她的袜子吧？

确认一遍之后，她才小心翼翼试探着问：“那……要去我家休息一下，喝点热水吗？”

霍希终于淡淡地笑了一下：“好啊。”

两人上了电梯。

盛乔把口罩、帽子摸出来戴上，又跟他说：“你别抬头啊。”

霍希“嗯”了一声，果然低头看着自己的脚尖。很快到了五楼，她先鬼头鬼脑地看了一圈，确定楼道没人，才冲他招招手，拿着钥匙飞快地打开门，等霍希进屋，房门锁上，才终于松了口气。

霍希站在玄关，淡淡打量。

她有些局促，手指背在身后下意识摩挲，顿了顿才说：“你随便坐呀，我去给你烧热水。”

霍希在沙发上坐下来。那茶几上还搁着她写满表演笔记的小本本，他拿起来翻了翻，又放回去，身子往后靠了靠，手指捏了捏鼻梁。

他这几天一直在忙，没怎么休息过，晚上长途飞行回国，其实已经很疲惫了。但是看到小蛋发来的视频，看到画面里那个不顾一切维护他的女孩，他还是想来看看她。

视频里发飙的人站在他面前时，连眼神都柔软得不像话。

盛乔很快端了热水过来，看他闭着眼靠在沙发上，难掩一身的疲倦，顿时心疼得不行，轻声问："霍希，你是不是很累啊？要不要休息一会儿，我帮你叫小蛋来接你。"

他睁开眼，接过水杯，摇了摇头："不用，我没事。"水温兑得刚刚好，他喝了几口，抬头问，"这里住的习惯吗？"

"嗯嗯，很习惯，这里很好。"

他淡淡笑："那就好。"

"你怎么知道我住在这里呀？"

"钟深告诉我的。"他顿了顿，从裤兜里掏出一个银灰色的布袋子递给她，"新家礼物。"

盛乔眼睛都瞪大了，偶像送她礼物了！！！

看她发愣，霍希晃了晃："不要吗？"

"要要要！"她一把夺过去，小心翼翼地打开，布袋子里装着一个只有指甲盖大小的玉葫芦。通体晶莹、玲珑剔透，玉的成色非常好，在灯光下氤氲出莹莹的光。

呜呜呜……这是什么神仙送礼，也太可爱了吧！

霍希说："看着好看，随便买的。"

"我很喜欢！我会好好保管的！霍希，谢谢你！"

他若无其事地说："喜欢就好。"

她开心得不行，"嗒嗒嗒"地跑回小书房把玉葫芦放好，出来的时候手上拿着一张照片和金色的签字笔："霍希，再给我签个名吧。"

霍希看了眼自己的照片："之前那张呢？"

盛乔小声说："送人了。"

霍希瞟她，不接，也不说话。她着急地解释："送给一个'希光'了！她捡到了我的零钱包，你的照片也在那里面，她人很好，我就送给她了。"

她像犯了错一样低着头，没看见霍希唇角一闪而过的笑意。他接过照片和笔，俯身签下名字，不用她提醒，还主动画了一颗爱心。

把盛乔高兴坏了，还赚了一颗爱心呢！

她还美滋滋地捧着新得的签名照在看，突然听到霍希说："以后在公众场合不要那么冲动了。”

她反应过来他是在说直播的事，身子都僵了一下，低声说：“对不起，以后不会了。”

霍希皱了下眉，喊她名字：“盛乔。”

盛乔身子一抖。呜呜呜……偶像生气了，偶像要找她算账了。

霍希无奈地叹了口气：“我没有怪你。我只是想跟你说，以后不要再为了别人伤害到自己，要多为自己考虑，知道吗？”

她腾地抬头，急急地反驳：“你怎么是别人呢？他抄袭你，还嘲讽你，他凭什么嘲讽你？他不配！”

霍希静静地看着她：“这么多年，也不是只有他一个，我也没有因此而掉块肉。这些事情可以私下去解决，在那种直播平台闹出来，对你的伤害也很大，两败俱伤不划算。”

她眼眶都红了，像是在闹脾气，执拗地说：“反正牵扯到你，我就是冷静不了！”

她遭受了那么多的不公，从来没有一句抱怨。她对伤害自己的人也可以微笑以待。她总是冷静处事，顾虑周全。只有他，会让她方寸大乱。

她爱着他，更爱护他。

好半天，霍希低声说：“算了。”

盛乔抿着唇角，一副快哭出来的样子。

他笑了笑：“这件事我来解决，没事，别担心。明天我会联系你的经纪人，他不会骂你的。”

盛乔眨了眨眼，又感动又开心：“霍希，你真好。”

他起身，戴好帽子：“早点休息，我走了。”看她一副要送他下去的样子，他又说，“别出来，外面冷。”

盛乔想了想，也担心在电梯里遇到人，点了点头。

录了一天节目，情绪波动也大，她也累得不行，都没拿手机看看网上闹得有多厉害了，洗漱之后直接上床睡觉。

第二天一早，方白来接她去公司。

趁着她慢腾腾啃早餐，方白跟她汇报网络上的战况：“‘希光’真的厉害，一晚上时间，做了两首歌的结构旋律对比音频，两首歌的重合率高达百分之九十，还扒出了那星二代以前在社交软件发过的几首原创歌曲抄袭了日本一个小众歌手。他不仅抄袭，私生活也混乱，小号上全是泡吧，疑似在国外吸过大麻，上大学时还劈腿！”

最后他感叹一句：“真的惹谁也别惹‘希光’，幼儿园的‘黑历史’都得给你扒出来。”

盛乔啃完早餐，打开手机在后援群交代：“点赞加热‘乔乔怒撑抄袭’的内容，举报屏蔽重点在霍希身上的内容，我们只抓撑抄袭的点，别跟霍希扯上关系。”

茶茶说：“对！省得他家又骂乔乔捆绑！”

荞麦说：“我逛了下霍希的超话和广场，他家粉丝闭口不谈乔乔，都在撑抄袭者和节目组，不知道感恩。”

茶茶：“求她们别感恩。粉丝圈最好就是互不干涉，各扫门前雪，要是炒出什么绯闻，好事变坏事，又得‘撕’。”

盛乔：“粉丝圈常态，这样挺好，互不牵扯，各自做事吧。”

到公司的时候，在电梯里遇到几个中夏的员工，看到她时都控制不住打量的目光，其中一个女孩笑嘻嘻地说：“小乔，牛！”

盛乔：“承让。”

一进办公室，贝明凡看她的眼神恨不得在她身上剜出个洞来，但到底是没骂她了，只是说：“盛乔啊盛乔，我倒是真没看出来，你原来还是个正义使者啊。”

盛乔说：“抄袭行为天理难容。”

贝明凡看了她半天，突然问：“你跟霍希熟吗？”

盛乔眼皮一跳，面不改色道：“不熟。”

“那他一大早就给我打电话，要和我们合作公关？”

“可能是因为抄袭事件吧。”

“他还让我不要骂你。”

“可能是因为他比较善良吧。”

贝明凡：“……”

他拿眼神询问方白，方白一副“我什么都不知道”的茫然表情。贝明凡死也想不到盛乔会是霍希的粉丝，姑且就当她是因看不惯抄袭而展现真性情了。

他叹了叹气，又笑起来：“小乔啊，我真的不知道该骂你还是该夸你。你虽然闹了这么一出，节目组那边也要求我们负责，但无论是你的人气还是节目的热度，都因为这件事上升了不少。网络舆论也都是夸你的，看来大家都很厌恶抄袭啊。”

他又说：“听说以前霍希的粉丝骂你骂得挺凶的？我搜了一下，这次一条骂你的都没有呢。趁这次事件，进一步改善‘路人’对你的观感，还是利大于弊的。只是你得罪了陆导，这事儿以后得想办法疏通一下。”

他最后总结道：“也趁此机会缓和一下你和霍希的关系。他的粉丝量太大，总是盯着你，对你今后的发展终归有影响。”

盛乔面无表情道：“不用了，保持现状就行。”

可别再整什么幺蛾子，炒出什么绯闻，影响到她的宝贝了。

贝明凡奇怪道：“你好像很抗拒和霍希有联系？你很讨厌他吗？”

盛乔：“嗯，我很讨厌他。”

方白：“……”你说这话，良心不会痛吗？

上午时分，霍希发了一条微博：

“@霍希：希望歌坛能多一些好的原创作品。”

这句话简直就是在啪啪打抄袭者的脸，微博一出，各大媒体都纷纷转发报道，关注度被分流，盛乔这边公关起来也轻松了不少。

《星光少年》节目组也发表了一份道歉声明，表示在这之前并不知道选手的歌是抄袭，今后一定会严加审核，不再让此类事件发生。

节目组虽然一度想把盛乔打死，但因为这件事，节目的热度扩大了不少，他们也不能明面上把盛乔怎么样，还是得请回来，继续接下来的录制。

毕竟才第二期呢，这两期的热度基本上都是她搞出来的。

太会搞事了。

只是盛乔还是被乐艺记恨上了，估计今后有什么自制综艺节目，也不会再请她。

虽然两方都在避免把艺人牵扯到一起，但还是有些蹭热度的营销号和八卦的网友开帖扒“盛乔冲冠一怒为蓝颜”。

首先，只有霍希粉丝才知道的《风凉》这首歌，盛乔怎么会现场一遍就听出来了？其次，盛乔当时的语气和神情如果说只是因为抄袭，似乎有些过于气愤了。

这团八卦之火还没燃起来，就被霍希和盛乔双方的粉丝掐灭了。双方同时“反黑”举报，可谓是团结一致，万众一心，八卦帖热门都还没上就被终端关了小黑屋。

“希光”：休想捆绑我们！

“乔粉”：鬼才想跟你们扯上关系！

两看生厌，各自打榜。

直播事故算是有了一个圆满的收场，贝明凡笑呵呵地递给盛乔一份文件：“给你谈了个广告代言，你看一下，没问题就先把合约签了，后天拍摄。”

“什么广告？”盛乔翻开文件一看，眼珠子都瞪大了，“卫生巾？”

贝明凡干咳一声：“你现在需要提升国民亲切度嘛，这个广告还是我从好几个‘小花’手上‘撕’过来的。”

盛乔：“……”那我真是谢谢你了。

“你现在没有代表作，人气不稳定，国民定位也不准。这种广告多多益善，先拍着，以后再接高大上的。”

盛乔也不是真的嫌弃卫生巾广告，毕竟是妇女之友，缺它不可。她低头翻阅了文件，逐条看仔细了，确认无误，签下了名字。

下午没什么事儿，方白送她回家了，走之前不忘翻翻工作备忘录提醒她：“乔乔姐，你还有作业没做哦，记得把作业做了，交给老师检查。”

盛乔这才想起孟星沉留的作业。

她已经练习了好几天，在沙发上躺了会儿，给霍希打完日常榜单，就爬起来准备录视频了。先对着镜子演了几遍，她才打开手机，用支架固定好，走到摄像机面前。

不知道是不是因为“考试焦虑症”，她在手机摄像头前反倒没有在镜子前演得自然。试了几次都觉得不满意，翻来覆去演，翻来覆去录，一直到傍晚，她才选了个表现最好的视频给孟星沉发了过去。

临睡前收到他的回复：打分B+，继续努力。

什么？自己拼尽全力才得了一个B+？

盛乔蒙着被子发出一阵哀号。

又在家练了两天，就到了拍广告的日子，方白一早就准备好了早餐来接她，丁简和周侃等在车内，她现在这排场，总算配得上“二线小花”的地位了。

拍摄棚在郊外一个摄影基地，盛乔到的时候，绿幕和摄像机都已经布置好了。她一进去，先跟各位工作人员一一打了招呼，又被助理领着去化妆间换了拍摄的衣服。

一条粉白色的少女心爆棚的蓬蓬裙。

她的造型还是由周侃负责，根据导演的要求化了粉粉的少女妆，长发卷得蓬松，在发尾中间绑了一根蝴蝶结。

盛乔看着镜子里的自己，嘴角抽搐：“这么嫩……不合适吧？”

导演在旁边：“合适合适，太合适了。我们这个广告，就是要打中少女心，推出少女款，越嫩越好！”

盛乔：“……”她做好造型出来，拿着拍摄剧本听导演讲戏，就看见一个男生走进来。导演立刻说：“周澈来啦，快快快，去换衣服，就等你了。”

盛乔：“？？？”这是谁?

可能是她的表情太过惊讶，导演主动解释说：“这是一会儿你的拍摄搭档。”

盛乔：“……卫生巾广告，男搭档？”

导演：“为了突出我们这个广告和其他卫生巾广告的区别，我们特意设计男女互动的剧情。一会儿你就躺在那边的床上，演痛经，然后呢，你的男朋友，也就是周澈，会去给你买卫生巾，你用过之后，立刻身心舒爽，然后你们就伴着音乐，在卫生巾上面跳起了华尔兹。”

盛乔：“？？？”啥玩意儿？

导演还在滔滔不绝：“到时候后期我们会做得非常漂亮。你们会站在一片巨大的雪白的卫生巾上面，四周垂满了小星星和一轮小月亮，你们伴着音乐翩翩起舞，和之前的痛经状态形成鲜明的对比！”

你卖的到底是卫生巾还是止痛药啊？

导演殷切地问她：“你会跳华尔兹吗？”

盛乔：“……”我不想会。

那个叫周澈的男搭档很快换好衣服、做好造型出来了，盛乔不认识他，他自我介绍说，是某某大学表演系大三的学生。

现在的男学生，真是不容易啊。

拍摄很快开始。

第一个场景先拍盛乔在床上因为经期而痛得死去活来的画面，周侃又特意给她补了一层粉，擦掉了一些口红，让她整张脸看起来格外憔悴。

导演举着板子：“三二一，开始！”

痛经还需要演？盛乔自己就是痛经大军中的一员，立刻蜷缩成一团，捂住肚子，做出痛苦又崩溃的神情。

结果她就听见导演说：“咔。小乔，你不能这样演，你得美一点，又痛又美懂吗？你现在这个表情太狰狞了。”

盛乔：“……我这就是痛经最真实的表情。”

痛得死去活来的时候，谁还管你美不美。

导演：“我们这是要播给十三亿观众看的，你一脸狰狞，合适吗？”

盛乔：“……不合适。”

导演：“欸，不合适就对了，懂了吧？再来一次啊。”

盛乔：“……好的。”

板子一打，她用手捂住肚子，下颌微微朝内缩，做出一副委屈又可怜的神情。

导演：“停！小乔，你这是痛经吗？你这像怀了个孩子却不知道孩子他爸是谁啊。”

盛乔："？？？"

她翻身坐起："要不导演你先来给我示范一遍吧。"

导演说："那哪儿行，我又不来'大姨妈'，我哪儿知道痛经是什么感觉。"

盛乔生无可恋地躺回去了。导演还给她打气："别气馁啊小乔，我相信你可以的！我们再来一次！"

第一场痛经的戏，翻来覆去拍了二十几次才终于搞定。

第二幕是男朋友来接女朋友去舞会，却发现女朋友饱受痛经的折磨，心疼之际，灵光一闪，给她买了包卫生巾回来。

盛乔坐在旁边："……"

老娘痛经你给买卫生巾？老娘自己不会买吗？你还不如让我多喝热水！这广告剧本是谁写的啊？有没有点常识啊？

接下来就开始拍盛乔拿到卫生巾，原地转了个圈圈，就换上了舞会的裙子和水晶鞋，牵着男朋友的手，跳起了优美的华尔兹。

结果周澈不会跳华尔兹，老踩她脚，脚背都被踩肿了。

"盛·生无可恋·乔"："先等等，我先教你基础的舞步。"

周澈也挺不好意思地说："对不起，盛乔老师，是我的错。"

"没什么，很简单的，你看啊。一拍一步，一小节三拍，一共三步。"她提着裙子在原地跳起来，舞步走得慢，一步一步地演示给周澈看。

导演："对对对！就是小乔这种感觉！小乔，你跳得太好了！等配上后期，你们在雪白的卫生巾上面旋转，一定会更好看！"

盛乔："……"再说下去，老娘不跳了。

教了半天，周澈总算掌握了基本的舞步，正式开拍，摄影棚还放了适合华尔兹的音乐，盛乔穿着粉色的蓬蓬裙，长发伴着蝴蝶结飞舞，笑得又甜美又温柔。

下午时分，整个场景才全部拍完，明天还要去录音棚录广告台词。盛乔去试衣间换完衣服出来，导演迎上去递给她自己的名片，特别激动地说："小乔，你真的太出乎我的意料了，你演出了我想要的全部感觉！以后有什么广告，我一定会第一时间联系你的！"

盛乔："……"

不了不了，我不想再在卫生巾上面跳华尔兹了。

导演冲身后的助理喊：“来，把给小乔准备的礼物拿过来。”

助理应了一声，从角落抱着一个大箱子跑过来，方白伸手接了，箱子看着大，却不怎么重，盛乔问：“这里面是什么呀？”

导演：“卫生巾！超好用的！过几天品牌商会再给你送几箱过去，你这一年的卫生巾都不用买了。”

盛乔：“……我谢谢你们了。”

盛乔抱着一箱卫生巾回家。

方白三个人在车上终于忍不住，都快笑抽过去了，丁简说：“乔乔，这个广告一播，你一定会火的！”

盛乔摆了摆手，不想说话。

丁简翻开广告词剧本：“这个广告词写得也好好笑啊！哈哈哈……‘姨妈这个小妖精又来折磨人了’，‘轻盈舒爽，随心而舞，××，给你最好的少女体验’。所以阿姨和大妈不配拥有这个卫生巾吗？”

盛乔：“……”

贝明凡以后再给她接这种广告，她就跟他拼了！

傍晚时到家，盛乔不习惯要生活助理，只让方白帮忙买了些菜回来，自己煎了个蛋，煮了碗面，一边吃一边刷微博，就看见霍希的官方微博公布了下周六第三场巡演开票的消息。

她“嗖”的一下把面条吸进嘴里，赶紧拿小号加了团票群。团票是官方专门给粉丝准备的第一拨售票，开放票数不多，但比起后面在票务营销平台公开售票要好抢多了。

担心自己抢不到，她又把链接发给方白，恳切地交代：“小白，拿出你单身二十年的手速来！抢到了我请你吃饭！”

方白；“你才单身二十年，我年前刚分手。”

盛乔：“啊？我咋不知道？你为什么分手啊？”

方白憋了半天才说：“……她劈腿了。”

盛乔："好的，抢到票了，姐姐给你介绍女朋友。"

方白："……"

盛乔看着开始倒计时的购票界面傻乐，又想起以前乔羽动员整个律师事务所员工帮她抢票的事，眼里的光黯淡下去，她默默叹了口气。

第二天一早，方白来接她去录音棚。

只是简单的录音，她交代丁简和周侃不用跟来，让他们可以睡个懒觉。

录音棚在市区中心，市台大楼里。

这栋大楼上上下下几十家公司都是传媒行业的，有国企也有私企，是传媒界的集中地。

盛乔到了之后，有广告商那边派来的负责人跟她对接，昨天拍摄卫生巾广告的导演身边那个助理也在，有些羞涩地说："小乔，今天我负责你的录音。"

盛乔看了他几眼，迟疑着问："你跟你老师的风格不一样吧？"

助理连忙摆手："不一样、不一样，我很正常的。"

那她就放心了。

她昨晚已经在家练习了广告词，还找了不少卫生巾广告出来看，知道这种类型的广告要用甜美少女带着丝撒娇的声音来念，好在她的声音还算细腻，装起少女来也没什么违和感。

他们约的是十点，盛乔还提前半个小时到了，结果去录音间的时候，外面的员工告知，房间已经被占用了。

助理生气地说："我们预定了十点，你们怎么能把设备给别人用？"

员工也一脸无奈："师萱今天在这里录歌，她那间录音室的设备坏了，这间是最好的，她非要用，拦不住。"

助理说："那也不能这样啊，她要录歌，我们就不用录台词吗？"

星耀一直在推师萱，她本身设定也好，一路好资源，人气涨得很快，已经隐隐有华语乐坛新生代代表歌手的姿态。

这里是师萱的御用录音室，长期客户，员工当然不敢得罪，只能说："她很早就来了，大概再录两个小时就结束了，你们要不去休息室再等等吧。"

方白冷笑："凭什么要我们等？她也没见多大牌啊，怎么架子这么大，还学会抢人东西了？”

员工被搾得特尴尬，也不是他的错，他两边都得罪不起。盛乔看他那为难模样，拍了拍方白：“算了，他也说不上话。”她朝那员工笑笑：“师萱嘛，我们认识，老朋友了，她要用就让她用着，只不过，我可以进去等吧？不打扰她，就在隔音室外面。”

盛乔愿意主动退一步，员工当然不敢再逼，赶紧说：“可以可以。”

他把门打开，盛乔手指朝后招了一下：“都进去。”

一行人鱼贯而入，正在深情演唱的师萱斜眼看到外面进来这么多人，歌声都卡住了。

盛乔走在最后，脚步慢悠悠的，跟隔音室外的老师打了个招呼，又冲里面面色不善地瞪着她的师萱笑了笑，握住拳头比了个打气的动作，然后淡淡吩咐身边几个人：“都给我看她，盯着她看，还要笑，笑得越和蔼越好。”

几个人被抢占录音室都很生气，立刻照做。

师萱无论从哪个方位都能感受到那几道目光，抬头一看，他们还冲你笑，真是鸡皮疙瘩都起来了。

嗓子发痒，歌也录不下去了，师萱冷着脸从里面出来，冷笑道：“小乔，好久不见啊，你这是干什么呢？”

盛乔笑得别提多温柔了：“看不出来吗？给你打气呀。”说着，她还比了个打气的动作，“加油哟。”

师萱：“谢谢你的一番好意，不过人多我唱不下去，还请你带着你的人出去。”

盛乔：“瞧你说的，人多你就唱不下去了，那你作为一个歌手，今后怎么登台表演呢？观众都不是人吗？”

师萱：“你……”

盛乔唇角还笑着，眼神却冷下来，点了点下巴：“进去，继续录。你想用我的录音间，我让给你用。让我听听，抢来的设备，录出来的声音是不是要更好听些。”

师萱脸都气白了。

两人对峙半天，她咬牙道：“不录了！我们走！”

盛乔微笑：“走好，不送。”

师萱气势汹汹地走了，录音室空下来，盛乔笑容温柔，转头温声问助理：“我们现在可以开始了吗？”

助理：“……可以。”

他算是知道了，盛乔昨天没揍导演，真的是导演运气好，傻人有傻福啊。

时间已经超了半个小时，几个人立即投入工作，连接好设备之后，盛乔拿着台词本进入录音间。

这是她第一次录广告台词，跟演戏还不一样，各有各的技巧。孟星沉还没教到台词这一块儿，她现在一切都靠自己摸索。

助理虽然只是个助理，但要求还挺高，也挺专业的，看出来盛乔对念广告台词没经验，一句一句地告诉她该用什么样的语调。

就十句广告词，录了两个小时，每一句她说了得有一百遍。她深深觉得，这个助理怕是个重度完美主义者。

午饭时间广告商派人买了饭上来，盛乔不想在录音室留下味儿，几个人端着饭菜去休息室吃。

这时候吃饭的员工也挺多，盛乔去得早，找了个偏僻的位置，倒是没人注意到她。传媒行业工作多得要命，秃顶概率跟程序员有的一拼，吃饭都匆忙。

她身后那桌坐了四个女生，应该是实习生，各自抱怨不适应社会的快节奏，还是校园好。正聊着，有个大腹便便的中年男人走过来，冲着其中一个说：“梁小棠，你来我办公室一趟，有点工作跟你交接。”

四个女生都噤声了，那男人提高声音：“听到了吗？”

好半天女生小声说：“听到了，马上就来。”中年男子走后，被点名的梁小棠都要哭了：“怎么办？怎么办？我不敢去！”

她的同事安慰：“说不定真的有工作交接，你还是赶紧去吧。”

梁小棠不情愿地站起来，又说：“如果半个小时后我还没出来，你们一定要来敲门找我啊！拜托了。”

“嗯嗯，一定来。”

那个女生这才慢腾腾地出去了。

盛乔咬着筷子，心想，毕业生也不容易，交接工作都怕成这样，估计上司挺凶的。

吃完饭，方白还去自助间给她拿了点水果过来，正剥着橘子，身后那桌的女生说："半个小时了，小棠还没出来，我们……"

另一个压低声音："别管了，赶紧上班了，我下午还有个视频要剪。"

"为了她得罪主管太划不来了。她不是天天把霍希挂在嘴边吗？这种时候，等她的霍希去救她呗。"

盛乔把橘子往桌上一拍，起身走到那几个女生面前，眉眼冷冷的，说："那个主管的办公室在哪儿？"

几个女生被她的突然出现吓蒙了。

她们反应过来后，其中一个女生失声道："盛乔？！"

她皱了下眉："我在问你，主管的办公室在哪儿。"

"在……在12楼1206。"

盛乔转身就走，走了两步，又回来，看着那几个女生淡淡道："知道因果循环吗？你对别人的困境袖手旁观，将来自己遇到危险，也不会有人出手相助。"

话落，她加快脚步冲着12楼去了。

方白捧着橘子皮，哭着追了上去。

电梯上到12楼，找到1206，房间上的牌子写着"运营主管"，盛乔敲了敲门，没反应，干脆把门当鼓面，敲得砰砰作响，还带节奏。

敲了足足一分钟，里面才传来怒吼的声音："谁啊！"

"外面着火了，里面有人吗？"

紧接着就传来脚步声，房门匆匆被拉开，惊慌失措的中年男人喊着："着火了？哪里？哪里？"

盛乔看都没看他，侧身径直走了进去。

办公室内，梁小棠坐在沙发上，手腕、脸上全是红印子，头发也乱，眼眶通红，看到有人走进来，一直憋着的眼泪一下就掉出来了。

待看清那人的容貌，她瞳孔一张，连反应都忘了做。

盛乔已经走近，伸手把她拉起来，见她愣愣地看着自己，柔声道："走啊。"

梁小棠下意识地站起来。

主管也终于反应过来被骗了，气愤地回身骂盛乔："你是谁？竟然乱闯办公室谎报火情，你信不信我叫保安轰你出去！"

盛乔把梁小棠拉到身后，冷冷地盯着他："你信不信我叫警察抓你进去？"

那主管神色一僵，也看出眼前这张脸有些眼熟，但他在气头上，又紧张，一时想不起来，只气急败坏地反驳道："张口闭口警察，警察局你开的啊？还威胁我？抓我做什么？我犯法了吗？"

"你犯没犯法心里没点数吗？我看你年纪也不小了，应该也有孩子吧？养的是女儿吗？不担心自己做的事有一天报应在自己女儿身上吗？"

她上下打量他几眼，讥笑："不过看你这样，也生不出孩子吧？秃顶油腻怪。"

主管："你……你……你……"

盛乔还专门把目光落在他裆部，勾着唇角意味深长地笑了一声。她牵住梁小棠的手腕，转头柔声道："我们走。"

主管在后面撕心裂肺："你给我站住，你……你满嘴说的……"

盛乔淡淡吩咐方白："拦着他，报警。"

盛乔手腕一紧，梁小棠颤抖着说："别……别……"

盛乔脚步一顿，偏头看了看梁小棠，半晌，轻声说："好，不报，你别怕。"她转头恶狠狠地盯着想要冲上来打她的主管，一字一句道："再敢骚扰她，老娘弄死你。"

梁小棠被吓得不轻，整个人一直在抖，她这个状态也没法继续上班，盛乔牵着她去了录音室。

工作人员还没回来，整个房间就她们两个人，盛乔给她倒了热水，柔声问："你需要一个人待一会儿吗？"

梁小棠默不作声地点了点头。

"好，我就在外面。"

盛乔拉开门出去了。

方白正在走廊上跟导演助理解释刚才是怎么回事，两个人年纪轻，都听得特别气愤，见盛乔出来，都忙着问："那个小姑娘怎么样了？真的不报警吗？"

"她不想报警，暂时先不报，等她冷静一会儿吧。"

方白看了她好一会儿，终于还是没忍住，把她拉到一边悄悄问："乔乔姐，你是因为她是'希光'才帮她吗？"

盛乔愣了一下，没立即回答，她垂眸看着地板，好半天才低声说："小白，你有遇到过那种很绝望的境地吗？就是那种……四望无路，尽是绝地。"

方白想了想，摇头："我最绝望的时候就是高三的时候。"

她笑了一下："高三还能有盼头呢，数着时间，知道什么时候到头。真正的绝地，真的是一点办法都没有，只能祈求有人能伸手拉你一把。"

"乔乔姐，你有过那种时候吗？"

有吗？怎么会没有呢？发现自己成为盛乔的那一天，发现乔瞧从这个世界上消失的那天，发现父母和哥哥用陌生目光打量她的那一天。

绝望到，她从不肯去回忆那一天。那时候，多希望有人能拉她一把，能告诉她，她接下来的路应该怎么走。

她笑着摇了摇头："没有。我只是想着，如果将来有一天我到了那种境地，也有人能像我今天这样拉我一把就好了。你就当我是在给自己积德吧。"

方白似懂非懂地点了点头，又好像想到什么，神色古怪地说："乔乔姐，你今天那些骂人的话……以后可别再说了，太有损你的形象了！"

秃顶油腻怪……这几个字组合在一起的杀伤力简直太大了，刀刀戳男人的心窝好吗？！

她简直就是个语言天才啊，怎么能同时做到夸人和骂人都这么厉害呢？

盛乔："我说脏话骂人，但我是个好女孩。"

方白："……是的，你是。"

没多会儿，录音室的门被推开，梁小棠站在门口，嘴唇抿了抿，低声喊："盛乔……姐姐，刚才谢谢你。"

她笑笑，走过去问："好些了吗？"

"嗯。"

“还想回去上班吗？”

梁小棠眼睛通红：“不想了。可是我的实习报告……怎么办啊？”

学校规定，没有实习报告毕不了业，现在重新找实习工作时长也不够。

盛乔说：“那就报警，让警察把他带走，你就可以继续在这里工作到实习结束。”

“不行的，没有证据的。”她摇着头，又快哭出来，到底只是个还没毕业没有社会经验的小姑娘，她哽咽着道，“之前也有实习生被他欺负过，报警了也没用，根本就没证据，而且他家还是公司的股东。我们进公司后才知道这件事，平时都避着他，我之前也被叫去过办公室，每次都胆战心惊，但之前他一直没对我做什么……”

因为没遇到，便天真地庆幸，那些事永远不会落到自己头上。

盛乔叹了声气，掏出纸巾给梁小棠擦眼泪：“好了，别哭了，不是你的错。”她等梁小棠情绪稳定，才轻声问，“那我问你，如果我报警，利用自己的明星身份引起舆论谴责，逼他离职，你愿意出庭做证吗？”

梁小棠双手捏得紧紧的，嘴唇都发白，好半天，颤抖着说：“对不起……我不想……”她抬头看盛乔，满脸都是泪，“对不起啊，真的对不起……”

盛乔摸摸她的头：“你没有做错什么，不用说对不起。现在我让我助理帮你去请假，你先回家，然后把这件事告诉爸爸妈妈，跟家人商量解决的办法，好吗？”

“嗯……”

她问了梁小棠公司所在的楼层，让方白以哥哥的身份去请假，方白说：“请假理由呢？”

盛乔冷冷道：“被狗咬了。”

梁小棠叫车回家了，工作人员陆续回到录音间开始工作，盛乔的广告台词没剩下几句，用了不到一个小时就搞定了。

开车送盛乔回家的时候，方白还有些愤愤不平：“那种人渣，就应该报警抓他！乔乔姐，你说她为什么不愿意报警啊？你都愿意出面帮她了。”

“她有她的顾虑，她的人生，我们没法替她做决定。”

没有背景和后台，初出茅庐的女孩子在这个社会上终究不占优势。很多时候，有心无力，还要承受本不该由自己承受的质疑和指责，资本为上的时代，连反抗都需要实力。

“就这样放过那个主管了？他以后要是再欺负人怎么办？”

盛乔笑叹：“小白，你当助理真是屈才，你应该加入复仇者联盟，名字就叫正义侠。”笑完之后，她揉了揉额角，“我再想想办法吧。”

到家之后，盛乔上网搜了搜梁小棠的公司和那个主管的名字。公司倒是不小，蹦出不少项目信息，那主管却没搜到什么。

之前被欺负过的实习生，估计也默默忍了。

盛乔逛了下国内的大学生论坛，人气还挺旺，初入社会的毕业生都在讲述着自己的经历，各自抱怨，彼此安慰。

想了想，她给贝明凡打电话：“你手上的‘水军’能不能借我用用啊？”

贝明凡说：“你想‘黑’谁，我先看看我手里有没有料。”

盛乔：“……”

她把梁小棠的事大概说了，贝明凡在电话里啧啧感叹：“说你是正义使者，你还真把自己当人民公仆使啊？盛乔，你还敢跟我借‘水军’？你知道你今天这种行为又得给我惹多少麻烦吗？你说你怎么这么会搞事呢？你不红天理难容啊。”

“再也不搞了，我有罪，请求您的宽恕。所以，‘水军’能借我吗？”

“……这事儿你别管了，我来搞定。”

盛乔持怀疑态度：“你能行吗？”

贝明凡气笑了：“好歹我也是有女儿的人，就当为我女儿成长的道路清除垃圾了。”顿了顿，他又说，“盛大侠女，请问你以后再遇到类似事件能不那么冲动而是选择交给我去处理吗？你知道你是个女明星吧？”

盛乔：“……事发突然，是我冲动了，对不起。”

每次道歉都道得那么快，那你倒是改啊！贝明凡被她气得无语，下午接到孟星沉的电话时，忍不住跟他吐槽：“你给我介绍的这个姑娘，真的，我带过那么多艺人，就没遇到过搞事还搞得这么理直气壮的。”

孟星沉在电话里笑：“那丫头怎么你了？”

贝明凡把直播撑抄袭和今天的事说了：“善良是真善良，但这圈子，你说，啃的就是善良的人啊。她也不是新人了，做事怎么还这么由着性子来呢。”

气呼呼地说完了，好半天，他才听见孟星沉说：“可能是因为在黑暗里待得太久，所以再也无法忍受任何黑暗吧。”

贝明凡一愣，想起之前有关她的所有传言，终于没再说什么。

挂了电话，孟星沉若有所思，打开浏览器输入“盛乔抄袭”。新闻和视频很快大篇幅地蹦出来，他选中视频点了进去。

他看了三遍。那个情绪激烈、又凶又气的小姑娘，真的是前两天在他面前温和沉静的女孩吗？

他总觉得盛乔变了，变得让他觉得不真实。

可此刻视频里这个提着裙子冲上台，最后被两个助理拖下去的小姑娘，又是那么鲜活，像一团明媚的光，让人忍不住靠近。

她说的那首歌叫什么？《风凉》？

霍希？那个“流量”明星吗？

到晚上的时候，一个匿名爆料知名传媒公司主管性骚扰女职员的帖子就在各大论坛流传开了。

有职业“水军”下场，帖子的热度持续上涨，公司名和主管名被打了马赛克，但很多细节形容仍旧让火眼金睛的网友扒出来是某某传媒公司的某某主管。

他是惯犯，以前的受害者基本都默默选择辞职，唯一报警的受害者还因为没有证据不予立案，这么一扒，不少人匿名现身说法，讲述被骚扰的经历。

法律制裁不了你，就让舆论制裁你。这家公司很快就被毕业生们抵制了，各大高校的学生这几天口耳相传，基本都在警告学弟学妹，千万不要去那家公司实习。

连学校都专门开了毕业前夕的大课，告诉学生该如何抵制职场性骚扰，保护自己。

公司起先还辟谣，但架不住职业“水军”的轰炸，对主管做出了停职调查处分。不管结果如何，起码很多人都知道那家公司去不得，避免了很多女孩遭受不公。

梁小棠在家休养了三天，跟父母商量后最终选择辞职，去公司递交辞呈时，才知道主管已经被停职了。

整栋大楼闲余时间都在讨论那个帖子。

梁小棠已经好几天没上网了，她拿出手机翻了翻，看到了那个热门帖子。作为资深“希光”，她对“水军”的手段再熟悉不过。

谁会拿钱请“水军”去做这么一个帖子啊？

她手指颤抖，在搜索栏输入盛乔的名字。这不是她第一次搜索这个名字，可这是她第一次带着感恩和善意去搜索。

盛乔的粉丝已经突破1000万。

她点开私信的对话框，写下三个字：“谢谢你。”

盛乔有那么多的粉丝，每天会收到上万条私信，可能永远也看不到自己的这句谢谢。如果将来还有机会再见到她，她想当面对她说，谢谢你。

还有，对不起。

盛乔虽然没自己行动，但一直盯着网上的走向。要不怎么说是带过影帝的金牌经纪人呢，出手就是不一样，盛乔满意地关了电脑。

明天就是录制第三期《星光少年》的日子，贝明凡那边专程打电话过来警告她，这次再不许搞什么幺蛾子，老老实实放你的“彩虹屁”。

盛乔正应着，门铃响了，她一边接电话一边打开门，看到门外带着一脸温和笑意的孟星沉，惊讶道：“孟前辈，你回来了？”

电话里贝明凡说：“星沉到了啊，那我就不跟你说了。你专心点跟他学，估计下个月就有戏拍了。”

盛乔挂了电话，把他请进来，照常是先问他喝什么，煮了茶之后，把笔记本拿出来，一副好学生的姿态。孟星沉看了她半天，想起视频里那个鲜活的形象，跟眼前这个低眉垂眼的女孩相比，简直像两个人。

他慢悠悠地说："听说我不在的这段时间，你搞了很多事？"

盛乔："一点小事故，已经解决了，谢谢前辈关心。"

看看，又是那副礼貌又疏离的态度，关键是还挑不出一点毛病。

盛乔把他留下的那段剧本递过来，上面铺满了她的笔记，认真地请教："孟前辈，发给你的作业我已经尽我最大的努力了，到底是哪里出了问题呢？"

孟星沉收回神思，在心里笑叹一声，接过剧本讲解起来。

盛乔立刻进入学习状态，听他指点迷津，犹如拨云见日。专注的时候，时间总是过得特别快，一下午时间很快就过去，盛乔还在寻思他是不是又要留下来吃饭，茶几上的手机响起来。

孟星沉瞟了一眼，还没看清，就看见对面的女孩飞快地拿起手机，说了一句"对不起，我接个电话"，一路小跑着进卧室了。

他没错过她眼底那团由沉静化为热烈的光。

过了会儿，她接完电话出来，恳切地对他说："孟前辈，朋友约我晚上有点事，抱歉，不能留你吃饭了。"

孟星沉笑笑："没关系。那我就先走了，下次见。"

"嗯，前辈再见。"

她把他送出门，就接完电话这么一小段的时间里，身上终于又有了一丝他在视频里才看到过的鲜活。只是似乎因为有他在，在尽量压制。

孟星沉一路下楼，坐上车后，没着急走，点了根烟。

没多会儿，一束车灯刺破黑暗，轰鸣渐进，车子驶入车库，停在了附近，有人从车上下来，穿一身黑色休闲装，身段高挑，戴着帽子，埋头走向电梯。

孟星沉的目光随着他移动，到电梯口时，才看到盛乔不知道什么时候已经等在那儿了。

她像只雀跃的小鸟，灯光照下来，满眼都是掩饰不了的爱意。两人不知道说了什么，她仰着小脸看他，那样认真又喜欢的神情，好像她眼前的这个人就是她的整个世界。

直到他们进入电梯，孟星沉才终于掐灭了烟，发动车子。

呵，这花心的丫头。

霍希给她拿来了第三场巡演的门票。

盛乔高兴坏了，一边说“这怎么好意思呀”，一边飞快地接过门票左看右看，眼睛发光。

嘴上说着不要，身体却很诚实。

进屋之后，房间里还留有一丝男士香水的味道，霍希皱了皱眉，但什么也没问，盛乔已经放好门票，小跑着出来了：“霍希，你想吃什么？我给你做。”

他说：“都可以。”

她把头发扎起来，帮他打开电视，调出来一个纪录片，又用热水泡了杯果茶给他，才终于跑进厨房了。

很快就传出叮叮当当的声音，她好像心情很好，还轻声哼着歌。仔细去听，还是他的歌。电视的声音、做菜的声响、唱歌的小调，这几种声音混在一起飘满房间，竟然让他有种久违的温馨的感觉。

他起身走了走，目光被壁上的挂画吸引。

是一幅国画，水墨调，山塘月色，落款处的印章叫“沈清韵”。很少有年轻人在墙上挂国画。

盛乔刚好出来在冰箱里拿东西，见他站在画前打量，解释说：“那是幅赝品。真品太贵了，现在还买不起。”

霍希回头问：“你喜欢这个画家？”

盛乔抿了下唇，朝他笑：“嗯，很喜欢。”

是她妈妈呢。

饭很快就做好了。她知道他喜欢吃什么，不喜欢吃什么，饭菜都符合他的口味。看他尝了一口，点头说好吃，她顿时笑起来，开心得不得了。

啊啊啊……跟偶像单独吃饭，哪里还吃得下饭啊，看他就够了。

原来秀色可餐是真实存在的！

霍希突然开口：“你明天又要录节目了吧？”

“对。”

他看她几眼："要是再遇到什么事，不准像之前那么冲动了。"

她小鸡啄米似的点头："嗯嗯嗯。"

偶像说什么就是什么！她很乖的！

"就算跟我有关，也要等私底下联系经纪人或者联系我去解决，不准自己动手。"

"嗯嗯嗯。"

"如果再犯……"他淡淡扫她一眼，"一个月不许见我，演唱会也不准去。"

盛乔："？？？"

啊啊啊……这个惩罚太凶残了，她会死的！！！

盛乔立刻竖起三根手指发誓："我保证不再冲动！克己复礼，严于律己，争做三好青年！"

霍希抿了下唇，像是想笑，又忍住了，淡声说："行，吃饭吧。"

第二天，盛乔睡了个小懒觉，吃完午饭丁简已经带着周侃过来给她化妆了，然后直奔《星光少年》节目组录制现场而去。

从这一期开始，剩余的二十五个选手分为五组，每期每组淘汰一个人。其他三位导师因为要指导选手彩排，昨天就来了。盛乔什么都不会，节目组也就没要求她到场。

一到现场，所有工作人员都在看她。

虽然距离上一期的直播事故已经过去一周，但突然发飙的盛乔还是令他们印象深刻。以前还以为她是个"包子"，不敢得罪人，所以才不使用一票否定权。

没想到是座火山，喷发之后要人命的那种。

担心她又出乱子，贝明凡这次也跟来了，一进后台，叶桐看她那眼神好像在看一位勇士。

卫鹤冬说："哟，小乔来啦，这几天休息得怎么样？心情好吗？"

"心情挺好的。"她笑眯眯地跟众人一一打了招呼，又变回那个温和亲切的女孩。不过几人再不会被她的表象蒙骗，黎尧似乎一直不太喜欢她，也不知是夸是讽："还以为你只会夸人呢，没想到你还会骂人。"

盛乔："我骂人挺厉害的，你要听听吗？"

旁边的方白顿时想起几天前那些振聋发聩的话，生怕盛乔当场说出来，着急说："乔乔！好女孩不准说脏话！"

盛乔朝他笑笑，黎尧也没再说话了。

几个人探讨了今天将被划到淘汰边缘的选手，这种五个人表演、四个人晋级、一个人淘汰的赛制最是残忍，连叶桐都说："小乔，你今天可得好好安慰那些被淘汰的孩子，别让他们对未来失去信心。"

贝明凡还给她发了个链接："你的'彩虹屁'库存还够吗？我给你找了点灵感，上台前多看看。"

盛乔顿时觉得压力好大。

直播很快开始，这一期比上一期的观看人数还要多几倍，都是托了盛乔发飙的福。大家都希望这次的选手能不怕死地再在刚正不阿的盛乔老师面前搞点事出来，结果这次的选手都很正直，就连盛乔都不怎么放"彩虹屁"了。

她居然开始正儿八经地从专业角度去点评选手，虽然就那么几句。

"你刚才弹钢琴的时候，有两个和弦弹错了哦。不过你很聪明，降调处理了，下次要继续加油。"

"这首歌你改编加入了电音的元素，但因为原曲本身已经有很浓烈的重金属风，你加强了摇滚感，有点炸过头了，会让听众觉得有点吵。"

……

咋的？你还懂音乐啊？

盛乔自己解释了："我没系统地学过音乐，只能从一个最普通、最真实的听众的角度给你们意见，毕竟将来你们站上舞台不是唱给导师听，而是唱给最普通的观众。"

看直播的网友起先还想嘲讽她不自量力、不懂装懂，听到她说这句话，居然都泛起一丝认同。是啊，很多时候很多节目，明明观众不觉得怎么样，导师居然全给晋级；明明观众觉得很好听，导师却能挑出不少毛病。

网友们不懂专业的东西，只想看呈现出来的状态。

这么一想，对盛乔的观感又有了一个新的转变和提升。

第三期节目顺利地录完了，被淘汰的选手泪洒舞台，离开之后又要开始新的追梦旅程。娱乐圈就是这样，追追赶赶，一刻也不能停下。

直播结束后已经挺晚了，跟大家告别之后，方白和丁简就准备送盛乔回家。商务车停在车库，方白先去开车，丁简陪她等在出口。

车子开过来的时候，盛乔正在和丁简随口聊天，视线随意一扫，落在车子的前轮胎时，不知为何，心头狠狠跳了一下。

方白把车子停在旁边，等她们上车。

盛乔却没动，皱眉盯着那轮胎，丁简问："乔乔，怎么了？"

她比了个嘘的动作："别说话，小白，先把车熄了。"

方白不知道什么情况，但看她神情严肃，立即照办。发动机一熄，偌大的车库又恢复寂静，渐渐地，能听见有细小的放气声，然后越来越清晰。

方白从车上下来，盯着前轮胎，手背一寸一寸地去试，终于找到放气口。

有人在轮胎上扎了一个洞。

若是开车上路，高速行驶中车胎爆炸，后果不堪设想。

丁简和方白都变了脸色，盛乔说："拍个照，把车扔这儿，给贝哥打电话，让他叫人来拖。"

丁简沉着脸去联系贝明凡了，方白拳头捏得紧紧的，声音从齿缝中挤出来："这是谋杀！"

如果不是盛乔察觉异样，他们已经上路了，想想都觉得后怕无比。

车库那头传来说话声，很快就有车子渐渐驶过来，见他们停在这里，叶桐从车窗探出头来："小乔，怎么啦？在这儿干吗？"

方白一脸怒气地想说些什么，盛乔扯了他一下，温声笑道："车坏了，找人来拖呢。"

叶桐说："啊，这么倒霉啊。那我送你回去吧，这么晚了，快上来。"

"谢谢叶姐，你真好。"

那头丁简也打完电话了，她倒比方白沉稳很多，知道有些话不该说，不用盛乔打招呼，跟着上车了。

叶桐先把盛乔送到家，方白和丁简都跟着下车了，道了谢，两人一左一右护着盛乔往里走，像是生怕有辆车突然冲上来，劫持盛乔扬长而去。

上了电梯，两人才松了口气，方白恶狠狠地说："肯定是那个星二代！"

盛乔想了想："不一定。"

无论是高美玲还是那个主管，大概都想搞死她。更不用说这个世界从不缺心怀恶意之人，或许谁都不是，只是讨厌她的极端粉丝。

方白说："乔乔姐，我们报警吧，让警察给你申请人身保护。"

她脑子有些乱，只说："等明天贝哥来了再说吧。"

把她送回家，方白还是不放心，让丁简今晚就在这儿睡，走之前又检查了门窗，还交代盛乔一定要反锁好门。

丁简睡客房，门都没关，跟盛乔说："有什么事及时叫我。"

那神情，像是会有杀手从天而降、破窗而入一样。

夜已经很深。

盛乔躺上床，翻来覆去睡不着。她内心其实并没有表面上看起来那么平静，有人想杀她，她怎么会不怕？但越怕越要冷静，这样才能把那些恶毒的人从阴暗角落里揪出来。

她得活着，她还有很多事没做。

电话骤然响起来，盛乔本来就有些紧绷的神经被吓了一跳，看到来电显示是"我的宝贝"，紧张和恐惧就像日出后的云雾飞速散去，只留下安心的温暖。

"霍希！"

他淡淡"嗯"了一声："今晚表现不错。"

没有冲动，还点评了几句令他意外的专业术语。

"你看直播啦？"她顿时有些不好意思，"我都是胡说的，你不要看。"

他好像在笑，声音还是淡："夸人夸得挺厉害的，怎么没见你这么夸过我？"

"那能一样吗。"

"哪里不一样？"

她顿了顿，小声说："凡人的词汇是不能拿来形容仙子的。"

好半天，她听见霍希问："我既然是仙子，为什么要下凡？"

"盛·理直气壮·乔"："为了渡我。"

霍希："……"他终于忍不住声音里的笑意，"盛乔，你以后要是不当艺人了，就来我工作室专门写文案吧。"

她也隔着电话笑，缩在被窝里的声音听起来又软又甜："那老板要多给我开点工资哦。"

他低声道："嗯，好。"

她开心得不行，小脚在被窝里乱蹬，开心完了，瞅了眼时间："霍希，早点睡觉呀，不要熬夜。你老熬夜，粉丝会担心的。"

"好，晚安。"

"晚安呀，霍希。"

她本来以为是一个胆战心惊难以入眠的夜晚，却因为有了他这通电话，连梦境都温暖。

第二天一早，盛乔还在赖床，门铃响了。丁简以为是贝明凡来了，一边喊她起床，一边去开门。

门外是快递小哥："你好，你的快递，请签收。"

丁简看了眼名字，收货人写的是"乔"，电话也是盛乔的电话，不疑有他，签收之后抱进屋，冲着盛乔卧室喊："乔乔，你的快递到了。"

"快递？我最近没买什么东西啊。"

她躺在床上玩手机："你帮我拆开看看。"

丁简应了，拿了水果刀划开胶带。随着箱子打开，她隐隐约约闻到一股不对劲的味道，却没有深想。盛乔还在霍希超话里打榜，就听见客厅传来一声撕心裂肺的惨叫。

手机"啪"的一下摔落，盛乔猛地起身掀了被子冲出去。

客厅里，丁简瘫坐在地，双手撑着地面往后躲，那个快递箱摔落在地，口子朝外，有乌黑的血迹随着缝隙流出来。

丁简面无血色，看盛乔走向箱子，一把抱住她的腿，哭着说："别看！乔乔，别看！"

她身子有些僵，俯身把丁简拉起来，扶到卧室坐下，丁简被吓得不轻，还在哭，边哭边哆嗦着摸出手机："我报警，我现在就报警！"

盛乔把她手机拿过来，柔声道："我先给贝哥打电话。没事了，你别怕，先躺着休息会儿。"

她拨通贝明凡的电话，缓步走向快递箱，电话接通的时候，她看到了箱子里的东西。

是一只被虐杀的黑猫，整个脑袋从中间被割成两半，瞪着绿幽幽的眼睛，皮毛上都是血。

贝明凡在开车，以为是丁简："我在路上了，还有半个小时就到，小乔没什么事吧？"

"我没事。"她死死地盯着箱子里的猫，好半天，咬牙说了句，"老娘要弄死那群畜生。"

贝明凡："小乔？怎么回事？你要弄死谁？你别乱来啊，你随时谨记你是个女明星啊！"

她指节发白，深吸一口气："你来了再说。"

贝明凡不知道发生了什么，真是被她的语气吓到了，油门一踩加大马力，很快就到了，按了门铃，盛乔先在猫眼看了看才打开门。

见盛乔好生生地站在自己面前，没打架、没杀人，贝明凡才终于松了口气，踏进屋说："你一天到晚要弄死这个，要弄死那个，我看你……"

话没说完，他看见地上的箱子里的死猫，脸色顿时就变了。

下一刻，他捂着嘴冲向洗手间狂吐起来。

盛乔忘了他重度洁癖。他把吃的早饭一股脑儿地吐了，跪在地上扶着马桶，颤抖着指尖："报……报警！"

盛乔这才拿手机报了警，称自己受到了死亡威胁。

警察很快就来了，两个年轻的民警接到出警任务的时候，还以为只是邻居间的恶作剧，进屋之后看到那只死猫，那样残忍的手法，才意识到不只是恶作剧那么简单。

快递是丁简接的，警察先给她做了笔录，又问："最近得罪过什么人吗？"

盛乔换好衣服走出来：“得罪的人不少。”

两个民警抬头看到她，都愣了一下：“你是……你是那个女明星盛乔？”

“对。”她把手机递过去，“不仅这个，昨晚我的车被人在轮胎上扎了个洞，这算蓄意谋杀吗？”

两个民警对视一眼，照相存档。盛乔把最恨自己的那几个人的名字说了，民警一一记录下来，又把猫的尸体装起来带走了。

丁简吓得不轻，贝明凡吐得厉害，两个人都有气无力地靠在沙发上。没多会儿，方白也来了，贝明凡打起精神说：“警察那边调查，我这边也会托人去查。小乔，你看你要先换个地方住吗？”

对方既然盯上你，换地方有什么用。她不想把威胁带给朋友，去外面就只能住酒店，还比不上家里安全。她摇摇头：“以后的快递全部拒收，出行时的车换成临时叫车。”

“你这段时间的工作我先给你推后。方白，你下午回家去收拾点东西，最近就在这儿住吧，小简你也是，你俩错开去，别留小乔一个人在家。”

贝明凡看他俩神情严肃，如临大敌，又笑着缓和气氛：“没多大点事儿，法治社会怕什么？我就不信还有人敢入室杀人。”

他不说还没什么，一说丁简又要哭了，害怕地说：“贝哥，要不还是请两个保镖吧，要是真有匪徒闯进来，我和方白也拦不住啊。”

“这里是高档小区，到处都是监控，出入都要登记，歹徒哪儿那么容易闯进来。”贝明凡想得还是周到，“就像今天，对方也只能借快递员的手送东西进来。证明对方还是有顾虑，不敢轻举妄动。”

他拍拍旁边一言不发的盛乔：“别害怕，我一定尽快把那家伙揪出来。这段时间你就安心在家休息。”

盛乔点点头，又说：“这件事尽量不要传到网上去。我不想我的粉丝担心。”

“这种事对艺人形象也有影响，我有分寸，你放心。”

盛乔的仇人无非就那么几个，贝明凡今早着了道，也算是把对方记恨上了，交代几句就急着回公司处理。

他一走，方白赶紧把房门反锁了，还把两把水果刀分别藏在沙发缝里，以防万一。

丁简说：“这里楼层太低了，早知道就该住十几楼，也不怕有人爬上来。”

说着，他像想象到有人持刀爬上来的场景，吓得一个激灵，赶紧跑去把阳台的窗子反锁了。

两个人坐立不安，盛乔像没事儿人一样问：“我去做早饭，你们想吃什么？”

丁简瞪眼：“你还有心情吃早饭？”

“那不然呢？”她耸肩，“总不能因为这个饿死吧？那还不是遂了他的愿。我煮个番茄面吧，你们吃吗？”

“……吃。”

然后盛乔就去煮面了。

吃饭的时候方白还皱着眉头在思考：“到底是谁呢？是那个主管，还是那个抄袭者？”

盛乔也想过这个问题。

对方能轻易到节目组车库去扎车胎，还能轻易知道她家的住址，圈内人的概率要大一些。而且报复手段太强烈、太直接，很像性格骄纵、跋扈的人会有的行为。

盛乔心里隐隐有猜测，但没跟方白说，把自己的想法发给了贝明凡。

吃完饭，方白洗了碗，盛乔找了部老电影出来看。除了她，另外两个哪里看得进去电影，一个用手机搜国内如何申请人身保护，另一个搜女子防身术速成。

下午时分，门铃突然响了。

丁简吓得手机都掉了，方白“唰”的一下抽出沙发缝里的刀。

盛乔：“……”

她径直走到门口通过猫眼看了看，门外是孟星沉。

她忘了告诉他最近不用来授课了。

盛乔回头吼方白：“把刀收起来！”

打开门，孟星沉看到屋内三个人，神色有些惊讶，笑着走进来：“小简，好久没见到你了。”

“孟老师，好久不见。”

丁简之前是孟星沉的助理，后来被抽调了好几次，两人有一年多没见过了。

盛乔说："孟前辈，不好意思，忘了跟你说最近有点事，暂时不能上课了。"

其实孟星沉一进屋就感觉到气氛不对。两个助理的神色和眼神都太紧张了，扫了一眼，总是通透的阳台门窗紧锁。

他皱了皱眉，问："发生什么事了？"

贝明凡是他的经纪人，他又是公司的股东，想瞒他是瞒不住的，盛乔把事情说了。

孟星沉听完，脸色漆黑，冷声道："这些人胆子也太大了！"他给贝明凡打了个电话，沉声的道："查出什么了吗？"

贝明凡说："已经着手在查了。"

"需要我插手吗？"

"暂时不用，我这点能力还是有的。最近你就先不要去小乔那儿了，对你影响也不好。"

挂了电话，孟星沉又亲自去检查了各个屋子的窗户，出来后跟方白说："把报警电话和紧急联系人的电话设为一键拨号，晚上别睡得太熟。"

看方白那样子，他又笑笑："对方胆子再大也不敢破门而入，别太紧张。"

他气质温和，如沐春风，倒真的驱散了不少这房间里的紧张气氛，看着盛乔道："来都来了，把今天的课上了吧，接下来几天你就好好在家练习。"

盛乔点点头，把笔记本拿了出来。

快到傍晚，丁简主动去厨房做饭，方白跟着去帮忙，孟星沉看时间也不早了，结束了今天的授课。

盛乔不太想留他在这里吃晚饭，结果丁简拿着锅铲跑出来说："孟老师，你很久没吃过我做的饭了，今晚一定要尝尝。"

孟星沉当然说"好"。

盛乔没说什么，打开电视接着看中午没看完的那部电影，刚看了没多久，门铃又响了。

孟星沉皱了下眉，说："我去开。"

他走到门口，透过猫眼看了看，眉梢挑了一下，伸手开门。

门外是霍希。

四目相对，霍希本就淡漠的眼神越发没有温度，却还是礼貌地打招呼：“孟前辈，你好。”

孟星沉笑吟吟地说：“你好。”

盛乔正在往门口走，听到霍希的声音，腿都软了一下。她两三步跑过去，紧张地朝他身后张望，然后一把抓住他的手腕把他拉进来，关上门才担心地问：“霍希，你怎么来了呀？”

霍希垂眸看她，神色淡漠：“我不能来？”

“不是不是。”她只是担心藏在暗处的人会伤害到他啊。

孟星沉耸了下肩，走回客厅坐着了。

丁简戴着围裙从厨房跑出来：“乔乔，白糖在哪儿啊？”她一抬眼，看见霍希，眼珠子都要瞪出来了，目光在两人身上来回扫，半天才说：“霍希老师，你好……”

霍希朝她点了下头：“你好。”他又垂眸看盛乔：“你在家宴请贵客，我就不打扰了。”

他转身要走，盛乔下意识去拉他手腕，伸到一半又缩回来，低声说：“霍希，我明天要去外地工作，最近这段时间都不在家，你下次如果要过来，提前给我打电话。”

他没转身，淡淡地“嗯”了一声，拧开门就要走。

盛乔终于还是没忍住，轻轻扯了下他的衣角。

他没回头，只是脚步顿住。

她抿了抿唇，唇角绽出浅浅的笑：“霍希，等我工作结束回来，我做炸酱面给你吃呀。”

好半天，他回过身来，淡漠的目光先是扫了眼客厅里的孟星沉，最后才落在她脸上。他勾了下唇，眼睛里却没笑意，微微俯身凑到她耳边，低声说：“敢爬墙，腿打断。”

第九章 对家

警察找上门的时候，高美玲正在家做饭。她离异单身，小孩判给前夫，一个人住在豪华的大房子里，整个房间都透着阴冷。

打开门，她看到门外的警察，愣住了。

两名警察也是一愣，起初看到被调查人住的地方这么豪华，还以为门后应该是养尊处优的富家太太。可此刻站在门口的女人太瘦了，因为太瘦，颧骨越发突出，脸颊下陷，整张脸充满了咄咄逼人的刻薄。

警察亮了证件，表明来意后，拿出了盛乔的照片，问她认不认识。

怎么不认识？化成灰她都认识。

因为盛乔，自己被公司开除，声名狼藉，在经纪人的圈子里人人避之唯恐不及，连朋友都与她疏远，不愿往来。

她就像个不能见光的老鼠一样，吃着这些年从盛乔身上压榨来的老本，找不到新的工作，也不想开始新的社交。

娱乐新闻每天都在报道盛乔的消息。离开了自己，盛乔好像越来越红。

她每天都数着盛乔的粉丝数量，每涨一个，对盛乔的恨就多一分。盛乔越红，她越恨。她一直在等待一个机会，她要把盛乔从高处拉回地狱，让盛乔摔得粉身碎骨，永世不得超生。

可自己只是在谋划，还没开始行动，警察怎么会找上门？

直到警察拿出车胎和死猫的照片，高美玲才知道是怎么回事。

询问了将近半个小时，警察才终于走了。高美玲锁上门，拉上窗帘，迫不及待地拨通手机里的一个电话号码。

足足打了三遍，那头才有人接听，不耐烦的声音：“你又想做什么？”

高美玲冷声道："盛乔那件事，是不是你做的？"

"什么事？你不要血口喷人。"

"岳书彦！我跟你说了，不要轻举妄动！你搞这些小把戏有什么用？对于她来讲就跟挠痒痒一样！"

电话那头沉默半天，突然暴躁："你管我怎么搞！我就是要整死她，听你的？你一点用都没有！要不是你曝光酒店那段视频，让我发什么微博，我也不会被公司雪藏，到现在一个活动都接不到！"

"要怪就怪你的粉丝，不是她偷拍，盛乔永远洗不白。我告诉你岳书彦，你整死盛乔容易，你以为你不用坐牢吗？你以为警察调查不到你身上吗？死多容易啊，一了百了，那不是便宜她了？你想报仇，不是要杀了她，而是要毁了她。"

"毁？怎么毁？你倒是毁啊。我等了这么久，你倒是毁啊！"

"需要时机。我警告你，你不要乱来，打草惊蛇。还送什么死亡威胁，真是笑死人，让她心生警惕，我这边的计划就只能搁浅！"

电话那头半天没人说话，过了会儿，传出一个陌生的笑："呦，原来这边还有更厉害的主儿啊。"

高美玲警惕道："谁在说话？岳书彦，你跟谁在一起？"

"陆哥。"

"陆……是陆平忠导演的儿子？《星光少年》里被盛乔骂抄袭那个？"高美玲终于反应过来，原来岳书彦重新找上了他。

两个骄纵跋扈的男生，气血上头，同仇敌忾，难怪报复手段这么直接，不过脑子。

高美玲笑了一声："陆少爷，你怎么也跟他学呢？为了区区一个盛乔，背上杀人犯的罪名，多不值啊。"

"这小子尽出馊主意，今早都有警察去我家了。好在没留下什么把柄，调查不到我头上来。高姐，久仰大名啊，你刚才说你在等待时机，不如我们聊聊？"

接下来的一周，盛乔没有再收到过任何快递。衣食住行一切正常，更没有人半夜敲门入室杀人。

一切好像恢复了正常。

很快又到了录制《星光少年》的那天。贝明凡开着自己的车来接她，出发前还专门在自家小区门口的修车店检修了车子，确认安全。

然后方白和丁简一左一右护送她上车，到节目录制现场时更是步步不离身。贝明凡停好车，将提前找好的两个保镖叫来车库，寸步不离地看守在车子旁边。

好在观众进场要进行安检，液体和刀具都不准入内，方白还潜伏到了观众席，蹲坐在盛乔身后那排椅子上，随时保持警惕。

有惊无险地录完节目，保镖汇报无人靠近车子，几个人把盛乔送回家。第二天一早，盛乔就接到了警察局打来的电话，说调查结果出来了。

是对方主动投案自首的。

作案人是个二十多岁浑身文着刺青的男生。他说他不是谁的粉丝，就只是讨厌盛乔，看不惯这个女明星，想吓吓她。那只黑猫是他在路边捡的死猫，不是他杀的，他只是把尸体处理了一下而已。

最后公安机关对他做出刑拘十日、罚款500元的处罚行为。

盛乔对调查结果表示怀疑，警方也很无奈："盛乔小姐，这一周我们调查了你提供的那几个嫌疑人，确实没有证据可以表明是他们所为，而且你也没有受到实质性的伤害，既然凶手已经投案，我们一定会秉公处理的。"

挂了电话，方白暴跳如雷："这就完了？就关他十天？我们差点被他搞死好不好？"

丁简查了查国内的治安管理法，叹气道："法律就是这样规定的，警察也没办法。不过对方自首了也好，省得天天人心惶惶。"

盛乔拿着手机沉默，总觉得这事儿不简单。

她给贝明凡打电话告知警方的调查结果，又问他那边查得怎么样。

"岳书彦和陆历那两个小子最近在国外，那个主管被停职后就回乡下老家了，高美玲也早就不跟圈内人来往了，确实没查出来什么。"

盛乔想了想："那就重新从自首的那个凶手身上查。看他最近接触过什么人，以前是做什么的，我总感觉他是顶包的，背后还有人。”

贝明凡说：“行，你放心吧。”顿了顿，他又说，“对了，你之前还在星耀的时候拍的那个综艺节目今晚要播了，你一会儿上微博宣传一下。”

盛乔应了，挂电话之后登录微博，果然看见《环游挑战》的节目组发了今晚的预告，@了自己。

这档节目之前为了巴结星耀，拜高踩低，欺负她，现在她跟星耀解约，人气飞升，倒想起来讨好了。预告文案基本都围绕着她来写，海报放中心位置，连两分钟的预告都有一分半剪的是她的内容。

节目组的预告微博只有几百条转发量，盛乔转发之后，每分钟都以上千条的数量增长。她又登录后援会官方微博转了一遍，很快粉丝都知道，当初被列入“杀人行程”的综艺节目今晚要播了。

我们乔乔当初差点被这个综艺节目搞死，现在它要播了，说什么也要把收视率搞上去，不让乔乔当初的辛苦白费。

于是“乔粉”卖力宣传推荐，很快就把“盛乔杀人综艺节目开播”的词条刷上了热搜。网友们现在对盛乔的观感还不错，点进去看了看，看到官方剪辑的预告片，盛乔在鬼屋里被红衣女鬼吓得失声尖叫，之后的声音却被消音了，只留下一串“哔”。

大家都很好奇，是因为她被吓到大骂脏话所以被消音了吗？

到八点的时候，节目就上线了。

一直以来收视率排名垫底的低人气综艺节目，这次的观看人数却犹如坐了火箭一样飙升。一开场就是飞机落地的画面。

有个背影拖着行李箱在机场行走，字幕上打：“经历14个小时的长途飞行，这一期的嘉宾终于到达，让我们期待一下她是谁吧。”

弹幕说：

“是‘彩虹屁’精。”

“是我们的小仙女乔乔！”

“是踩着彩虹桥而来的小仙女！”

这个场景是节目组找替身补拍的，丁简和方白也正抱着平板电脑在看，方白愤怒地说：“不要脸，真的不要脸。当时恨不得把乔乔姐往死里整，现在居然用这种方式来讨好我们。我是绝对不会原谅他们的！哼！”

画面切到昏暗的房间，盛乔被叫醒，露出一张睡眼惺忪的小脸，字幕上打出时间：凌晨五点。

粉丝都要心疼死了：

“睡了不到两个小时啊！心疼我的宝贝！”

“难怪她拍完节目回国之后那么累，我的小仙女都经历了什么啊！”

“可是她都没有发脾气，她好温柔啊！”

“谁要在那种时候叫醒我，我打爆他的狗头！”

“刚睡醒的说话声好软好糯啊，好想亲亲她！”

“不准亲我老婆！”

“前面谁给你的脸，那是我老婆！”

“走开！你们这群臭男人！这是我老公！”

……

节目的镜头基本都围绕盛乔在走，特别是分开执行任务之后，镜头也大多数时候给了盛乔这一组，“大长腿”因此露了不少脸。

其实这档综艺节目的套路都很俗，搁一般嘉宾那里，早就没人看了。但盛乔的表现实在出人意料，她明明很累、很疲惫，可面对任务时永远都打起精神，努力完成。

就……真的很积极向上、充满正能量啊。

然后一直到游乐园，裴钰要求和她交换任务卡，一片和谐的“弹幕”终于骂起来了。

“这‘网红’有病吧，闹着恐高的是她，要跟乔乔换任务的也是她。”

“我们乔乔怕鬼啊！啊啊啊……真的太过分了！”

“预告里那个红衣女鬼从天而降的画面我看着都觉得恐怖，乔乔亲眼看到该多害怕啊！”

“‘网红’微博指路：@裴钰小天使，不谢。”

“天使她个鬼，又丑又烂。”

“还说自己是最美妖姬，什么鸡？”

“可能是麻将里的那个幺鸡。”

“哈哈哈哈哈……和了。”

……

方白实时转播弹幕内容给盛乔听，盛乔还拿着手机在逛淘宝，听方白转述的那些话，皱了皱眉，手机屏幕切到后援群里去@了几个管理员：

“在各个粉丝群告诉大家，不要去裴钰的微博留言攻击。一个综艺节目而已，都是为了节目效果，理性一点。小旺，你那边盯着点，要是有人故意带节奏骂裴钰，统一标‘黑’。”

几个管理员应了。

节目还在继续，来到了观众最期待的鬼屋那一段。之前在“同居”直播的时候，盛乔怕鬼这个毛病就露了些端倪，此刻看到她在鬼屋里低头紧张的样子，更是坐实了这一点。

原来大气耿直的盛乔不怕苦不怕累，她怕鬼。

哈哈哈哈哈哈哈……这是什么“反差萌”啊！

大长腿模特喊出“那是不是任务卷轴”这句话时，不少同样怕鬼的观众都抬手蒙住了眼，但又忍不住偷偷透过指缝去看。

身后的跟拍摄像师记录了女鬼从天而降的全部过程。

观众吓得失声尖叫，视频里的盛乔却像被吓傻了一样呆住不动。大家心里都同一个想法：不会是吓傻了吧？

然后观众就看见盛乔一把推开女鬼，以迅雷不及掩耳之势拔腿狂奔，一边跑一边用快哭出来的声音铿锵有力地大叫。

正在“弹幕”上刷屏的观众，顿住了。

……

反应过来后，所有观看这一幕的观众在同一时间笑出了“猪叫”。

方白和丁简在旁边快笑断气了。

这段内容迅速在网上爆了。

这一晚，盛乔微博粉丝数量飞涨了500万。

贝明凡觉得自己真的捡了块宝，你永远不知道她什么时候可以给你惊喜。他当晚就联系团队炒了一轮“反差萌”，进一步改善了盛乔的“路人”印象。

盛乔睡了一觉，第二天醒来，照常准备玩会儿手机再起床，却发现有一条银行卡收入信息静静躺在信箱里。

她打开短信，看着数字后的那一串零，揉了揉眼，数了数。

下一刻，她尖叫一声从床上翻起来：“啊啊啊……我有钱了！！！我发达了！！！”

呜呜呜……她从来没有拥有过这么多钱。

贝明凡的电话适时打过来，笑吟吟地问：“收到转账了吗？”

“呜呜呜……收到了，好多钱！”

贝明凡忍不住笑：“这是卫生巾广告的代言费，《星光少年》那边还没结，要等节目录完。你以后还会有很多钱的。”

可以买房子、买车子，可以给妈妈换最好的义肢，可以给霍希砸钱打榜，啊啊啊……未来真是太美好啦！

激动完了，冷静下来，她把盛母的情况跟贝明凡说了，让他帮忙联系靠谱的医疗团队：“义肢要最好的材料，要找最好的康复疗养院！”

贝明凡夸了一句“小乔真是孝顺”，答应下来了。

挂了电话，她开心得不行，下床在屋里跑过来、跑过去，这个要换，那个要买，墙上的画也要换成真品！月底霍希的新专辑就要上架，到时候买个一千张冲销量！新衣服、新鞋子、新化妆品，全部买买买！

啊，有钱的感觉真好！

盛乔先给盛母打电话告诉她不久之后就可以接她来北京了，然后又去下单了自己已经看中很久的超贵精华液！

最后，她打开通讯录，手指抖啊抖啊，抖了半天，终于鼓起勇气按了下去，拨通霍希的电话。

几声之后，电话接通，传来他淡淡的声音：“喂。”

“霍希！是我！”

他说："我知道。"

"我回来了！"

"我知道。"

她咬了咬小指甲，抓了抓脑袋，鼓足勇气说："霍希，我请你吃饭呀，我有钱了。"

他终于被她逗笑，低低笑了一声："好啊，吃什么？"

盛乔想了半天，觉得出去吃的话，去哪儿都不安全，都有被偷拍的可能，可不能再闹出什么绯闻了，于是斟酌着说："你可以点菜，我在家给你做。"

霍希说："炸酱面就可以。"

她开心得不行："嗯嗯，那你什么时候过来？"

"在拍一个杂志封面，拍完就来，大概两个小时。"

挂了电话，先去冰箱看看，发现基本都空了，她赶紧换好衣服去超市买菜。搬过来之后她还没亲自去过，戴好帽子、口罩，打开地图导航才出门。

这个时间，超市里都是大爷大妈在挑选，热热闹闹、吵吵嚷嚷，盛乔先选好了蔬菜，又买了些水果，最后到鲜肉类的货柜前挑选了一块精选五花肉，比画着跟里面的师傅说："这样切一半，肥瘦都要。"

切肉的师傅是个年轻小伙，戴着厨师帽，为难道："不能这样切，只能竖着切。"

盛乔说："可是我不想要后面那一半啊。"

小伙子说："这样切了不好卖啊。"

盛乔叹气："那算了，整块都包起来吧。"

年轻小伙点点头，装袋的时候笑着说："你的声音跟我偶像好像啊。不过，我偶像怎么可能来买五花肉呢？哈哈哈……"

他装好袋子，贴了价格，递过来："你拿好，慢走啊。"

盛乔凑过去，低声说："你偶像是不是叫盛乔？"

小伙大惊失色："你怎么知道？"

她把口罩拉下来一些，把帽檐抬了抬，冲他挤眼："因为我就是。嘘，别喊。好好工作，下次我还来找你买肉。”

话落，她拖着购物篮转身跑了。

年轻小伙终于反应过来，撕心裂肺地喊：“乔乔！我帮你切啊！横着切、竖着切、斜着切，你想怎么切就怎么切啊！”

回到家，盛乔先把肉切了熬制炸酱，然后又算着时间做了几道霍希爱吃的小菜，泡了果茶，切了水果。等门铃响起的时候，她雀跃地去开门，结果门外站着孟星沉。

盛乔：“……”

他见她戴着围裙，闻到空气里炸酱的香味，看到茶几上的水果盘，笑笑说：“你怎么知道我要来，还提前准备了这些？”

盛乔：“……”不，不是。

孟星沉想往里走，盛乔挡在门口不让他进。

他疑惑地低头看她，盛乔吞了吞口水，说：“孟前辈，我朋友一会儿要过来，今天不能上课了，抱歉。”

孟星沉笑了一下，问：“是霍希吗？”

盛乔点头。

他哼笑一声，后退两步，好整以暇地打量她几眼：“小乔，你是什么时候喜欢上霍希的？”

盛乔一惊，这么明显吗？连他都看出来了？

她迟疑着说：“我们只是朋友。”

孟星沉像听到什么笑话，眉梢都挑了一下，语气却收了笑意：“小乔，你还是没学会该怎么隐藏自己的感情。”

盛乔：“？？？”

孟星沉不再多说，淡淡道：“下次过来我会提前打电话的。”话落，他转身掩上门走了。

盛乔：“……”

她若有所思地回到厨房继续准备，半个小时后，霍希终于到了。

孟星沉带来的烦恼瞬间被她抛诸脑后，看着他眼睛都笑弯了。看到他怀里抱的用油纸裹起来的东西，她好奇地问："霍希，这是什么呀？"

霍希走进来，递给她："奖励你没'爬墙'的礼物。"

她开心坏了："我一辈子都不会'爬墙'，那是不是一辈子都能收到礼物？"

霍希在沙发上坐下来，用牙签吃了颗葡萄："你可以试试。"

她把礼物放在茶几上，小心翼翼地拆开。原来是个画框，随着包装撕开，装裱好的画也渐渐在眼前展开。

是一幅山水国画，落款是"沈清韵"。

盛乔一下子抬头看向还在吃水果的人。

他若无其事地说："上次逛画展，看到就买下来了。"说完，他发现旁边没什么反应，转头去看，才发现她哭了。

她的眼睛还看着他，眼泪却默默地流了满脸，一动不动，像个傻子。

霍希愣了一下，伸手拉她："怎么了？"

她像才反应过来，抬手抹了一把泪，还哽咽着，却朝他笑："就是太感动了，感动哭了。霍希，你真好。"她认真地看着他，"你是这个世界上最好最好的人！"

霍希笑了一下，抽了张纸在她眼角擦了擦："嗯，就当我是吧。"

她笑起来，抱着画高高兴兴地去把墙上的赝品换下来，手指摸过印章落款，心里又暖又甜。她爱的少年买了她妈妈的画送给她呢。

霍希在身后问："锅里在煮什么？好像煳了。"

盛乔转身就跑："啊啊啊……我的爱心煎蛋！"

炸酱面上桌，配上爱心形状的煎蛋，还有小菜和果茶。她一边吃一边暗暗求表扬："我的手艺是不是进步了很多？"

霍希说："是。"

"我以后不当艺人了，不仅可以去给你当文案策划，还可以给你当保姆，对不对？"

霍希："对。"

“那我可以拿双份的工资吗？”

霍希：“可以。”

盛乔：“霍希，你真好。”

霍希：“也就一般好。”

她开心得不行，咬着筷子看他，两只小腿在桌子下晃呀晃，结果不小心踢到他。他抬头看了她一眼，淡声说：“好好吃饭。”眼睛里却有笑。

他下午还有行程，吃完饭就走了。盛乔收拾了房间，拉上窗帘、打开电视，一边看一边刷淘宝，快到傍晚时，接到了贝明凡的电话，说的是盛母的事。

“我有个朋友刚好是做康复医疗的，帮你问了，好一点的义肢价格在100万左右，他工作的那座疗养院一个月护理费是30万。”

盛乔：“？？？”

对不起，打扰了，那瓶精华还能退吗？

贝明凡说：“你可以先给你妈妈换普通的义肢，一般的疗养院一个月也就两万左右。但义肢最好还是不要频繁更换，毕竟身体适应需要时间。”

盛乔想了想：“你先帮我预约吧，等《星光少年》的钱结了，我就把我妈妈接过来。”

贝明凡应了，又说：“小乔，我有一个好消息和一个坏消息要告诉你，你先听哪个？”

盛乔说：“坏消息。”

贝明凡：“……还是先听好消息吧。今天下午，有一档综艺节目主动找上门来，想邀请你当常驻嘉宾，而且开的价格不低。制作团队是中韩合作的顶尖团队，国内那几档耳熟能详的爆款综艺节目都是他们做的。据我所知，这档综艺节目投资高达千万，已经筹备了一年多，最近正在筛选嘉宾，好多一线艺人的公司都在投简历，我本来也想给你投一个，结果你瞧！这好事上门，拦都拦不住！”

盛乔：“……我要听坏消息。”

贝明凡呵呵笑了两声：“坏消息是，这档综艺节目叫《逃出生天》，设定是恐怖主题，力求布景真实、道具还原，让嘉宾和观众仿佛身临其境。”

盛乔："……"

贝明凡说："我知道你怕鬼，全国人民都知道。但就是因为你怕鬼，节目组才会邀请你呀。你想想看，你在节目里被吓得狂叫，是不是超有趣？"

盛乔："……"

贝明凡使出最终"撒手锏"："主要是他给的价钱高。你不是缺钱吗？你不是要给你妈妈买最好的义肢、住最贵的疗养院、请最牛的医生吗？"

他语重心长地感叹："都是钱哪。"

盛乔："……"

贝明凡："鬼有什么好怕的呢？能比得过人吗？你没钱、没名、没地位，人人都欺压到你头上，那才是最可怕的。再不济，你去寺里求个护身符，请尊开过光的菩萨，就算有鬼也不敢近身了嘛。"

盛乔说："你以前干过传销吧？"

贝明凡"嘿嘿"一笑："这档综艺节目是大制作，无论是你的人气，还是身价都会有一个大提升，别人求都求不来呢。他们主动找上门，简直就是天上掉馅饼的事儿。"

盛乔听出他话里有话："所以？"

贝明凡一脸正气："所以节目组联系我的时候，我已经帮你答应下来了。半个月后开始第一期录制。"

盛乔半天没说话。

贝明凡问："小乔，生气啦？"

"没有。"她叹了口气，"在做心理工作。半个月后就要录的话，《星光少年》那边怎么办？"

"《逃出生天》的录制时间是三天，刚好跟《星光少年》错开，不冲突。"

"行吧。"

贝明凡觉得自己更喜欢这个姑娘了，能屈能伸，好样的。他乐呵呵地说："再跟你说个好消息，之前一直在帮你接洽的那个职场剧快成了，那也是今年的大制作，要'上星'的。今年的现代剧市场有点低迷，这部剧选题很不错，估计能‘爆’。”

盛乔说：“你安排就是了。那我这周末去寺里拜拜，求个符回来。”

贝明凡：“……”还真去啊？看来是真的很怕鬼了……

盛乔说去就去。她上网查了查哪里的寺庙比较灵验，看了看皇历，挑了个宜上香拜佛的日子，戴好帽子、围巾出门了。

没让助理跟着，她打了个车，报了地址，司机一听就知道她要去庙里，跟她说：“那座庙在山上，最近山路翻修，车子上不去，有一段山路得自己走。不过心诚则灵嘛，走走路也挺好的。”

一个小时后，车子到达山腰。她抬眼看去，山上树木郁郁葱葱，远远地就能听到撞钟的声音，很有几分深林古刹的感觉。

路边堆满了石子，只留下一条供人行走的小道。盛乔戴着耳机边听歌边往上走，快到山门时，看到有一家人坐在石阶旁的菩提树下休息。

那身影很熟悉，她定睛一看，居然是她爸妈和她哥。

盛乔好像想起什么，摸出手机看了看日历，发现今天是乔母斋戒的日子。每年这一天，一家人都会去寺庙拜菩萨吃斋饭。

难怪皇历告诉她今天是个好日子呢，原来是会遇到家人呀。

她高兴得不行，扯了耳机跑过去，因为戴着帽子、口罩，几个人还一下子没把她认出来。她弯着眼睛，笑吟吟地喊：“阿姨，叔叔，好巧呀。”

她取下口罩，乔母喜道：“是乔乔呀。”

乔父不动声色地跟乔羽来了个眼神对视，目光询问：不是你叫来的吧？

乔羽：……不是，真不是。

乔母今天没坐轮椅，虽然她的腿有些毛病，但偶尔走走路还是没问题的。她把盛乔拉到身边坐下，握着盛乔的手问：“乔乔也来拜菩萨吗？”

妈妈的手又软又暖，盛乔都不想放开了：“嗯，我来求个平安符。过段时间要出国去录节目了。”

乔母点点头，不知道是不是因为佛光普照，眼前这个女孩越看越觉得亲切，就好像曾几何时，她也是自己身体里掉下来的一块肉，自己捧在手上把她养大，她是自己的心尖宠。

撞钟的微鸣犹如水纹一圈一圈在山头回响，乔母听着钟声有几分恍惚，再看盛乔时，眼里突然就落下泪来。

盛乔心疼得不行，赶紧用手背给她擦了擦泪，轻声问："阿姨，你怎么啦？是不是累了？"

乔母看着她，笑着摇了摇头，握着她的手站起身来："没什么。走吧，我们进去。"

好像又回到和父母、哥哥一起上山斋戒的时候，盛乔开心得不行，握着乔母的手一直没放开。进门之后先请香，从大殿的佛像开始拜，每尊菩萨三叩三拜，满心虔诚。

盛乔又去求了平安符，请菩萨保佑她，恶鬼小人统统退散。

等拜完佛上完香，几个人在寮房休息了会儿，喝了壶清茶，就有僧人来请他们去用斋饭。这些都是乔父提前打点好的。

斋菜虽然清淡，但味道尚佳，吃饭的时候几个人闲聊，乔羽好像想起了什么，八卦道："我看过你撑抄袭那个视频了，你还真是女中豪杰啊。"

盛乔说："过奖了，吃你的饭。"

和乔家人待在一起时，她总是不知不觉就忘记自己的身份，说完这话，乔母一下就笑出来，好奇道："什么视频？"

乔羽被她撑了一句，见她朝自己使眼色不要给乔母看，微微一笑，立刻掏出手机搜出视频麻溜地递过去："妈，你看，就是这个！"

盛乔："……"

自家哥哥这德行咋还跟以前一模一样啊？

乔父都好奇地凑过去，两个人目不转睛地看完了盛乔撑人全过程，特别是她提着小裙子气势汹汹地冲上台时，乔母没忍住，都笑出来了，说："乔乔'奶凶奶凶'的。"

看完了，乔父冲她竖起大拇指："年轻人，就是要敢于和恶势力做斗争。"

到底还是乔母想得宽，乔母问她："你揭穿那个选手，让他颜面尽失，他没有为难你吧？"

盛乔想起之前的死亡威胁，笑了笑："没有。"

乔羽说：“这些人心眼儿多，敢明目张胆地抄袭，就说明坏事干惯了，你还是小心为妙，要是被威胁或者被恐吓，可以跟我说。”

上一刻盛乔还觉得他不顺眼呢，这一刻就被他感动了。

盛乔眼巴巴地看着他：“乔羽，你真好，谢谢你。”

乔羽不自在地别过头去。

乔父在旁边左看右看，突然问盛乔：“丫头谈恋爱了吗？”

盛乔有种被老爸查岗的慌张：“没……没有。”

乔父笑呵呵地说：“那就好。”

乔羽：“？？？”好什么好？哪里好？

盛乔又补充一句：“公司不让。”

乔父把筷子一拍，气呼呼地说：“那咋行？公司咋还管你谈不谈恋爱呢？那你万一要是想和我们……”

乔羽在桌下踩了他爸一脚。

乔父：“……”

乔羽嘴角都在抽搐：“明星本来就不能随便谈恋爱，你知道什么？吃饭！妈，你管管他！”

乔母也笑，瞪了乔父一眼，说：“闭嘴吃你的饭，一天天瞎操心。”

几个人说说话，用完斋饭，休息了一会儿就准备离开了。经过法堂时，里面有僧人在讲经，门外的台阶上坐了个青衣和尚，山上风凉，他却还拿了把扇子在扇。

乔母遇僧人便行礼，路过的时候，僧人突然笑着说：“我看施主和你旁边那位小姑娘有缘。”

乔母脚步一顿，回过身，笑着问：“小师父这话怎么解？”

那僧人摇着蒲扇：“远在天边，近在眼前，都似镜中花，水中月。”

高僧说话向来摸不着头脑，乔羽是从来不信这些的，只是每年陪着乔母来而已，他最烦这些打哑谜的人，扶着乔母说：“妈，我们走吧。”

僧人不再说什么，乐呵呵地回过身去，乔母点点头，几个人就要走，却见盛乔两三步走到僧人面前，皱着眉问：“你知道吗？我还可以回去吗？”

僧人抬头看她一眼，笑笑："回不去了。"

她身子抖了一下，轻声请求着说："可是我想回去啊。"

"凡尘因果，皆有命数。回不去了。"他不再说什么，摇着蒲扇走开，又笑着说了一句，"回不去啦。"

盛乔呆站在原地，直到乔母过来拉她，才发现她哭了。

乔母问："乔乔，你想回哪里去啊？"

她却没说话，好半天，抬手擦了擦泪，绽出一个笑来："阿姨，高僧说我们有缘呢。"

"是啊，我一见到你就很喜欢，可不就是有缘吗？"

她低头，认认真真地握住妈妈的手。

回不去就算了。现在这样，也很好。

她可以把现在的人生也过得很好。

没过多久，大制作、大投资、大"流量"综艺节目《逃出生天》就公布了嘉宾名单。名单一出，全网关注。

第一位就是娱乐圈的"流量大山"沈隽意。前几年的时候，有网友戏称，霍希霸占了半个娱乐圈的"流量"，另外半个就在沈隽意身上。

这几年新人辈出，"小鲜肉"层出不穷，渐渐打破了两人霸占江山的局面，但沈隽意依旧是撬不动的一座大山，是这些年霍希的头号对手。

第二位是双料影后洛清，父母辈的女神，当年被誉为影坛玉女。她已经"息影"很多年，人气虽然比不上现在的明星，但资历和名声绝对是吊打。

第三位是台湾地区的唱跳歌手方芷，有"铁肺歌后"之称。在台湾地区式微、大陆崛起的这些年，她发行的专辑依旧能以前三的销量上榜，可见人气之旺。

第四位是有"古装偶像剧小王子"之称的一线小生曾铭，他是妈妈、奶奶们最爱的国民男神，看电视凡是调到有他演的剧，那必然是要看的。

第五位不算圈内人，在网上人气却很高，是以游戏直播走红的游戏男神纪嘉佑。他年龄小，刚满十八岁，混血儿，容貌酷似年轻时候的小李子，再加上游戏操作厉害，吸引了大批连游戏都不会玩的粉丝。

都是“颜狗”，只需要看他沉着冷静酷酷地指挥游戏，就能花痴得嗷嗷直叫。

第六位，盛乔。啊啊啊……她到底有什么后台？是怎么混进这种大制作、高人气、大“流量”的节目的？

后来有人爆料，盛乔是节目组主动邀请的。

那些投了简历却被拒绝的一线艺人眼都嫉妒红了。

你不是怕鬼吗？你去什么恐怖综艺节目啊！你有本事怕鬼，你有本事拒绝啊！

笑话，这么豪华的节目，就是被鬼吓死也要去啊！

节目组宣布消息之后，“乔粉”真是又激动又担心，最后纷纷往经纪公司寄礼物。有写信给她加油打气的，有给她寄暖心小礼物的，也有给她寄护身符的。

粉丝寄来的礼物一向都是由助理代收，连信都是代看，但方白知道盛乔宠粉，就把收到的东西统一打包，给盛乔拿到家里去了。

她看到果然很开心，坐在地板上一样一样地拆，每封信都认认真真地读，还跟方白说：“找个时间我给他们回个信。”

东西太多，她足足拆了一下午，快到晚上的时候发了条微博：

“@盛乔：礼物我都收到了，很感动，谢谢你们。但我想问一下，寄黄符、十字架，甚至桃木剑的，我都理解，还有寄蒜的是什么意思？”

知道盛乔要去参加超大牌恐怖综艺节目《逃出生天》，圈内好友纷纷发来慰问。

钟深说：“知难而上，勇气可嘉，在下佩服，若是害怕，可远程视频。”

傅子清说：“节目里的非玩家角色都是工作人员假扮的，到时候应该还有跟拍摄像师，录节目而已，别自己吓自己。”

乐笑问她：“乔乔，你经纪人明知道你怕鬼还给你接恐怖综艺节目，他是不是也对你不好啊？你要是被欺负了别忍着，要说出来啊。”末了，她一脸娇羞，“乔乔，好羡慕你可以跟沈隽意一起录节目啊，到时候帮我找他要一个签名可以吗？”

盛乔：“要他的签名干啥？我给你要霍希的！”

乐笑：“……不要霍希的，我又不是他的粉丝，就要沈隽意的。”

盛乔：“没看出来你还是个隐藏的‘薏仁’啊？上次我让你给霍希投票，你全部投给了沈隽意，我还以为是你手滑了，原来是故意的！”

乐笑：“……反正霍希又不缺我那几票，我当然要投给我心爱的隽意小哥哥呀。”

盛乔：“笑笑，你知道朋友之间最忌什么吗？”

乐笑：“什么？”

盛乔：“‘粉’的偶像是对家。”

乐笑：“……”没看出来你还是个“希光”啊？

连远在巴黎走秀的冯微都打越洋电话过来，问她要不要自己让父母在老家超灵的山庙里帮她求一个护身符。

盛乔看着满屋子的辟邪物品，遗憾拒绝了。

晚上的时候她收到一个快递，里面装的居然是一本高一的政治书，课本上写的姓名是“陆一寒”，扉页签满了笔迹不一的名字……

盛乔：？？？

没多会儿，他就打电话来了，兴致勃勃地问：“小乔姐姐，你有收到我们全班男生为你准备的政治书吗？我们班每个男生都签了名，这是一本充满阳气的书！不仅可以驱邪，你如果忘了核心价值观的内容，还可以翻翻这本书！”

盛乔：“陆一寒，你是最近数学作业变少了是吧？”

陆一寒：“嘿。”

录完这一期的《星光少年》，盛乔就要出发去泰国了。贝明凡安排丁简和周侃跟她一起去，一男一女方便一些。

临行的前一晚，丁简过来帮她收拾行李，发现她已经收好了，想开箱检查下有没有什么没带，结果她按着箱子不准丁简开。

丁简看了她一会儿，怀疑地问：“乔乔，你在箱子里装啥了？”

盛乔说：“就是一些衣服和生活用品。”

丁简："那你为什么不让我检查？"

盛乔："搞乱了懒得收。"

丁简能信？非要开箱，盛乔叹了口气："好吧，其实就是装了点粉丝送的礼物。"

"比如？"

"比如八卦镜、降魔杵，还有一把桃木剑。"

丁简："？？？"姐妹，你以为自己是去驱鬼的吗？

丁简深吸一口气："这些不能上飞机，而且让别人看到了，会怎么想你？"

盛乔："……"

丁简痛心疾首："难道生命的光辉还不够让你无所畏惧吗？"

盛乔："……"贝明凡带出来的人都跟他一样有毒吧？

最后在丁简的强烈要求下，降魔杵和桃木剑被拿出来了，盛乔以命相胁留下了一面八卦镜……

那镜子手掌大小，小巧精致，也是粉丝送的，刚好可以贴身带。她把八卦镜和霍希的签名照都放在零钱包里，双重保护更安心！

临睡前，霍希发了个视频过来。

他还从来没发过视频给她，盛乔激动得一跟头翻起来。

她打开视频，只有短短几秒，画面里他将镜头对准自己，这样高清放大下的脸仍旧好看得没有一丝瑕疵，英眉挺鼻，弧度优美。

他在视频里说："录节目别怕，都是假的。"

盛乔捂住胸口发出土拨鼠尖叫。

她偶像是这个世界上最甜的！！！

第二天早上十点飞泰国，到了清迈机场之后节目组会统一接待。方白开车送三个人去机场，这次行程他不跟，喋喋不休地交代丁简注意这儿、注意那儿，最后把丁简都说烦了。

"我当助理时间长还是你当助理时间长？你说的那些我能不知道吗？！要不你去，你去？"

"方·委屈巴巴·白"："人家倒是想去。"

丁简："……"

她们到机场的时候，人群拥挤，一眼看过去就知道是接机、送机的粉丝。盛乔眼尖地瞅到自己的银色灯牌，兴奋地说："哇，这么多粉丝来给我送机啊！"

丁简看了两眼："那是人家沈隽意的粉丝。"

盛乔："……"沈隽意居然和她同班飞机。

盛乔刚下车，机场保安就围过来护着她往里走。虽然大部分都是沈隽意的"薏仁"，但"乔粉"也不少，在一片红色海洋中，银色就像散落的小星星一样。

瞧见盛乔，粉丝都围了过来，七嘴八舌地交代她要注意安全，别怕、别慌，坚信唯物主义。

还有粉丝递礼物，大多是信，还有花，也有零食，盛乔放慢步伐，都伸手接了。

现在已经很少有艺人在机场接粉丝的礼物，其他没准备礼物的"乔粉"简直肠子都要悔青了，纷纷喊："乔乔！等你回来我们再给你送！"

盛乔说："超过一百块不收。"

"乔粉"快被她宠哭了。

人群中她眼尖地看见自己每次联系的那个代拍"站姐"也在，一脸兴奋地站在外围，抱着个长焦对着她狂拍。

自己这次没喊她来拍送机图，她居然自己来了，看来果然"入坑"成"乔粉"了。

她正边走边跟粉丝聊天，身后突然爆发出惊天尖叫，听这阵仗就知道是沈隽意来了。之前围着盛乔的路人也纷纷转移阵地，跑去围观了。

沈隽意粉丝多，接机秩序也就乱，将大厅围得水泄不通，盛乔回头看过去，黑压压一片，全是灯牌和人头，要不是有保安拦着，沈隽意估计要被挤死在里面。

不知道是哪个爱操心的"乔粉"突然说："乔乔，你可千万别跟沈隽意炒人气啊！'流量'太可怕了，我们'撕'不赢。"

盛乔一脸坚定地拒绝："放心！绝对不会的！"

开什么玩笑？跟她对家炒人气，那她还配叫“希光”吗？她得被霍希开除粉籍，断腿都是小事……

盛乔于“希光”，那只能说是“倒贴狗”蹭热度，不配称作对家。

霍希真正的对家是人气、实力、定位都和他旗鼓相当的沈隽意，那都不叫“撕”，叫天生敌人。因为人气和定位差不多，一年三百六十五天被网友们比来比去，被代言商挑来挑去，抢同一个杂志封面、同一个开屏资源那都是常事。

各自捏着各自一大堆不知真假的“黑料”，一“撕”就互相往对方脸上砸。

她以前还是乔瞧的时候，在国外留学，因为租房被坑，开学之后重新找房子，在论坛上发了个招室友的帖子。

第二天就有个中国女生联系她，两人见面之后一见如故，年龄、兴趣、家世都相当，喝了一顿下午茶就亲如姐妹。

晚上吃饭的时候，经过商贸街，时代广场的电子屏上正在播霍希的生日应援。

那姐妹一脸不屑地说：“垃圾。”

盛乔：“姐妹，‘薏仁’啊？”

姐妹说：“嗯，亲人吗？”

盛乔：“对家。”

然后两人对视一眼，面无表情地各自转身，在伦敦的街头分道扬镳。

等过安检的时候，沈隽意也过来了。他艰难地从人群中挤出来，帽子都歪了，走到盛乔身后时，拨了拨帽檐，像终于能喘口气似的，回身朝粉丝招了招手。

大厅又是一阵掀翻屋顶的尖叫。

撕心裂肺的喊声此起彼伏：

“宝贝！一路顺风！我们等你回来！”

“崽崽，崽崽，看看妈妈吧！妈妈在这里！崽崽啊！”

“老公我爱你！啊啊啊……”

沈隽意跟还嫌叫声不够大似的，转头冲粉丝甩了个飞吻。盛乔感觉自己耳膜都要被震破了……

是的，沈隽意就是这么“骚”，一天到晚“撩”粉。

还是我的宝贝最好，从来不主动“撩”粉，都是粉丝“撩”他。

就快进去了，盛乔也转身朝外面的“乔粉”招招手：“拜拜，回去路上注意安全。”

“乔粉”来得早，都在前排，纷纷朝她挥手：“乔乔拜拜，我们等你回来。”

沈隽意像是这才注意到她，目光从手机上移开，抬头看过来。他身边那个个头儿高高的助理马上跟盛乔打招呼：“小乔老师也在呀，好巧。”

丁简在心里翻了个白眼。

这才知道我们在啊？不是早看到了吗？狗眼看人低。

盛乔礼貌地笑笑：“是很巧。”

沈隽意把手机塞回兜里，扬着嘴角冲她笑：“小乔你好，初次见面，接下来多多关照。”

盛乔：“沈老师你好，关照不敢当，你是前辈。”

沈隽意说：“客气啥呀？到时候还要靠你罩我呢。”

盛乔：“……”不，我的光辉一点也不想分给你。

过安检之后，耳边才终于清静下来。不过还是有几个沈隽意的粉丝扛着“大炮”跟了进来，不知道是不是跟机的粉丝。

在“希光”眼里，跟机也属于“私生”范畴，是应当严厉禁止的。不过沈隽意倒是一副无所谓的样子，在贵宾休息室坐下后，就戴着耳机低头玩手机。

盛乔想喝奶茶，丁简去给她买了，周侃也在倒腾自己的行李，盛乔无聊得拿着手机打了把《王者荣耀》。

照常用自己最擅长的刺客带动全场，刚拿下一个四杀，她抬头扭了扭脖子，眼角余光瞟到自己旁边伸过来一个脑袋……

沈隽意不知道什么时候坐到她旁边，又惊又赞地说：“你好厉害啊。”

盛乔：“？？？”

他朝她露出一个大大的笑容，不由分说地把手机递过来：“我们加个微信吧！一起‘开黑’啊！”

盛乔：“……”不，我不想。

见盛乔不动，他又说：“你先打完这局，不急不急，打完这局我们一起来一把。”

盛乔默默低头。打完之后，她不出意外地拿到MVP（最有价值玩家），沈隽意迫不及待地打开自己微信的二维码：“来，扫我扫我！”

盛乔：“……”他助理在旁边说：“我们阿隽就是喜欢玩游戏，但是行程太多，没什么时间练习。”

行了，你直接说他是“菜鸡”，我懂。

宝贝，我不是故意加他微信的，也不是故意和他“开黑”的，我是被逼的。你一定要理解我的苦处啊，呜……

加上好友，沈隽意立刻打开游戏，发送邀请，盛乔一看，白银段位，比钟深还垃圾。

她说：“这没法组队啊，白银和王者打不了。”

沈隽意二话不说把自己的手机塞到她手上：“我们交换！我帮你输，你帮我赢，等我们段位差不多了，就可以一起了！”

要不怎么说是对家呢，真是很讨打呢。

第十章

鬼嫁

盛乔的脑海里瞬间浮现了“希光”和“薏仁”曾经的腥风血雨。

熬夜打榜，“爆肝”砸钱，线上掐架，线下白眼，要是同一个商演遇到了，还要“battle应援”，嗓子喊出血也要把对方的声音盖下去。

她看着眼前这张罪魁祸首的脸，脸上笑嘻嘻，心里不开心。

盛乔把他手机塞回去：“沈老师，我们还不是很熟，你这样做我觉得不妥。你可以找代打帮你。”

沈隽意一脸失望地把手机拿回来，叹着气说：“之前找了好多次代练打上王者，只要我一休假就掉回白银，唉，这么‘菜’不是我的错啊。”

哦，你还知道自己“菜”。

他退而求其次地说：“那我们打把‘匹配’吧？”

盛乔：“……”她认命地接受了他的邀请。

组队成功，盛乔还是先选了刺客，沈隽意在那儿看了半天，等队友都选完了，才慢腾腾地选了个法师。

盛乔说：“二楼打法师，你别也用法师啊，双法太脆。”

沈隽意说：“啊？那是法师啊？”

盛乔：“？？？”

沈隽意：“那我用什么？”

盛乔：“……缺辅助，你玩辅助吧。”

沈隽意：“哪个是辅助啊？”

盛乔：“？？？”她终于知道他为什么那么“菜”了。

盛乔拿过他手机扫了一眼，发现他拥有全套英雄、全套皮肤，好嫉妒……

时间已经开始倒计时，她给他选了个操作简单的蔡文姬。

开场，沈隽意操作着超萌的蔡文姬，摇摇摆摆地往中路去了。

盛乔：“……别去那儿，去下路。”

沈隽意“哦”了一声，掉头，到下路，跟在射手屁股后面一路抢兵线。

射手：“……还让不让人发育了？”

盛乔：“……算了，你跟着我吧。”

沈隽意问：“你在哪儿啊？”

“我在敌方蓝区。”

沈隽意大惊失色：“你去敌方干吗？快回来！会死的！”

盛乔：“……”怎么有这么“菜”的人？

这是盛乔打的最累的一把“王者”，没有之一！当初带乐笑都没这么累！

她感觉自己操作着两个角色，随时盯着沈隽意，一不注意他就卖队友，开着加血的大招逃命，把浴血奋战的队友扔在身后……

他是怎么上白银的？

他就应该永远待在青铜！永远！！！

对不起，她要向钟深道歉，她不应该嘲笑他的蔡文姬。

好在这一把队友都给力，盛乔力挽狂澜，以相当于四打五的局面推掉了敌方的水晶，险胜。

沈隽意意犹未尽地说：“我们再开一局吧！”

盛乔：“不了不了……”

沈隽意被勾起了游戏瘾，见她不打，自己又开了一局。盛乔咬着吸管喝奶茶，朝他屏幕看了一眼，发现他又在队友已经选择了射手的情况下选了个射手。

实在是看不下去，她说：“这局缺法师，换法师吧。”

沈隽意说：“我法师玩得最好了，我一直靠它上段的。”

然后他选择了扁鹊。行吧……扁鹊也挺厉害的，盛乔就喝着奶茶在旁边看他到底能玩多好。看了会儿，她在心里感叹，有些人，他吹牛的话，你真的不能信。

在沈隽意花式送死二十次后，盛乔忍不住了，指着草丛说：“这儿藏了人，不要过去。”

沈隽意问："你怎么知道？"

"暴君刚刚被对方的刺客拿了，上路我们的肉在清兵线没有进战，对方野区空了，刺客下一轮操作一定是蹲中路法师，也就是你。刚才对方法师往这边走了就没影了，肯定是和刺客一起蹲在那儿，就等你过去。你站在这个位置，往中间扔个毒。"

沈隽意照做，扁鹊的毒圈果然把对方的刺客炸了出来。

开了一次口，后半局基本都是盛乔在指挥他怎么操作，到最后人头数扳平，赢下这局。

沈隽意跟发现了新大陆似的，说："还能这么玩儿呀。早有人这么带我，我肯定早就自己打上王者了。他们每次跟我玩都闭麦，一句话都不跟我说。"

闭麦是为了保护你啊，孩子。就你这技术，开了麦人家会忍不住喷到你家人都不认识吧。

他助理在旁边都没脸看了，替他挽回尊严："我们阿隽在游戏上是没什么天赋，估计都加到舞蹈上了。"

沈隽意舞确实跳得好。主舞出身，一上舞台就是焦点，身材因练舞而肌肉匀称，他"骚"得不行，跳舞的时候一撩衣服、一露腹肌，还勾着唇角冲粉丝邪魅地笑，简直要了粉丝的命。

打了几把游戏，也快到登机时间了，沈隽意把手机收起来，像跟她很熟一样拍了拍她的肩："小乔，以后我们就是兄弟了。你在游戏里关照我，我在节目里关照你。"

盛乔："？？？"谁跟你兄弟？

我们是对家！对家！恨不得把你头打爆的那种！

签了中夏之后，盛乔出行终于能坐上尊贵的头等舱了。沈隽意的位置跟她隔着一条过道，起飞后，他找空姐要了杯红酒喝了就开始睡觉。

盛乔正在那儿翻杂志，就听见后面有相机的咔嚓声，回头一看，果然是沈隽意的粉丝跟上来了，坐在后面两排端着相机在偷拍。

他助理也看到了，起身走过去没好气地说："怎么又是你啊？你家钱多是不是，天天跟机？"

那粉丝也不理他，收起相机往后一靠，闭上眼。

助理被气得不行，又不能把她怎么样，坐回去了。助理一走，她又拿出相机照相。

把助理气得不行，见盛乔在好奇地打量，他忍不住说道：“就这种人，哪儿配当粉丝？一点私人空间都不肯给偶像，恨不得随时随地跟在偶像身边。这种人就是心理变态，迟早有一天国家要颁个法令把这些人全抓起来。”

盛乔安慰地冲他笑了一下。

“私生”没有办法制止，只能自我约束。毕竟不是每个人都爱得纯粹又克制。

正睡觉的沈隽意正了下帽檐，换了个姿势，眼睛却没睁开，嘟囔道：“随她去。”

他倒是看得很开。

飞机落地是下午，阳光正烈，一下飞机就能感受到空气中炽热的温度，盛乔去厕所换了身夏装，简单的白衬衫配牛仔裤。

一出去，她看到外面人山人海，都拿着红色的灯牌。

沈隽意在泰国的人气，看样子丝毫不比国内差。

想到他又要经历一次拥挤的人潮，盛乔就想笑。丁简还踮着脚在找银色灯牌，找了半天发现一个都没有，一脸失望。

盛乔拍拍她的肩安慰：“回去了记得跟贝哥说，让他拓展一下我在国外的名气。”

节目组派了车来接，两辆，一前一后地停着，前面那辆都快被粉丝包围了，后面那辆无人问津。盛乔赶紧上了后面那辆车，透过车窗看到沈隽意还在热情地朝泰国人民甩飞吻……

“骚”是真的“骚”，空前绝后的“骚”。

粉丝一路跟到了酒店，终于没再跟进来。盛乔拿了房卡刚上电梯就看见沈隽意飞奔过来，一边跑一边喊：“兄弟，留个门。”

盛乔：“……”

冲进电梯，他大气不喘一下，朝她飞了个手势：“谢了，兄弟。”

“盛·面无表情·乔”：“不谢，沈老师。”

两人这奇怪的称呼搞得节目组的人一脸疑惑，沈隽意笑笑，也没说什么。电梯到达十四层，两人都住这一层，盛乔的房间还在里面，正往里走，沈隽意站在门口喊她：“兄弟，我一会儿可以来找你开‘黑’吗？”

盛乔脚步一顿，回过头去，微笑：“不可以，沈老师。”

一进房间，丁简就迫不及待地说：“原来沈隽意是个‘傻白甜’啊。我感觉他挺好相处的，乔乔姐，你怎么不太愿意搭理他啊？搞好关系，在节目里你就不用怕了。”

盛乔把行李箱打开，开始收拾：“没有哪个‘傻白甜’能走到他今天这个地位。”

丁简大惊失色：“啊？你说他都是装的？”

盛乔手一顿：“也不是。”她想了想，“他其实很聪明。他知道粉丝喜欢他哪一面，他就会在舞台上放大那一面。他也知道以哪种状态和人相处会拉升好感，所以他人缘一向很好。不能说他是故意装出那个样子，只能说他保留了最初的样子，没让这个圈子侵蚀。”

丁简表示自己没听懂。

盛乔一句话总结：“知世故而不世故，大概说的就是他这样的人了。”

“那这种人是好还是不好啊？”

“挺好的。”

“那你为啥不愿意理他？”

“……”

盛乔把行李箱腾空：“你要是闲得慌，不如去买点当地特色小吃上来，我快饿死了。”

丁简“哦”了一声出去了。

快到晚上的时候，其他几位嘉宾也陆陆续续到了。但几个人在国外的名气都不如沈隽意，没有引起太大的轰动。

节目组在酒店的贵宾厅订了晚宴，将几位嘉宾聚在一起提前认识一下。

盛乔去的时候歌手方芷和游戏男神纪嘉佑都已经落座了，三个人互相打了招呼。

方芷个头儿不高，脸蛋还有点婴儿肥，一口标准的台湾腔，平时看上去又乖又嗲，但一上舞台爆发力惊人。

纪嘉佑就跟直播里一样，十八岁的冷酷少年，戴着鸭舌帽，浑身的气质仿佛都在叫嚣着“我超酷。”

没多会儿，沈隽意也来了，边走边打游戏，听那声音，盛乔就知道他又被杀了。

果然，他抬头看看屋内几个人，咧嘴一笑，神采飞扬地打招呼：“大家好呀。”然后他一副跟盛乔很熟的样子坐在了盛乔旁边，亲切地说：“兄弟，快帮我看下这局，还有没有逆风翻盘的可能？”

盛乔看了一眼他递过来的屏幕，很好，2杀0助19死。

翻你个大头鬼，队友遇到你真是倒了八辈子血霉。

盛乔说：“我建议你直接投降。”

沈隽意眉梢一挑：“那怎么行？士可杀不可辱，死也要死在水晶下面！”

技术不怎么样，精神还挺棒。

盛乔笑笑没说话，捧着面前的茶杯喝水，方芷倒是接话道：“你们男生都好喜欢玩游戏哦，刚才小嘉也一直在玩，你们可以组队一起呀。”

沈隽意很有自知之明地说：“不敢和职业选手玩儿。”

纪嘉佑是《英雄联盟》的职业选手，但一直是候补，后来因为直播走红，索性退出俱乐部，安心当起游戏主播来。

听见沈隽意带有明显夸赞含义的话，他有点不自在地直了下身子。虽然我超酷，但我有礼貌，于是他别扭道：“我很少玩《王者荣耀》，有机会可以一起。”

正说着话，曾铭和洛清也说说笑笑地进来了。两人以前就认识，又都是影视圈的，自然要熟络些。

洛清辈分高、资历高，四十七八岁，保养很是得当。她“息影”之后嫁入豪门，膝下有两子一女，是大家口中的人生赢家。

几个人都立即起身打招呼，她笑吟吟道：“都坐都坐，来迟了，让你们几个小朋友等久了。”

几人落座，服务员开始上菜。大家各自闲聊几句，就说到明天要录制的节目上。洛清笑道：“听说我们几个人里面，有一个人特别怕鬼。”

正在剥虾的盛乔：“……”

突然被提到，目光都看过来了，她只能把剥了一半的虾放到碗里，冲大家“羞涩”地笑了一下。

方芷说：“我看过你那个视频，你真是超级可爱呢。”

盛乔继续“羞涩”地笑：“谢谢，你也很可爱。”

好好一顿大餐，几个艺人为了身材管理都没怎么动筷子，光顾着闲聊。只有纪嘉佑和盛乔在埋头苦吃，两人还因为一盘非常美味的蛋黄牛肉丸默不作声地互相谦让起来……

谁都不去夹盘子里最后一个。

直到服务员把那个盘子收走，盛乔才遗憾地想，早知道自己吃了算了。她抬头一看纪嘉佑，发现他满眼遗憾地盯着那个盘子，一路移到门口，才恋恋不舍地收回视线。他抬头对上盛乔的目光，神色一僵，马上又恢复“我超酷”的表情。

晚餐结束，各自对彼此都有了一个初步印象。

沈隽意人气最旺，但性格随和，随和中还透出一股“傻白甜”的味道。

洛清气质端庄，优雅得体，说话也不紧不慢，很有前辈的风范。

方芷说话很嗲，也很玩得开。

纪嘉佑就是个别扭小孩，势要将装酷进行到底。

曾铭八面玲珑，说话做事丝毫不出差错。

盛乔性格温和，一说一笑，不爱抢风头，就是偶尔说话仿若智障。

吃完饭，节目组通知明天早上七点就要在酒店门口集合，坐车前往拍摄地，晚一点会把流程和台本送到各自的房间。

盛乔正要回去，沈隽意叫她：“兄弟，我要和小嘉‘开黑’，加入我们吗？”

盛乔：“不了不了，你们打。”话落，她同情地看了纪嘉佑一眼，转身忙不迭地跑了。

纪嘉佑起初还不理解那一眼同情到底是为何，直到游戏开局……

纪嘉佑：小乔姐姐做人不地道。

回房之后洗了个澡，她正在吹头发，坐在客厅玩手机的丁简突然叫起来："乔乔！你和沈隽意上热搜了！"

盛乔关掉吹风机："我和谁？"

"沈隽意！"

她"噌噌"两步冲过去，抢过手机一看，热搜词条是"沈隽意盛乔机场亲密交流"，点进去一看，是他们今早在贵宾候机厅的照片，也不知道是从什么角度拍的，两个人的脑袋就像靠在一起，贴耳交谈一样。

带了沈隽意的大名，热搜都第二了。

盛乔脑子里只有一个念头：完了，要被霍希开除粉籍了。

"薏仁"的操作当然是跟"希光"一样，先撇清关系，再举报营销，澄清这是节目套路而已，我们不约，顺便嘲讽盛乔团队捆绑蹭热度。

盛乔生无可恋地点进霍希超话一看，"希光"们果然犹如过年一般热闹，纷纷庆祝狗皮膏药换了倒贴对象，无贴一身轻……

她先给贝明凡打电话，对方极力否认："我答应你的事绝对不可能反悔，就算要炒人气我也不可能选沈隽意。"然后他又说，"多半是节目组干的，你先别急，我这边去联系一下。"

能不急吗？霍希要是误会了，是会把她腿打断的啊！

她点进霍希的行程看了看，发现他今日无行程，很有可能现在就在家拿着手机看着这条热搜，发出了不屑的冷笑……

她决定给霍希打个电话。

先把丁简支走，给自己打了半天气，她鼓足勇气才按下了拨号键，结果发现自己没有开通国际漫游服务，电话打不出去……

她想了想，去镜子前照照，理理头发，点开微信发了个视频请求过去。

视频接通了，背景是天花板，一阵晃动之后，镜头聚焦，霍希头发湿漉漉的，上半身穿着黑色的浴袍，V领，脖颈修长，喉结明显。

盛乔："……"这是什么美人出浴现场！！！

霍希看着视频里的"花痴"凝视，淡声问："什么事？"

盛乔捂心口："霍……霍……霍……霍……霍……希！你真好看！"

霍希："……你跨国跟我视频聊天，就是为了夸我好看？"

她拍了自己脑袋一下，强行从美色中挣扎出来，暗暗吞了口口水，视线依依不舍地离开喉结，看向他的眼睛："霍希，你今天玩手机了吗？上网了吗？刷微博了吗？"

霍希说："没有。"

盛乔大松一口气，这口气还没松完，就听见他继续说："但是新浪给我推送了你和沈隽意亲密交流的新闻。"

她要跟新浪拼了！

霍希拨了下头发，一滴水珠晃悠悠垂落，顺着脸颊一路滑下，滚向喉结。

盛乔："……"

我不行了，喘不上气了，大夫，快给我输点霍希……

他勾了下唇角，淡淡道："看来你和沈隽意很聊得来？"

"没有！一点都聊不来！他就是个傻瓜，游戏还特别坑！"

"哦，原来你们还一起玩游戏了。"

盛乔："……"

他拿着手机下楼，镜头一阵晃动，以俯视的角度往上，盛乔正好能看到他弧度优美的下颌，还有藏在黑色浴袍下，若隐若现的锁骨。

自己没流鼻血吧？她抬手摸了一把。

霍希在客厅的沙发上坐下来，一只手搁在沙发扶手上拿着手机，另一只手拿遥控板打开电视，盛乔哼哼唧唧道："我一点都不想和他玩游戏，一点都不想跟他说话，一点都不想看到他。"

霍希偏头看了眼镜头，顿了顿，将手机拿近了一些，盛乔就看着那张让自己心狂跳、泪狂流的脸在眼前放大，然后听见他问："怎么没吹头发？"

盛乔拍了拍被头发打湿的肩头，傻笑："泰国很热，没关系。"

他皱了下眉："先去吹干。"

“好麻烦啊，一会儿它自己就干了。”

“不去我挂了。”

“啊啊啊……不要，我去！我现在就去！”

她捧着手机跑到卫生间，先把手机固定在洗脸架上，然后才对着镜头打开吹风机。噪声大起，他那边听着应该也很吵，脸上却一点不耐烦也没有。他随手调着电视频道，时而回头看她一眼。

那黑发如瀑，吹起来发丝在空中肆意飞扬，有些黏到她嘴角，她噘着嘴朝上吹，眼角弯起。吹干之后，她随手扎起来，露出粉红的耳垂和雪白的脖颈。

霍希收回了视线。

她又拿着手机高高兴兴地跑回客厅，蹲在沙发上说：“霍希，你在看什么节目呀？我这边都没有国内的台，都是泰剧。”

霍希说：“在看你。”

盛乔：“我？看我什么？”

“看你在卫生巾上面跳华尔兹。”

盛乔：“？？？”

这个广告什么时候播的？她怎么一点消息都没收到？啊啊啊……偶像看了这个广告以后怎么想她！！！

盛乔差点哭出来了：“别……霍希，你别看了，求你了……”

他偏头，意犹未尽地朝她笑了一下：“跳得还不错。”

她住几楼？十四楼对吧？跳下去可以直接死的，对吧？房门被敲响，适时缓解了她的尴尬，她转头问：“谁啊？”

门外大喊：“兄弟，是我啊！”

盛乔：“？？？”

视频里霍希说：“没听错的话，这是沈隽意的声音吧？”

盛乔：“……”不是，你听错了。

霍希笑了笑：“不开门吗？”

盛乔：“……可以开吗？”

霍希：“你试试看。”

盛乔：“……”那我到底是开还是不开啊？

门外沈隽意还在不知死活地喊：“兄弟，你在吗？”

老娘不在！

霍希终于笑起来：“好了，去开门吧，明天工作顺利。”他就要挂断，手一顿，又说，“穿件外套再去。”

盛乔哭唧唧结束了和偶像的第一次视频通话。

听话地穿好外套，她气势汹汹地拉开房门，沈隽意抱着台本站在外面，带着一脸无辜的笑意：“节目组刚送台本过来，我顺手帮你拿了，顺便来问下你。”他把手机递到她面前，“这个英雄的技能怎么玩啊？我看别人都可以在天上飞，为什么我怎么试都飞不起来呢？”

呵呵，想飞是吗？老娘现在就把你从十四楼扔下去，让你感受一下自由飞翔的感觉！

盛乔一把把台本拿过来，吼他：“‘菜鸡’没资格玩新英雄！”

沈隽意：“‘穷人’才没资格，我已经买下了她和她的全套皮肤。”

盛乔：“……”请你和你的手机立刻圆润地离开我的视线。

丁简的及时出现阻止了一场血案，她把盛乔推进门，礼貌地笑道：“沈老师，明天一早还要出发录节目，大家坐了一下午飞机都挺累的，还是早点回去休息吧。”

沈隽意终于回去了。

没多会儿，贝明凡的电话也打过来，跟她确认那个热搜是节目组搞出来的，为了开录的宣传噱头，明天一早就下热搜，会换上曾铭和方芷的。

这都是大制作综艺节目的正常操作，盛乔也不好说什么，上床之后翻了翻台本，发现这台本基本上没有写什么剧情性的东西，只介绍了几条规则和玩法：

“1. 每个人生命值为100，变为0时宣布死亡，关入墓地。”

也没说为什么会减少，怎么减少。

“2. 只能带五件物品入内，请择优选择。”

什么类型的物品？会遇到什么都不知道，怎么选择？

“3. 不得向任何工作人员求助，求助一次生命值减20。”

这个太狠了，彻底断了她的后路。

“4. 破坏布景设施即刻宣布死亡”

吃道具算吗？

“5. 本期主题：鬼嫁。”

什么嫁？鬼什么？我靠，这名字一听就很恐怖啊！

“6. 剧情：略。请各位嘉宾自行摸索。”

摸索你个头，就冲这主题名，我一点都不想摸索。

盛乔把这个基本上毫无作用的台本一扔，生无可恋地上床睡觉了。

第二天早上六点，周侃就过来给她做造型。为了拍摄方便，再加上对未知的警惕，盛乔选择了T恤配运动裤、运动鞋的休闲装扮。长发挽起，在头顶扎了个有青春活力的鬏，整个人看上去干净又利落。

然后她又把节目组要求只能带的五件物品放进双肩小背包里。丁简把早饭给她拿到房间里来，吃完之后也快到时间了，就下去集合了。

几个人的穿着都偏休闲，看来对未知的节目都很谨慎，说说笑笑地上了车，车子出发开往节目拍摄地。

盛乔拿手机搜了搜，发现自己和沈隽意的热搜果然没了，方芷、曾铭两个人的词条正呈上升趋势。昨晚有小旺的举报程序，她的广场也干净了很多，没有“薏仁”来撒野。

刚松了口气，她就听见坐在自己后面的沈隽意在不停地小声默念，仔细去听，他说的是：“2331333，2331333，2331333……”

盛乔：“？？？”他居然在背新英雄的技能连招。

一路听着沈隽意背数字，车子在行驶了两个小时后，终于到达了拍摄的地方。下车之后，盛乔的第一个感觉就是安静。

放眼望去，四周无人，显然已经远离了闹市区。不远处的上空蒙着巨大的黑布，将下面的拍摄场地严严实实遮在了里面。

几乎可以想象到那走进去之后，四周暗淡无光，抬头看不见顶的恐惧和压抑。都还没进去，盛乔的腿已经在发抖了。

几个人都被眼前的大手笔惊住了，要不怎么说是上千万的投资呢，用遮光布把一座小镇自上而下全部挡起来营造密闭黑暗的场景，真算是敢想敢做了。

下车之后，节目组让大家站成一排，把各自的背包打开检查，只允许带五件物品入内。

先是洛清，她带了矿泉水、面包、手电筒、手机、一条绳子。

沈隽意带了手机、充电器、耳机、一把小型的折叠铲、睡袋。

纪嘉佑带了手机、弹弓、纸巾、水和食物。

曾铭带的跟洛清差不多，倒是方芷，居然还装了个小兔子玩偶。

盛乔把零钱包装在裤兜里，包里的五件物品是手机、望远镜、一把小锤子、水和食物。

结果导演组问："小乔，你裤兜里装的什么？"

盛乔："……就是我的钱包，这个不算吧？"

导演："怎么不算？钱包也算一样，拿出来。"

盛乔："……"她的双重护身符在钱包里，可不能交出去，咬咬牙，她把食物交出去了。大不了不吃东西，她就当减肥了。

大家看她情愿交出食物也不愿意交出零钱包，还笑她是个小财迷。

检查完毕，导演组又让人上前，在他们各自的胳膊上绑了一个电子仪器，上面的数字显示为100。这个代表他们的生命值，扣光之后就会"死亡"。

接着给他们装上隐形耳麦和话筒，交代了简单的注意事项，然后就有黑衣人上来用一条黑布蒙住他们的眼睛，押着他们往里面走去。

从检查背包就开始拍了，此时几个人也很配合地大喊起来，只有盛乔在认真又紧张地问："规则是什么？进去之后怎么出来？怎么样才算结束？"

然而并没有人回答她的问题，只有导演冷漠无情的声音："一切剧情都等你们自己去探索，祝你们好运。"

黑布厚实，眼前真是一点儿光都透不进来。哪怕有人拉着，对于前路的恐惧还是让盛乔走得跌跌撞撞，好几次差点摔跟头。

渐渐听不见其他嘉宾的声音，盛乔只听见有一道门"吱呀"一声被打开，她被黑衣人带进去，又走了很长很长一段路，然后脚步停了下来。

黑衣人放开她，脚步声渐渐远离，盛乔抬手摸了摸身边，什么也没有，正想取下眼罩，耳麦里系统女音冷冰冰地说："两分钟之后才可摘下眼罩。"

盛乔认命地放下手，抱着面前不知道是什么、类似柱子的东西，欲哭无泪道："我身边还有谁在吗？跟拍老师，你在吗？"

耳麦里冷不丁又响起系统的声音："违规警告，试图与工作人员搭话将扣除生命值，距离剧情开始还有一分钟。"

盛乔："……"呜呜呜……这个节目太没人性了。

这一分钟简直无比漫长，想象力丰富的盛乔已经脑补了无数种恐怖画面，等到耳麦里"叮"的一声响，提示剧情正式开始时，她忙不迭扯下了黑布。

眼前是一间破旧的屋子，光线晦暗，屋子里的家具都已经结满了蛛网，窗户处透进几缕黯淡的光。

跟拍老师就在她旁边，戴着帽子、口罩，一言不发，那口罩上还画了一个骷髅头。

盛乔内心是崩溃的，也不跟他搭话，两三步就从屋子跑了出去。

因为黑布挡住上空，整个布景的光都是节目组做的。他们居然丧心病狂地在空中搞了一个红色的月亮。

暗红色的光将这座小镇笼罩，就像世界末日来临之时，空气里都是血色。

这座小镇本来就是真实存在的，节目组租过来改造搭建场景，此刻看上去就格外真实。空无一人的街道，无人拍摄机从上空飞过，风潮卷起地上的落叶，盛乔感觉风都是阴冷的。

呜呜呜……她好怕。

此刻在场景外，导演正在六面分屏上看着六位嘉宾各自的表现，其他五个人对场景都表现出了莫大的兴趣，跃跃欲试，只有盛乔一直站在原地，仔细看，那腿还在抖。

导演组笑得不行，拿着对讲机吩咐盛乔的跟拍老师："给她的腿一个特写，看来这姑娘真的很怕鬼。欸，她在掏什么？镜头推上去。"

随着镜头上移拉近，就看见盛乔哆哆嗦嗦地掏出挂在脖子上的十字架，又从那个她不愿意上交的零钱包里摸出了一个八卦镜……

导演组都笑疯了。她咋还自备道具呢？

此刻的盛乔当然不知道外面因她的举动笑翻一片，一只手捏着十字架，另一只手拿着八卦镜，她终于迈出了勇敢的第一步。

她边往前走边小声地喊：“有人吗？你们都在哪儿啊？小嘉，洛老师，方芷，你们在哪儿啊？”

这个小镇面积不小，几个人距离都不算近，要是没走对方向，估计都遇不上。从破烂的街头走出来，眼前出现两条岔路，她也不知道走哪条，在那儿点兵点将，然后选择了下面那条。

导演组在外面说：“上天真是喜欢眷顾特别的人，要不怎么让她第一个开启第一条剧情线呢。”然后导演吩咐工作人员：“第一条剧情线准备。”

盛乔正哆哆嗦嗦地走着，耳边突然“哐嚓”两声，还没从惊吓中反应过来，就看见前方出现了一支队伍，吹着唢呐，敲着锣鼓。

街道两边的房子里飘出干冰，空中瞬间雾气弥漫。每个人都穿着红色的喜庆衣服，后面还抬着一顶红色的轿子，迎亲队伍在白雾中越来越近，红色的喜轿一颠一摇，吹吹打打朝着她来了。

盛乔一个声音都没发出来，掉头就跑。转身太急，她还差点摔了一跤，稳住身形后半秒都不停留，撒丫子狂奔。

导演组急急道：“跟上她跟上她！收音组注意，听她在喊什么！”

然后他们发现——没有。她连尖叫声都没发出来，嘴唇抿得紧紧的，只顾一路狂奔，把跟拍摄像师累得快不行了。

也不知道跑了多远，她自己累得不行了，终于停下来，手掌撑着膝盖大口喘气，然后看见身后的跟拍老师也在喘，刚才袭来的恐惧感才终于消退了一些。

不过，唢呐声也吸引了其他几个人的注意，都朝着这个方向会聚过来，盛乔正喘气，街头转角就有人脚步匆匆地走了过来。

听见脚步声，盛乔又吓了一跳，扭头就想跑，那声音急急喊住她：“小乔姐姐？”

是纪嘉佑，盛乔双腿一软，一屁股坐在地上了。再也没有什么时候比现在看到熟人更让人感动了。纪嘉佑两三步跑过来，酷酷的少年还想装酷，别扭又担心地问：“你没事吧？”

盛乔：“等我出去了，就要跟节目组拼了。”刚才魂都差点儿给她吓没了。

纪嘉佑把她扶起来，问她遇到了什么，盛乔把迎亲队伍说了，纪嘉佑想了想：“这次的主题叫‘鬼嫁’，肯定跟结婚有关，我们回去看看能不能找到什么线索吧。”

盛乔：“……”不！她不想再看到那么恐怖的一幕了！

但不跟着纪嘉佑去，她就又要一个人留在这里。恐怖片里，总是留下的那个人会倒霉……

盛乔握紧了自己的八卦镜，咬牙道：“走吧！”

两人原路返回，但那唢呐声已经消失了，走到之前那条街道，只有干冰还飘在空气里没有散去，迎亲队伍早就不知所终。

纪嘉佑找了一圈，想了想：“他们应该是一路过去了，我们往前面找找看。”

小朋友，你胆子很大啊。

盛乔认命地跟上去，反正死也不要一个人。两人顺着街道一路往前，很快来到一个破旧的小广场，刚一过去，空旷的四周瞬间传来“砰——砰——砰”的声音。

盛乔吓得一抖，纪嘉佑敏捷地指向左边：“在那里！”

他两三步跑过去，盛乔也只好跟过去，转个弯，看见有个小男孩穿着白色的破旧衣服，站在房檐下拍皮球。

那小孩见有人过来，把皮球抱在怀里，歪头朝他们笑了一下，阴森森地问：“你们也是来参加婚礼的吗？”

盛乔：“……”

到底是哪个导演设计的剧情啊？不去拍恐怖片真是屈才了！！！

图书在版编目（CIP）数据

老婆粉了解一下 / 春刀寒著 . -- 天津 : 天津人民出版社 , 2020.4（2021.6 重印）
ISBN 978-7-201-15742-9

Ⅰ . ①老… Ⅱ . ①春… Ⅲ . ①长篇小说－中国－当代 Ⅳ . ① I247.5

中国版本图书馆 CIP 数据核字 (2019) 第 288092 号

老婆粉了解一下
LAOPOFEN LIAOJIE YI XIA

出　　版　天津人民出版社
出 版 人　刘　庆
地　　址　天津市和平区西康路 35 号康岳大厦
邮政编码　300051
邮购电话　（022）23332469
电子邮箱　reader@tjrmcbs.com

责任编辑　范　园
特约编辑　蒯　欣
装帧设计　Topic Design

印　　刷　嘉业印刷（天津）有限公司
经　　销　新华书店
开　　本　700 毫米 ×980 毫米　1/16
印　　张　19.75
字　　数　301 千字
版次印次　2020 年 4 月第 1 版　2021 年 6 月第 7 次印刷
定　　价　48.00 元